AF244451

L'AGENTE SEGRETO DI SAN VALENTINO

Barbara Morgan

Website: http://www.ghostlywhisper.com

Facebook: https://www.facebook.com/ghostlywhisperltd

Instagram: https://www.instagram.com/ghostlywhisperltd

Twitter: https://twitter.com/GW_BooksEtc

Whisper of the Heart

A Joseph

CAPITOLO 1

Julie

È ancora piuttosto lontano, me ne rendo conto. Quindi non dovrei già sentire questo senso di oppressione che mi afferra alla gola minacciando di soffocarmi.

Mentre sto sfogliando l'ultimo libro di cucina che ho acquistato alla Eason di O'Connell Street in super offerta imperdibile, controllo rapidamente l'agenda che tengo quasi sempre a portata di mano. Sì, è soltanto il 25 gennaio. Ed effettivamente ciò che dovrebbe turbarmi di più al momento è questo freddo che si insinua nelle ossa, questo vento gelido che sembra trapassare la pelle come se mille minuscoli spilli di ghiaccio fossero puntati tutti contro di me in assetto di guerra.

Lo ammetto, anche perché sarebbe inutile negarlo. Sono allergica a San Valentino. Inizio a pensarci da metà gennaio quando, con il Natale ormai alle spalle, si incomincia a respirare l'ormai distinguibilissima (almeno per me) e famigerata aria da festa dell'amore, con cuori di cioccolato e vetrine addobbate per l'occasione. Per quanto mi riguarda, se ho una certezza assoluta nella vita è che il 14 febbraio io resto inevitabilmente sola. Anche se avessi un fidanzato innamoratissimo fino al giorno prima. È così da sempre. Ne ho le prove.

Probabile però che sia San Valentino allergico a me. Questa consapevolezza me lo ha reso ancora più deprimente di quanto sia per alcuni il Natale. Ma non esiste un Grinch per il giorno degli innamorati, che io sappia. Forse bisognerebbe inventarlo.

Poteva andarmi peggio? Forse no. A parte il fatto che mi chiamo Julie. Juliette, in realtà. Insomma, all'incirca come il personaggio femminile più romantico e sventurato della storia della letteratura mondiale. Mi faccio chiamare Julie, comunque. Meglio non infierire.

Il clima di Dublino non aiuta. Dicono anche che quest'anno l'inverno rischia di essere davvero gelido, con un freddo che non si presentava così pungente da molto tempo. Quindi può davvero peggiorare rispetto a ora? Non lo voglio nemmeno sapere.

Tornando alla festa della rassegnata solitudine, almeno per me, il problema non sono io. Perché io mi sono, appunto, rassegnata da un numero di anni che ho smesso da un po' di contare. Il problema è la mia amica Valerie.

Sì, la mia migliore amica Valerie. Che avrebbe dovuto sposare il suo ragazzo Trent "Lostronzo" Richards proprio il giorno di San Valentino.

"Avrebbe dovuto" in questa circostanza sono le parole chiave. In ogni situazione qualcuno dice che si dovrebbe trovare conforto dal fatto che sarebbe potuta andare peggio. C'è chi è stata mollata direttamente all'altare, lo riconosco.

No, no… non io! Almeno questo l'ho evitato! Per il momento.

Quindi, ricapitolando… sto studiando un modo efficace per tentare di attenuare la sofferenza e il disagio di Valerie. Quando capitano queste cose il dolore è spesso accompagnato dalla necessità imprescindibile di dover spiegare al resto del mondo che purtroppo non se ne farà più niente. Tutto finito, fine della storia. Grazie per aver partecipato (metaforicamente), tornatevene pure a casa a godervi questa succulenta e gustosissima notizia di gossip. Perché mi rendo conto sempre di più che il mondo, o almeno parte di esso, prova un piacere quasi subdolo nel godere delle disgrazie altrui.

Forse sto esagerando. Comunque mi sono dovuta incaricare di disdire tutto per Valerie, di dare spiegazioni ad amici e parenti. Credo sia stato uno degli incarichi più tristi e in parte imbarazzanti della mia vita. La mia amica Valerie Renaud proviene da una famiglia numerosa in cui tutti sono abbastanza legati. Quindi ha un certo numero di parenti e se non proprio amici, un'enormità di conoscenti dei suoi genitori. Se mai dovesse accadere a me per lo meno da questo punto di vista sarei più fortunata.

Sto anche riflettendo su cosa mi piacerebbe che qualcuno facesse per me se mi ritrovassi nella medesima circostanza. Sospiro abbassando lo sguardo sul mio nuovo libro di cucina, ricco di immagini colorate e invitanti. Forse non uno sformato di patate o un tacchino ripieno…

No, ci vorrebbe qualcosa di più stimolante. Abbandono il libro, bellissimo ma pesante come un macigno, e mi trasferisco dalla poltroncina alla sedia accanto al tavolo dove ho lasciato il mio computer portatile.

Inizio a cercare. Non so nemmeno io bene cosa. Una specie di festa? O forse meglio uno spogliarello maschile? Okay, no. Troppo deprimente! Ma cosa…? No, non credevo proponessero cose del genere… servizio completo! Io intanto guardo. Tanto non se ne farà proprio niente, ma guardo. Solo che certi spettacoli rischiano di mettere ancora più tristezza invece che divertire. Come una sbornia. Tanta allegria e disinvoltura all'inizio, poi tristezza, malinconia, solitudine e senso di nausea. No, non va bene. Neanche per scherzo. Rischierei solo di enfatizzare la questione.

Probabilmente l'unica cosa che Valerie davvero vuole è che Trent ci ripensi e torni da lei. È esattamente ciò che ha continuato a ripetere fino a due settimane fa. L'unica cosa peggiore, credo, di essere mollate prima di San Valentino e della data fissata per il proprio matrimonio è essere mollate subito dopo Natale. Valerie se l'è beccate entrambe.

Non credo ci ripensi, Trent. Non per nulla è Trent "Lostronzo" Richards. Solitamente non lo chiamo mai così di fronte a Val (okay, qualche volta mi è sfuggito!) sempre per non enfatizzare la questione. Ma è effettivamente stronzo. Questo lo pensavo anche prima. Ha un atteggiamento stronzo. Che sarebbe anche potuto essere sexy stronzo, irresistibile stronzo. Invece no. Trent è indisponente stronzo, so-tutto-io stronzo. Era così anche in Francia, dove lui e Valerie si sono conosciuti. Ma lei si è innamorata. E del resto io stessa ho commesso il medesimo errore più e più volte con altri esemplari di… sì, lo devo proprio dire… di stronzo.

Sono propensa alle parolacce, soprattutto quando sono nervosa. E quando inizio a pensare in una lingua che non è la mia mi sembrano sempre meno pesanti e meno offensive.

Comunque, tornando a Val. Magari trovarle un altro fidanzato? Come si suol dire… chiodo scaccia chiodo. Sì, un nuovo fidanzato. Come se piovesse dal cielo.

Lascio perdere qualsiasi altra assurda ricerca e passo al mio fedele compagno, all'ultimo e unico amore della mia vita. Netflix. Sono rimasta indietro con la serie di commedie romantiche natalizie che avevo aggiunto alla mia lista. Dovrei recuperare. Oppure dovrei provare a uscire, prendere altro freddo, buttarmi in un pub a caso e cercare di fare conoscenza con qualcuno. Qui funziona così, almeno dicono. Non ci ho ancora provato. Ma un giorno di questi… sì, un giorno di questi lo farò. Magari l'uomo dei sogni (non so se miei, di Valerie o di un'altra) si nasconde proprio dietro o davanti al bancone di un pub e in questo preciso istante sta sorseggiando una Guinness.

Giles

Lo sapevo. Certo che lo sapevo. Era chiaro che prima o poi sarei finito nei guai! Ma farmi licenziare dal mio capo per avermi trovato con la zip dei pantaloni slacciata di fronte a sua moglie è stato decisamente troppo! E poi… l'avessi slacciata io, per lo meno! Si era maldestramente impigliata nel bracciale di Annette Trask e… Gerrit ha tratto le dovute conclusioni.

E va bene, lo ammetto. Stavamo già armeggiando in quella zona, ma nella circostanza specifica in cui è comparso Gerrit Trask non era assolutamente voluto. Almeno da parte mia. Però da gentiluomo che sono (o che almeno dovrei tentare di essere) mi sono preso la maggior parte della colpa. Tanto l'esito non sarebbe cambiato comunque.

Annette in (finte) lacrime, Gerrit Trask incazzato come un bisonte all'attacco e io… fuori dalle palle! Sembrava davvero un bisonte, giuro di avergli visto il fumo uscire dalle narici!

La cosa più imbarazzante è che non siamo riusciti a "disimpigliare" il braccialetto di Annette, quindi è rimasto lì, come un souvenir attaccato al… Però poteva anche andarmi peggio. Se il bracciale fosse stato di valore e i Trask lo avessero preteso, sarei potuto finire in Henry Street, vicino al Jervis Shopping Centre, in mutande. Non solo in senso figurato.

Avessi combinato qualcosa, almeno, nel corso di questi ultimi mesi. Evito di raccontarlo a Michael perché conoscendolo so che mi prenderebbe per il culo per tutto il resto della mia esistenza. E rotolerebbe dalle risate dandomi dell'imbranato cronico. Perché lui, Michael, se la sarebbe fatta davvero Annette. E sono quasi sicuro che se la sarebbe fatta anche sotto gli occhi di Gerrit riuscendo molto abilmente a non farsi beccare dal capo.

Il mio risultato, misero e imbarazzante, è che essendo rimasto senza lavoro presto rischio di restare anche senza soldi.

Oppure non riuscirò mai, e sottolineo mai, a pagare l'affitto dell'appartamento in Parnell Street che condivido con mio cugino Michael Wrighton.

In realtà siamo cugini di secondo o di terzo grado, non ho indagato. Si è trasferito in Inghilterra con sua madre quando aveva solo pochi anni, anche se è nato in America. Poi è arrivato qui in Irlanda, dove ci siamo incontrati circa sei mesi fa, quando io mi sono trasferito dal New Jersey. I nostri nonni erano cugini, ecco.

È quasi certo che quel bisonte di Gerrit Trask non mi riprenderà nemmeno se rischiasse di andare in fallimento senza di me. Nei tre mesi scarsi che ho lavorato con lui ho capito il soggetto. Dico "quasi certo" perché su niente e nessuno metterei la mano sul fuoco, ormai.

Assolutamente certo invece è che non posso (e soprattutto non voglio) tornare in America. Non a New York, dove ho vissuto gli ultimi dieci anni della mia vita da quando ho iniziato a frequentare la Columbia University per poi abbandonarla a metà strada.

Mio nonno Séamus mi ha incoraggiato a scegliere come destinazione l'Irlanda, anche se io avrei preferito la Spagna o il Portogallo, perché oltre al continente avrei volentieri cambiato anche il clima. E io ho sentito l'obbligo morale di accontentarlo. Come se fosse l'ultimo desiderio di un condannato. Per intenderci… io troppo spesso sento l'obbligo morale di accontentare chiunque. Anche da questo è scaturito il casino con i Trask.

Ma tornando al mio arzillo nonnino, che è più in salute di me al momento. Mi ha mandato qui, a suo dire, a cercare le nostre radici. Io questa faccenda delle radici non l'ho mai capita. Chi se ne frega delle radici? Se i suoi genitori hanno voluto sradicarsi avranno avuto i loro motivi. Motivi seri, questo lo so. Era un periodo davvero difficile e restare in Irlanda sarebbe stata una sfida. Un po' come trasferirsi dall'altra parte del mondo e ricominciare tutto da capo. Che è effettivamente la stessa cosa che ho fatto io quasi un secolo dopo. Tornando al punto di partenza, però.

La verità è che non saprei nemmeno da dove iniziare a cercarle queste radici. Ho trovato Michael, però. Mio nonno e il suo si sono sentiti a lungo per telefono nel corso degli anni. Il nonno di Michael aveva vissuto negli Stati Uniti, per poi tornare indietro. La figlia Elize, madre di Michael, aveva sposato un tizio di Phoenix, poi si era trasferita a vivere a Londra con i due figli, Michael e sua sorella Jennifer.

In breve, come spesso capita ultimamente, dopo qualche ricerca ho contattato Michael su Facebook. Ricordavo di averlo visto solo un paio di volte durante l'infanzia e non era stato molto amichevole. Mi aveva dato uno spintone, buttato a terra e fatto sanguinare il naso.

Sono arrivato a Dublino, dove Michael vive da un numero di anni che non rammento, scegliendo la capitale al posto dei dintorni di Cork, da dove proviene la nostra famiglia. Prima o poi ci andrò. O forse no. Quando ho raccontato a Michael della richiesta di mio nonno ha reagito con una scrollata di spalle. Abbiamo ancora parenti lì, questo è sicuro. Ma lui in tanti anni non ha mai sentito la necessità di andarli a cercare. Afferma che le radici in realtà sono dove si trova il tuo culo al momento. Non è molto irlandese come idea. Nemmeno americana, credo. Ma non mi sento di dargli torto. Forse non mi sarei espresso proprio così ma in fondo la penso allo stesso modo. Faccio finta di restare qui a cercare radici che per me non hanno mai avuto particolare significato o importanza. Mi sono lasciato alle spalle una vita e una storia che non era più la mia. Fine di un capitolo, inizio di un altro. Ma probabilmente questo nuovo capitolo non avrà una durata molto lunga. Potrebbe essere già finito o terminare comunque nel giro di pochi giorni.

CAPITOLO 2

Julie

Ho impiegato un po' di tempo per abituarmi alla vita qui. In realtà ci sto ancora lavorando, come va di moda affermare.

Io e Valerie viviamo nella zona di Rathmines, che non è affatto male ma piuttosto costosa. È centrale e ben collegata, almeno. Ci è andata bene perché abbiamo trovato un appartamento in affitto abbastanza conveniente. Molto piccolo ma per noi confortevole, anche se a volte il senso di oppressione che provo all'interno mi spinge ad affrontare il freddo all'esterno.

Sono qui da circa otto mesi, dopo aver vissuto qualche anno a Parigi avevo bisogno di un cambiamento. A Ginevra, la città dove sono nata, non mi era rimasto molto per cui tornare dopo l'ennesima e più recente delusione. Ma forse la verità è che sentivo il bisogno assoluto di trovare un luogo senza legami. Quindi ho approfittato del trasferimento di Valerie per provare a seguirla. Inizialmente per darle una mano ad ambientarsi, nonostante avesse Trent "Lostronzo" a proteggerla. Ancora una volta non mi ero resa conto che certe relazioni non proteggono ma distruggono.

Nessuno ci protegge davvero. Siamo soli, questa è la verità. Siamo soli. Come me a San Valentino. Nell'amore non credo più. Come potrei?

Se non ci fosse del tragico la mia situazione sarebbe quasi comica. Possiedo la stupefacente abilità, suppongo che sia innata ma potrei anche averla affinata nel corso degli anni, di farmi lasciare e restare irrimediabilmente single nel giorno di

San Valentino. Sono stata lasciata il giorno prima. Sono stata lasciata anche in cima alla Tour Eiffell, quando credevo che il mio ragazzo stesse per fare tutt'altro. Dal modo in cui si stava tastando le tasche della giacca e dallo sguardo languido che mi rivolgeva mi ero quasi convinta che stesse per mettersi in ginocchio (o forse no, non esageriamo) e insomma... Poi ho scoperto, con mio estremo disappunto, che stava cercando il cellulare e che la sua nuova ragazza (quella con cui mi ha sostituita poco dopo) voleva sapere se lui avesse già "risolto" con me. Ora ne parlo tranquillamente, però... però in effetti forse è meglio non parlarne affatto. Era comunque decisamente presto per una proposta del genere. Ci frequentavamo solo da due settimane. Meglio così quindi, non avrei saputo come togliermi d'impiccio.

La verità... sì, insomma la verità è che mi brucia ancora. Brucerebbe a chiunque, vero? Mi è bruciata ancora di più la volta che sono stata lasciata mentre ci stavamo recando in macchina a una festa. Da Ginevra eravamo partiti e ci trovavamo nel bel mezzo della campagna francese, oltrepassato il confine svizzero. Per cui non potevo nemmeno chiedergli di lasciarmi scendere e sparire dalla mia vita. Mi sono dovuta sorbire la festa e aspettare che qualcun altro mi accompagnasse a casa.

La cosa peggiore è stata che dall'autoradio di quella stronza macchina arrivavano in sottofondo le note di *Something about the way you look tonight* di Elton John. Ecco, le parole della canzone stridevano così orribilmente con le parole di quel cinico mostro del mio ex che io... che io in parte seguivo Elton, in parte seguivo lui. E alla fine gli sono scoppiata a ridere in faccia perché mi sembrava tutto uno scherzo. Ma mi sono resa conto subito dopo che no, non poteva averla studiata apposta. Il cretino nemmeno conosceva l'inglese per pianificare qualcosa di così subdolo. E la canzone non proveniva da un suo cd quindi è avvenuto tutto in modo puramente e sadicamente casuale.

Questo è uno dei motivi per cui, dopo una breve nuova sosta a Parigi, non sono tornata a Ginevra. E non sono più riuscita ad ascoltare *Something about the way you look tonight* allo stesso modo. Cioè con uno spirito romantico e sognante, come converrebbe al testo e alla musica della canzone. Insomma, me l'ha rovinata! Come mi capita di sentirla, anche solo per caso, mi rivedo davanti lui, quell'espressione da idiota, la sua macchina in mezzo al nulla... Sì, lui che non stava di sicuro facendo attenzione alle parole della canzone che io invece avevo iniziato a seguire con più attenzione del solito distogliendomi invece dalle sue. Lui che aveva come unica preoccupazione quella di lasciarmi il più in fretta possibile per mettersi ufficialmente con un'altra che lo stava aspettando proprio a quella festa.

Comunque, questa situazione si ripete imperterrita dai tempi del liceo. Per cui sto iniziando a credere che non dipenda nemmeno dallo stronzo in questione ma da me. Sembra quasi una maledizione. Il mio primo ragazzo mi aveva lasciata con un bigliettino il 12 febbraio.

Quindi… sulla Tour Eiffel, per lettera, in musica… ormai mi aspetto soltanto l'aereo con l'insegna e i fuochi d'artificio con la scritta "Addio Julie Bonnet, ti lascio, rifatti una vita." Credo di essermene fatta una ragione, ma l'idea che le mie storie falliscano proprio intorno a quella data è quasi inquietante. Ho lasciato qualcuno anche io, questo sì… ma in altri momenti, almeno.

Ciò significa anche che non sono mai riuscita a intraprendere relazioni abbastanza durature, nonostante abbia tentato di impegnarmi, di crederci. E questo è piuttosto triste e avvilente. Ma cerco di non pensarci ora, preferisco concentrarmi su Valerie che in questo momento sta sicuramente molto peggio di me.

In ogni caso a Natale e a Capodanno, per lo meno, c'è una sorta di consolazione, di solidarietà umana nell'essere single. A San Valentino no. Soprattutto se lo sei contro la tua volontà, come me e Valerie. Perché a San Valentino sembra che l'intero universo formato di gente felicemente fidanzata, sposata o in qualsiasi altro modo accoppiata, cospiri contro di te e contro la tua inevitabile, deprimente e malsana solitudine.

Giles

Dal casino che sento alla porta quando armeggia per trovare le chiavi d'ingresso nel suo zaino, so che Michael fra qualche secondo sarà in casa. Il pian terreno del nostro caseggiato è occupato da una scuola d'inglese che tiene anche corsi serali, per cui spesso troviamo il portone già aperto.

Cerco di ricompormi e di rifornirmi di un'espressione da uomo apparentemente tranquillo.

«Cazzo!» Sì, è proprio lui. Non ci sono davvero più dubbi ormai.

Faccio finta di cercare una birra nel frigo. Anzi, la cerco davvero. Mentre mi volto Michael mi punta addosso uno sguardo immusonito. Non che di norma la sua espressione tipica sia molto diversa.

Non ci somigliamo particolarmente. A parte gli occhi, che abbiamo entrambi verdi. Ma suppongo sia dovuto al caso, la nostra parentela è comunque piuttosto lontana.

Mi volto con la bottiglietta di birra in mano e chiudo il frigo mentre Michael butta il giubbotto sul divano.

«Giornata di merda?» lo interrogo simulando noncuranza. Una giornata di merda è la norma per noi, rientra nel nostro standard. Quello che è successo a me invece no. Si avvicina pericolosamente al disastro.

«Rischio di perdere il secondo lavoro, cazzo! Quella stronza ne approfitterà per cacciarmi!»

Non comprendo di cosa dovrebbe approfittarsi la stronza. Comunque, il secondo lavoro di Michael è… come si può dire… insomma, si dice e basta. Michael è una specie di intrattenitore per signore sole. A quanto ho capito le suddette signore sole lo prendono in affitto per il tempo necessario, forse fino a far passare la solitudine. Come se fosse una malattia e Michael il rimedio. La stronza di cui parla invece è…

«Maledetta Miranda Crossing!» Michael si siede sul divano per poi risollevarsi con uno scatto quasi felino. Mi raggiunge, apre il frigo e si prende una birra. «Lo sai che mi odia, la stronza!»

«Che ti odia lo so, lo ripeti praticamente ogni giorno…» annuisco e mi sposto per lasciarlo passare. «Ma perché dovrebbe cacciarti? A quanto ne so sei una fonte di reddito indispensabile per lei.»

«Brutta…» Michael freme mordendosi le labbra. No, decisamente Miranda Crossing si può definire nei modi più svariati e pittoreschi possibili, ma di certo non è brutta. L'ho vista solo una volta di sfuggita ma mi è bastato per rendermene conto. «Insomma, mi dice: "Hai un principio di raffreddore, mi sembra. Lo sai che non possiamo permetterci danni collaterali, vero? Lo sai che non puoi assolutamente far ammalare le clienti?"» Michael imita maldestramente la voce e l'accento molto british di Miranda, che comunque io non conosco personalmente. Per cui non posso dare un giudizio alla sua interpretazione.

«Come l'ha capito che hai un principio di raffreddore? E comunque qui in questo periodo tutti hanno un principio di raffreddore… tutta l'Irlanda ha un principio di raffreddore, se non peggio!»

«In realtà non ha torto, lo sento che sta arrivando...» Michael fa una smorfia e sorseggia la sua birra, poi si sposta nuovamente verso il divano. «E in questo momento non ci voleva proprio. Devo cercare di bloccarlo, con ogni mezzo!»

«Puoi sempre chiedere un periodo di malattia, come tutti i comuni esseri umani.» Mi stringo nelle spalle e lo raggiungo. Non mi sento in vena di consolarlo. Lui almeno un lavoro ce l'ha. Anzi due, se consideriamo anche quello forse meno redditizio ma ufficiale.

«Ma io non sono un comune essere umano. E Miranda non è un capo comprensivo. È una macchina accumula soldi, quella donna. È avida e senza pietà, una specie di cyborg.» Michael si passa le mani tra i capelli scuri e stringe le labbra. «Devo farmelo passare!» Mi guarda con l'aria di un serpente a sonagli pronto a inghiottire la preda. Serra anche gli occhi puntandoli su di me.

«E per fartelo passare stai pensando di regalarlo a me?» Mi allontano prontamente. «Stammi lontano, non pensare nemmeno di starnutirmi addosso! Non attaccarmi il tuo virus, sono già abbastanza sfigato di mio. Non ho bisogno anche di quello.»

«Peccato che tu non sia una bella ragazza, altrimenti...» arriccia il naso con un ghigno quasi malefico. «In effetti non sarebbe una cattiva idea.»

«Dimmi che non stai pensando di farti qualcuna solo per...» alzo gli occhi al cielo scuotendo la testa. «Non è detto che funzioni, comunque.»

«Provare non mi costa nulla.»

«Basta che non ti trovi una che sta messa peggio di te.»

«Oh, cazzo...» Allunga le gambe e si agita sul divano. Sbuffa e scuote la testa risentito. «Mai fidarsi delle donne. Però potrei davvero prendere un periodo di malattia, se...»

«Hai appena detto che la stronza ti caccerebbe...»

«Sì, lo farebbe senz'altro. A meno che le trovassi un sostituto momentaneo, fino a quando potrò tornare in splendida forma.»

«Sì, potrebbe essere un'idea» annuisco poco convinto.

Chi al mondo accetterebbe di diventare una specie di toyboy a tempo determinato in attesa del rientro del toyboy ufficiale?

«Potresti farlo tu! Tanto con il lavoro che hai guadagni una miseria o poco più, ti servirebbe un extra per un po'.»

No. Non guadagnerò nemmeno più quella miseria. Ma Michael non lo può sapere.

«Io ti ho già fatto lasciare i volantini dai Trask qualche settimana fa, mischiati all'altra pubblicità che hanno sul bancone. Che oltretutto…» Che oltretutto il lavoro dai Trask l'ho pure perso. Ma no, non potrei mai cadere così in basso. Non sono un gigolò. Non sono un toyboy o prostituto o… insomma, no. Poi Michael ci sa fare con le donne, io no! Non in quel modo, almeno.

«Che oltretutto… sono ancora lì?» Michael conclude la frase per me, senza sospettare che invece nella mia mente c'è tutt'altro. «Non li ha ancora beccati il tuo capo? Magari alla moglie potrebbe interessare. Mi sembra insoddisfatta quella povera donna. C'è l'offerta speciale di San Valentino. Miranda detesta San Valentino, se potesse debellerebbe l'intera giornata dal calendario. In realtà debellerebbe anche il Natale. E già che c'è anche l'umanità intera, perché no? Però San Valentino in quanto a profitti le rende sempre bene!»

«Sì, sono ancora lì.» Quei fottuti volantini che propongono un accompagnatore per signore disposto a tutto, sono ancora lì. Io invece no. Forse mi conviene provare ad accennare qualcosa. «Il problema è che io…»

«San Valentino è il periodo dell'anno su cui punta di più, la stronza. Il fulcro in cui si concentra gran parte del lavoro, più impegnativo nell'organizzazione. E poi c'è anche quella sua stupida festa annuale…»

Evidentemente Michael non ha doti di comprensione né tanto meno di empatia. Mi interrompe senza preoccuparsi minimamente di cosa avrei da dire. Ogni frase lo riporta di continuo alla stronza Miranda Crossing.

Già una che porta avanti un'agenzia che si occupa di trovare compagnia maschile per donne sole dovrebbe avere qualche problema. Nulla di esagerato, in realtà. Non vanno oltre, anche se io sinceramente ne sono poco convinto. È contro le regole di Miranda, a quanto racconta Michael. Secondo me racconta un sacco di palle.

«Ho perso il lavoro dai Trask.» Ecco, l'ho detto e basta. Almeno non sarò più costretto a sorbirmi il frustrante egoismo del mio pseudo cugino.

Infatti si blocca. Allontana la bottiglietta di birra dalle labbra e mi guarda confuso. Forse sono riuscito nell'impresa di farlo smettere di parlare di se stesso, dell'assurda agenzia di Miranda Crossing... e di Miranda Crossing.

«Che hai combinato?»

«Mmh...» sto cercando un modo efficace di sintetizzare. «Gerrit Trask ha pensato che me la facessi con sua moglie.»

«E non è vero?» Sul volto di Michael si dipinge un sorrisetto sarcastico.

«Ovviamente no. C'è stato solo un fraintendimento, diciamo.»

Evito di raccontargli come si sono svolti i fatti in realtà. Già l'espressione divertita che mi sta rivolgendo mi fa venire una gran voglia di prenderlo a calci in culo.

«Quindi sei completamente libero! Puoi cogliere l'occasione, sarebbe un'ottima opportunità per te.» Sogghigna stringendosi nelle spalle. «Anche io all'inizio ero scettico. Se non fosse stato per Stephen...»

Stephen Alden è un tizio che da anni frequenta gli stessi corsi di studio di Michael in pubbliche relazioni e internet marketing, oltre che la stessa palestra. La cura eccessiva del corpo era apparsa strana a Michael, esagerata soprattutto. Così Stephen si è rivelato per quello che è... o era, questo ancora non mi è del tutto chiaro. Membro dello staff di Miranda. Ora sembra intenzionato a lasciare per dedicarsi a qualcosa di più remunerativo.

«No, ti ringrazio della gentile concessione di prendere momentaneamente il tuo posto, ma... davvero no. Non ci penso proprio a prostituirmi per delle clienti insoddisfatte.»

«Non si tratta solo di questo, lo sai. Anzi, non si tratta affatto di questo.»

Sì, lo so. Come sapevo che Michael ne avrebbe approfittato per ribadirmi la vera natura del suo impiego presso l'agenzia "Secret Agents at Your Service". E quel regolamento che, a quanto pare, devono firmare per entrare a farne parte come dipendenti. Assolutamente vietato andare a letto con le clienti.

«Ma se vi capitano carine, che fate?» Lo prendo come un gioco, tanto ormai non c'è altro modo in cui riabilitare la mia situazione.

«Soprattutto se sono carine, vanno evitate da quel punto di vista. Potrebbero portare guai.»

«Sembra facile, ma...» sospiro e mi lascio cadere sul divano. Sono stanco. E temo che stia venendo anche a me un principio di raffreddore.

«Certo, si potrebbe anche fare per avere qualche soldo extra.» Micheal si accarezza il mento e dal suo sguardo sembra che ci stia seriamente meditando sopra. «Ovvio, alla stronza non piacerebbe se lo venisse a sapere.»

«Mi sembrava che avessi detto che non arriveresti mai a tanto...»

«Ti ho solo risposto. Hai posto tu il problema di cosa fare se le clienti sono carine.» Sbadiglia, si stira e piega le braccia dietro la testa. «In realtà molto meglio quello che fa Stephen, nessuna complicazione personale, nessun contatto... a meno che si decida di averlo, totale indipendenza.»

Ci sta seriamente pensando. Non tanto a contravvenire al regolamento di Miranda, ma a quello che fa Stephen. Il cam boy, o come diavolo si chiama. Spettacoli sexy attraverso la webcam e un sito specializzato per la promozione online, a quanto ho capito.

«Quindi ci stai pensando?»

«No, niente affatto. In realtà appena finisco il master credo che me ne andrò. In America, magari. Oppure tornerò in Inghilterra, non so ancora.»

«Sì, ti capisco. Anche io…» Mi stringo nelle spalle e scuoto la testa. Dovrei riprendere gli studi interrotti, forse. Mi sono sentito un fallito quando ho lasciato l'università imposta da mio padre.

No, non c'è nessun "anche io". Perché non saprei proprio dove altro andare, sono a corto di opzioni. E senza lavoro. Temo che l'unica possibilità per me sia davvero quella di tornare a casa. Nonostante non ne abbia alcuna voglia e mi si rivolti lo stomaco alla sola idea. Magari non a New York, nemmeno nel New Jersey. Nonostante la promessa che mi ha strappato mio nonno. Quindi senza aver trovato le mie radici e senza averle neanche cercate molto attivamente.

Che alternative mi restano? Andarmi a cercare un altro lavoro triste e sottopagato. Aspettare qualcosa di meglio senza sapere esattamente se e quando capiterà. Oppure… accettare la proposta di Michael e prendere il suo posto in quella strana agenzia di accompagnatori per signore. Giusto per non perdere tempo e guadagnare qualcosa in queste settimane. Mentre cerco e aspetto un lavoro più idoneo e, soprattutto, meno imbarazzante.

CAPITOLO 3

Julie

Quando ho accettato di lavorare come assistente per Sarah Ward avrei dovuto immaginare che intendeva soprattutto "addetta a qualsiasi mansione e incombenza capiti in qualunque momento del giorno e anche della notte, possibilmente." Assistente tuttofare, insomma. Anche babysitter. In particolar modo babysitter. E in effetti è inutile negarlo. Lo avevo immaginato.

Sarah è una chef e food blogger abbastanza nota in città. E io vorrei davvero seguire la sua strada. Per questo ho accettato immediatamente il lavoro, senza batter ciglio di fronte alle sue richieste. L'ho incontrata a uno dei primi corsi di cucina che ho frequentato qui a Dublino. Era un corso sulle spezie che non credo mi servirà mai particolarmente, l'ho scelto perché era il più economico della lista. Ma almeno ho conosciuto Sarah che di sicuro, con i suoi consigli, mi aiuterà un po' a muovere i primi passi e a inserirmi nell'ambiente.

Ora, tra le altre cose, sono stata incaricata di andare a ritirare il suo computer portatile preferito nel suo negozio di fiducia in zona del Jervis Shopping Centre. Ha altri quattro computer in casa. Uno del marito e uno fisso. Più due di scorta che usa occasionalmente. Ma a quanto pare senza il suo preferito non riesce a pensare, non riesce a scrivere, si sente a disagio. Anche le ricette vengono male. Questa poi… sì insomma, forse è comprensibile. O forse ha calcato apposta la mano per spedirmi qui al posto suo mentre è impegnata con la preparazione di un'intervista alla radio.

Tutto sarebbe andato bene se non fossi stata costretta a portarmi dietro anche i tre figli di Sarah, due maschi e una femmina tra i tre e i sette anni: Charlie, Anthony e Mandy. Che in realtà non sono tre bambini normali, ma tre piccoli teppisti fuori controllo a cui è impossibile badare contemporaneamente. Sembra che si mettano d'accordo per combinare guai. Anzi, senza sembra. Sono sicura che si mettono d'accordo. Apparentemente somigliano a tre angioletti sorridenti con i capelli di un tipico colore rosso irlandese e gli occhi celesti, mancherebbe solo l'aureola intorno alle loro testoline. Ma la verità è un'altra.

È un incubo camminare per una strada centrale insieme a loro. Soprattutto se si tratta di una strada quasi costantemente affollata come Henry Street. Per fortuna è pedonale e non passano macchine. Vedono negozi e scappano ognuno da una parte diversa. E pretendono di avere tutto. Sono senza ritegno. Inizialmente tentavo di accontentarli. Credevo che la benevolenza dei bambini mi avrebbe aiutata nel raggiungimento del mio scopo. Ora ho capito che non è e non sarà così. Sono dei piccoli dittatori, crudeli e viziati. Neanche Sarah riesce a controllarli il più delle volte. E si lamenta della loro prepotenza attribuendo la colpa al marito che, a sua volta, incolpa lei di non aver impartito ai figli un'educazione corretta.

Abbiamo dovuto prendere l'autobus fino a qui, anche se non sarebbe stata molta la strada per arrivarci a piedi. Il più piccolo si rifiutava di camminare e pretendeva di essere portato in braccio. Gli altri due si sono immusoniti affermando che anche loro erano stanchi.

Devo essere forte e sopportare. Lavorare per la causa. Ecco, devo tenere bene in mente il mio obbiettivo principale. Diventare, come Sarah, una famosa chef e food blogger. Questo mi garantirà un futuro luminoso e soprattutto di essere pagata moltissimo. Chef e food blogger sono le nuove star, non resterei mai senza lavoro! Perché a tutti, proprio a tutti piace mangiare bene. Moltissime persone sono interessate al cibo e alla cucina. Magari un giorno potrebbero affidarmi anche una trasmissione televisiva… o alla radio, come Sarah.

Poi oltre ad avere Sarah dalla mia parte, potrei accattivarmi le simpatie di Kate Norman. Insegna occasionalmente al corso sui dolci che sto frequentando attualmente e ho partecipato a una sua conferenza dimostrativa. Le sue lezioni sono costosissime, sto risparmiando per poter frequentare il suo famoso corso sulle verdure. Una volta dimostrato anche a Kate il mio talento il gioco è fatto!

Arrivo di fronte al negozio che mi ha indicato Sarah, "Trask Electric", che in realtà si trova all'angolo tra Henry Street e una stradina laterale dopo Arnotts, in prossimità del Jervis Shopping Centre. Entro e mi guardo intorno, sembra stranamente deserto rispetto agli altri negozi della strada principale. La proprietaria era una compagna di liceo di Sarah. Mi trascino dietro i tre teppisti, a cui sono stata costretta a comprare un gelato alla gelateria italiana situata lungo la strada. Non riesco a comprendere come abbiano voglia di gelato con questo freddo. Appena entrati si disperdono nel negozio correndo ognuno in una direzione diversa, come da copione. Ne sono certa, ormai. Si mettono d'accordo per far impazzire chiunque sia incaricato di accudirli.

Vedo arrivare verso di me una donna elegante, in tailleur blu scuro e con i capelli raccolti. Indossa due grandi orecchini a cerchio che catturano la mia attenzione.

«Buongiorno, sono qui per ritirare il portatile di Sarah Ward. Mi ha detto che sarebbe stato pronto per oggi.»

Mi sono studiata la frase a memoria in inglese, come faccio sempre quando mi trovo di fronte persone che non conosco e posso prepararmi in anticipo. Non mi piace mostrare troppo palesemente il mio accento francese e tento di mascherarlo per quanto mi è possibile.

«Oh, dannazione è vero!» La donna replica con un tono e un atteggiamento irritato, quasi ostile, che stride con l'eleganza del suo portamento. «No, non si spaventi. Non ce l'ho col lei. Ricordo di averlo promesso a Sarah due giorni fa, ma… mio marito ha avuto la brillante idea di licenziare il nostro assistente tecnico che ieri avrebbe dovuto occuparsene. O provarci, almeno. Quindi non è ancora pronto.»

Pessima notizia. Ora mi toccherà studiarmi una frase per raccontarlo a Sarah. A meno che chieda a questa gentile signora di spiegare alla sua amica i problemi derivati dal licenziamento del loro assistente tecnico. Devo trovare il modo di non andarci di mezzo, insomma. Sarah deve aggiornare il blog entro domani e ogni volta è già stressata di suo perché teme di non ricevere abbastanza commenti e visualizzazioni in confronto alle sue rivali più agguerrite, Jessica Summers e Nattie Washburn. E deve aggiornare il blog con il suo computer, perché con gli altri non riesce a lavorare bene e non ha tempo di prenderci l'abitudine. Ci vorrebbero giorni e settimane che lei non ha a sua disposizione. Questo ripete costantemente.

Se le porto questa notizia se la prenderà con chiunque le capita a tiro, come fa sempre quando è nervosa. In questo caso con me, nello specifico. Senza dimenticare che, per sbollire il nervosismo da sola, sicuramente mi costringerà a occuparmi dei tre teppisti oltre l'orario stabilito. E dovrò anche portarli da qualche parte, di nuovo, perché lei rifiuta di averli intorno in quei momenti. Per non danneggiare il loro equilibrio con la sua frustrazione e la sua tensione emotiva di madre troppo impegnata. Così dice sempre. Ma io temo che il "danneggiamento" sia già in corso da un po'. Dalla nascita, forse.

«Potrebbe spiegare lei la situazione a Sarah?» suggerisco timidamente alla donna che però finge di non sentirmi.

Si volta verso un uomo che è appena sopraggiunto da una porta che conduce sul retro del negozio, credo.

«Te l'ho detto che non dovevi mandarlo via!» lo aggredisce. «Ora cosa facciamo?»

L'uomo aggrotta la fronte, sposta lo sguardo su di me, poi di nuovo sulla donna. Mi sembra di intuire sia il marito. Quello che mi ha messa nei guai, insomma. Ha un'aria rubiconda ma infelice al tempo stesso. Si gratta la nuca con una mano, rumorosamente. Mentre attendo lancio un'occhiata intorno per non rischiare di perdere anche i tre figli di Sarah, oltre al suo computer non pronto per la consegna. Si stanno rincorrendo tra le lavatrici. Spero che non si spingano in zone dove possono urtare o rompere qualcosa. Non li richiamo all'ordine perché so, per esperienza, che rimproverarli di non fare qualcosa è il modo migliore per ottenere che la facciano davvero.

«Ora ci penso io, ci ho sempre pensato io!» Anche il tono dell'uomo è poco conciliante. Sembrano escludermi dalla conversazione sul computer che dovrei ritirare, come se non ci fossi. Come se non fossi una cliente di riguardo. Forse mi considerano solo la domestica della cliente di riguardo.

Sospiro e mi appoggio al bancone, mi sento stremata. La donna mi rivolge un'occhiata prima spazientita, non so se nei miei confronti o in quelli del marito. Poi cambia e diventa solidale, quasi d'intesa. Mi fa segno di aspettare e segue il marito nel retro.

Mi distraggo osservando i vari volantini pubblicitari ammassati sul bancone. "Corso di danza cubana" Oh wow, forse dovrei muovere un po' il fondoschiena con qualche cubano... "Impara l'irlandese con noi" che poi sarebbe il gaelico che di solito mi fa impazzire sugli autobus e a cui soltanto ora mi sto finalmente abituando... "Fabbrichiamo meravigliosi ed eleganti cuscini con le tue vecchie tende" Ma perché se qualcuno vuole un cuscino non si compra direttamente un cuscino?... "Corso di cucina indiana" Questo potrebbe essermi utile, qualche base magari. Sollevo il volantino e decido di infilarlo nella borsetta.

Ma il mio sguardo viene catturato da un altro, che stava sotto a quello di cucina indiana e ora sbuca per metà. Riesco a intercettare la parola "Valent...". Sposto altri volantini e leggo per intero: Agenzia "Secret Agents at Your Service". Un po' più sotto: *"Affitta un Agente Segreto per San Valentino"* su fondo rosso con la sagoma di un uomo in giacca e cravattino, che potrebbe rammentare vagamente James Bond. Più sotto, ancora: *"Perché non vivere una settimana da fiaba con un uomo che ti venera e ti fa sentire la donna più bella e desiderata in occasione della festa dell'amore?"*

Giles

Dopo la conversazione con Michael, ho passato la serata ad aggiornare il mio curriculum e a cercare offerte di lavoro su internet. Questa mattina mi sono svegliato presto per proseguire nell'impresa. Non sarà facile e richiederà tempo, me ne rendo conto. Già quello dai Trask era un lavoro temporaneo, visto che ho ottime nozioni di informatica e so riparare elettrodomestici. Grazie a mio nonno che da ragazzino mi trascinava con sé riservandomi una paghetta settimanale. In più me la cavo bene anche con i computer, di solito quando ci metto mano tornano a funzionare. Ho il tocco magico.

Il mio vero lavoro però è quello di consulente finanziario. O almeno dovrebbe esserlo, anche se mi manca poco per conseguire una specializzazione adeguata. Di certo nell'attesa non ho nessuna intenzione di chiedere soldi a mio padre che mi vorrebbe di ritorno alle sue dipendenze nell'azienda di famiglia che produce attrezzi per il giardinaggio. Potrei curare il settore commerciale e finanziario dell'azienda, ovviamente. E sarei costretto a terminare l'università che mio padre ha scelto per me. A questo punto preferirei continuare gli studi qui. Ma la verità e che ho ancora il dubbio che sia davvero il lavoro adatto a me, quindi se dipendessi da mio padre non avrei davvero più scelta. Dovrei piegarmi al mio destino, che mi piaccia o meno.

Quindi cosa mi resta da fare? Accettare la proposta indecente di Michael? O tornare dai Trask e spiegare a Gerrit che si è trattato di un incidente, di un malinteso? Quando mi hanno assunto il tipo che lavorava per loro prima di me se n'era appena andato. E la verità è che, nonostante la buona volontà di Annette, Gerrit non è in grado di avere a che fare con i clienti, non sa interagire e li spaventa con il suo atteggiamento. Riesce a essere discreto nella contabilità ed è quasi geniale nello strappare prezzi di favore ai fornitori, spesso dopo aver offerto loro una birra e qualche sana discussione sulle ultime partite di rugby.

Chiudo il mio computer, afferro la giacca e scendo le scale di corsa. Mi avvio verso Henry Street che dal mio appartamento in Parnell Street dista solo pochi minuti a piedi. A ogni passo mi sento più furioso. Non ho combinato proprio niente con Annette. Forse avrei potuto portare con me quello stupido bracciale e cogliere l'occasione di restituirlo, visto che nel frattempo sono riuscito a sganciarlo dalla zip dei miei jeans. Medito di tornare a riprenderlo. Ma forse è meglio lasciarlo dov'è, dimenticarlo e non infierire sull'istinto rabbioso da uomo cornuto di Gerrit.

Arrivo in Henry Street e, dopo aver percorso un breve tratto, svolto l'angolo trovandomi di fronte il negozio dei Trask. Trattengo per un attimo il fiato, riflettendo sul fatto che forse è meglio abbandonare quella coppia alla deriva al suo destino. Inutile tentare di fornire o pretendere spiegazioni, discutere con chi già so non ascolterà.

Ma ormai sono qui! Al diavolo! Mi lancio verso l'interno del negozio, come se mi stessi lanciando in una battaglia all'ultimo sangue. Inaspettatamente la mia veemenza viene arginata e bloccata appena varcata la soglia. Mi ritrovo addosso tre ragazzini dai capelli rossi che sollevano lo sguardo imbronciato su di me. Subito dietro a loro la madre che sembra avere l'aria incazzata di una che vorrebbe abbandonarli ovunque pur di non trascinarseli dietro.

«Insomma, fate attenzione…» sospira e lancia un'occhiata ostile. Mi viene quasi il sospetto che si stia rivolgendo anche a me. Poi abbassa lo sguardo sul più piccolo dei tre. «Anthony stai attento con quel gelato. Se non lo vuoi più basta dirlo, ma non lanciarlo in giro!»

Invece il piccolo demonio lo lancia davvero in giro. E lo lancia proprio verso di me, con l'aria di sfida di uno che lo ha fatto intenzionalmente oltretutto! Neanche a farlo apposta, finisce proprio lì. Si può proprio dire che ho problemi del cazzo in questo posto! Evidentemente tutti gli oggetti, persone, alimenti ne sono attratti!

«Oh…» la donna abbassa lo sguardo. Proprio lì, pure lei. E sgrana gli occhi con un'aria sconvolta. Come se invece che avere i jeans macchiati di gelato, mi fosse proprio uscito dai pantaloni in sua presenza.

«Insomma, signora… non potrebbe badare ai suoi figli?» Mi rendo conto che probabilmente non è colpa sua ma non so con chi altro prendermela e mi sento anche in imbarazzo.

«Io…» La donna sembra non saper come replicare. Ho notato un accento nelle frasi che ha pronunciato ma non sono riuscito a identificarlo. Sembra imbarazzata, invece solleva gli occhi su di me. Ora sembra più che altro infuriata, in realtà. Tanto che non so se scusarmi o incazzarmi ancora di più. Mi perdo un po' a osservare il suo viso, le guance arrossate, gli occhi azzurri.

Nel frattempo, lei apre la borsa e cerca qualcosa all'interno. Mi porge alcuni fazzoletti di carta e poi mi rivolge l'ennesima occhiata spazientita. Prima che io riesca a dire qualcosa si è già affrettata all'uscita, all'inseguimento dei suoi tre figli indiavolati.

Non mi resta altro che tentare di ripulire il danno con i fazzoletti che mi sono ritrovato in mano. Pensavo peggio, lo strato di gelato alla crema viene ripulito e cerco di nascondere la macchia tirandomi il maglione. Ma tutte a me capitano?

«Quindi… rieccoti qui.» La voce di Annette mi distrae dall'impresa. Socchiude appena gli occhi con aria intenzionalmente seduttrice. «Hai deciso di riprendere da dove ci siamo interrotti, a quanto vedo.»

«Non è un gioco, signora Trask.» Forzo volontariamente il distacco. L'ho sempre chiamata Annette senza tante cerimonie e i nostri discorsi sono sempre stati molto confidenziali. Forse non avrei dovuto lasciarle intendere che ci sarei stato. «Non mi sto divertendo e non sono tornato qui per finire nei guai. Le ho detto chiaramente di non essere interessato. Però io vorrei parlare e ho diritto a una spiegazione… anzi no, in realtà non c'è nessuna spiegazione. Voi non potete…»

«Io posso eccome!» Gerrit sbuca da non so dove. Non dal retro perché non l'ho visto arrivare da lì. «Vai fuori di qui, porta con te la tua merda e non farti rivedere mai più! Se importunerai ancora mia moglie chiamerò la polizia!»

Mentre parla si sposta dietro al bancone e si abbassa per prendere qualcosa. Dal cestino dei rifiuti, credo, che sta proprio in quel punto.

Mi ritrovo in mano alcuni volantini di Michael, stropicciati. Non comprendo il collegamento e non comprendo cosa c'entrino con me e con la nostra situazione.

«Sparisci!» mi ordina inferocito. Credo che mediti di saltarmi addosso con tutto il suo peso se non obbedisco.

Annette mi osserva con aria infelice e irritata al tempo stesso ma non interviene. Il suo silenzio conferma la decisione del marito, anche se poco prima mi era sembrata di tutt'altro parere.

Non mi resta altro da fare che andarmene. Mi ritrovo fuori, per la seconda volta, con i dannati volantini stretti tra le mani. Sospiro e scuoto la testa. Inevitabilmente mi ritrovo a leggere l'invito ad assumere un agente segreto per San Valentino.

No, non ci posso credere. O forse non voglio ancora pensarci, mi rifiuto di considerare l'eventualità. Di riflettere sul fatto che potrebbe essere una buona fonte di guadagno immediato, ciò di cui ho più bisogno al momento. Perché tremo all'idea che uno di questi fantomatici agenti potrei essere proprio io.

CAPITOLO 4

Julie

Giunta finalmente a casa di Sarah, ora sarò obbligata ad affrontarla. Per fortuna non è ancora arrivata per cui posso prendere un po' di tempo per organizzare le idee.

Non posso credere di averlo fatto davvero. Insomma, mi sono sentita come una ladra anche se avevo tentato di agire di nascosto, furtivamente. Ho trattenuto uno dei volantini dei Trask e me lo sono infilata in borsa. Nulla di grave o illegale, almeno per me. Però non era quello riguardante la cucina, ma… l'altro.

Nel frattempo, i due padroni continuavano a discutere animatamente. Annette, ho intercettato il suo nome mentre litigava con il marito, si è mossa verso di me per spiegarmi l'effettivo problema. Non hanno nessuno che possa riparare il computer, ma promette che sistemerà tutto entro un giorno o due.

Che cosa avrei potuto dire, di fronte all'inevitabile? Ho ringraziato e richiamato all'ordine i bambini, preparandomi alla grande uscita di scena.

«Cosa cazzo sono questi?» A quanto pare i volantini di San Valentino, restati in bella mostra sul bancone bianco, hanno richiamato l'attenzione del marito, il cui nome dovrebbe essere Gerry, Garrit o qualcosa del genere.

«Ah, devono essere di quell'amico di Giles passato di qui qualche giorno fa… anzi è suo cugino, mi pare.» Annette ha rivolto al marito un'occhiata a metà tra sadico e minaccioso, strappandogli di mano uno dei volantini. «Interessante!»

«Io non gli ho dato mai il permesso di lasciarli qui!» Il marito ha alzato la voce fino quasi a sbraitare.

«Io invece sì!» Ovviamente la moglie non ha ceduto. Sembrava quasi divertirsi nel confronto.

Come mi sono voltata, dopo aver tentato di inutilmente di intromettermi nella conversazione per precisare le mie richieste e ricordare loro il problema con il portatile di Sarah, mi sono rassegnata trovandomi però impossibilitata a uscire. Per finire invece quasi contro a un tizio dall'aria indisponente che sostava sull'ingresso. E che si è lamentato scambiandomi per la madre dei tre piccoli teppisti. Quando Anthony gli è andato addosso con il gelato macchiandogli i jeans proprio all'altezza del... non sapevo se sentirmi imbarazzata o scoppiargli a ridere in faccia. Gli ho passato alcuni fazzolettini di carta e sono filata via, con la scusa di rincorrere i bambini. Forse avrei dovuto offrirmi di pagare la tintoria... sono stata maleducata. Ma si sarebbe dovuto sfilare i pantaloni e... No, forse mi sarei dovuta far mandare il conto. Insomma, ormai è andata così. Sono scappata.

In ogni caso questa faccenda dell'accompagnatore di San Valentino mi sembra davvero triste, per povere disperate. Quasi peggio della festa dei single che di solito si organizza il giorno dopo. In attesa di Sarah mi sto girando lo stupido volantino tra le mani. I tre teppisti stazionano, per fortuna in silenzio, davanti a un cartone animato in tv. Non durerà a lungo, lo so. Hanno l'incredibile capacità di stancarsi di un gioco o di un programma entro cinque o al massimo dieci minuti, quando va bene. Prima o poi uno dei tre comincerà ad annoiarsi e a protestare, distraendo anche gli altri due.

Comunque no. Non potrei mai organizzare una cosa del genere per Valerie. Sarebbe una situazione davvero troppo assurda. Se capitasse a me, mi sentirei ridicola, non... come dice...? Riprendo il volantino. Ah, ecco... *"la donna più bella e desiderata."*

Approfitto della calma apparente che regna in casa per fare una telefonata proprio a Valerie. Mi risponde con una voce appena percettibile e tirando su col naso. Non so se si è presa un raffreddore oppure sta piangendo, ancora. A questo punto spero che sia davvero il raffreddore.

«Ciao, sono ancora da Sarah.» Vorrei cercare di intrattenerla in qualche modo per aiutarla a pensare meno a ciò che le è successo. «Se vuoi quando torno possiamo uscire.»

«No, Julie. Grazie del pensiero ma sono stanchissima, davvero...» sospira profondamente. Sembra davvero afflitta. «Mi sento a pezzi oggi. Una volta a casa andrò direttamente a letto. Ho questo mal di gola cronico che non si decide a passare.»

«Va bene allora, ci vediamo più tardi.»

Valerie si è trasferita a Dublino per Trent, principalmente. Non aveva altri motivi. Si erano conosciuti in Francia, dove lei insegnava conversazione francese in una scuola per stranieri. Il livello di francese degli studenti era intermedio o alto, quindi per Valerie non era necessaria un'ottima conoscenza di inglese o altre lingue per tenere il suo corso.

Ora che la storia è finita Valerie si è accorta di non stare affatto bene qui. A causa del clima pessimo si è già ammalata diverse volte lo scorso anno. Vorrebbe andarsene, magari trasferirsi alle Canarie o in un luogo dal clima più mite. Tanto se deve comunque lavorare come cameriera o commessa perché il suo inglese non è abbastanza buono, è inutile restare. A questo punto meglio un posto caldo, con più sole e meno pioggia. E poi, a quanto dice, il suo spagnolo è migliore del suo inglese.

Anche io mi sono ammalata. Troppe volte rispetto alla mia media abituale. Sto cercando di combattere la tosse che sta lentamente avanzando. L'ho già avuta a novembre e ora sembra intenzionata a tornare ancora più agguerrita. Io però credo, per quanto riguarda Valerie, che sia stata la delusione a farla ammalare. Per questo forse avremmo bisogno di un po' di sano divertimento. Poi magari potremmo anche andarcene, trasferirci davvero alle Canarie. Ma io vorrei prima terminare i corsi che ho iniziato qui, tentare di affermarmi come chef e soprattutto come food blogger. In seguito potrò lavorare ovunque, da qualunque altro luogo, paese, isola, universo.

Essenzialmente però, al momento, ho un gran bisogno di soldi per pagarmi i corsi. Soprattutto quelli di Kate Norman. Chiudo un istante gli occhi, quasi costringendomi a riflettere. Li riapro fulmineamente, come attraversata da un lampo. Un lampo di genio, per la precisione. Cerco di nuovo il volantino che ho trovato in quel malandato e malgestito negozio di elettrodomestici. Fulminata da un'idea sensazionale. Chissà se assumono anche donne per fare questo lavoro?

Giles

Mi arrendo. Il tentativo con i Trask ha avuto un esito tragicomico e non mi ripresenterò mai più. Devo però inventarmi un'alternativa, trovare una buona idea per guadagnare soldi subito. Sembra che la soluzione ideale sia proprio sotto ai miei occhi. Abbasso lo sguardo sul dannato volantino mentre addento il panino al prosciutto che mi sono preparato appena tornato in casa.

Michael mi ha garantito che non pretenderanno che io vada a letto con le clienti. Anzi, è espressamente vietato dal regolamento. Potrebbe comunque essermi utile per mettere da parte qualcosa mentre cerco un lavoro vero e proprio, qualcosa di più adeguato. Certo, non è detto che Miranda Crossing abbia voglia di assumere proprio me tra i suoi "agenti".

Steso sul divano, aspetto impazientemente che Michael rientri in casa la sera per tornare ad affrontare il discorso.

«Non sono riuscito a riavere il lavoro dai Trask…»

È la prima cosa che dico appena varca la porta di ingresso e non ha ancora raggiunto il salotto.

«Ovvio, non dovevi farti la moglie del capo. Soprattutto non sotto ai suoi occhi.»

«Non me la sono fatta!» Mi ribello al suo tono annoiato, poco partecipe delle mie disgrazie.

«Allora non dovevi "non fartela" sotto ai suoi occhi!» sbadiglia rumorosamente e si stira, proprio di fronte a me. «Sai come si dice… occhio non vede, cuore non duole.»

«Sì, lo so. Ma ormai…» sbuffo stringendomi nelle spalle. Sto cercando il modo adatto di affrontare il discorso. Lo affronto e basta. Non esiste un modo adatto e sicuramente a Michael non frega niente delle mezze misure. «Quell'offerta che mi hai fatto ieri è ancora valida o hai trovato qualcun altro? E in ogni caso… stanno assumendo?»

«Ti posso fissare un appuntamento con Miranda, se non hai paura di essere sbranato.» Michael mi rivolge un'occhiata indifferente e si avvia verso il frigo. «Devi comunque passare sotto di lei, anche se prenderai il mio posto temporaneamente.»

«Intendi dire…» No, non intende dire. Non può. Anche se mi rivolge quell'occhiata che sottintende un "sotto di lei" in senso letterale.

«Certo, intende testare la merce in prima persona.»

Non mi sbagliavo. È fottutamente serio. Quindi, per intenderci, sto per cadere dalla padella nella brace.

«Se… non c'è alternativa…»

Michael si stappa la birra e la sorseggia avidamente.

«Sei proprio un ingenuo, Giles. Per questo ti fotteranno sempre nella vita.»

Ah, grazie! Mi serviva proprio che qualcuno mi sbattesse in faccia la verità! Non replico, mi sto trattenendo dal mandarlo al diavolo. Incrocio le braccia e mi è venuta un'improvvisa voglia di uscire. Probabilmente mi infilerò nel primo pub che mi capita a tiro per farmi qualche birra accompagnata da una sana dose di chiacchiere con i primi sconosciuti che si siederanno accanto a me. Fra un po' saranno tutti presi dal torneo di rugby delle Sei Nazioni.

«Stavo scherzando, ovviamente!» Michael alza gli occhi al cielo e sospira. «Figurati, quella megera non si farebbe toccare neanche con una piuma!»

«Ah, bene! Grazie per avermi preso per il culo!» Mi alzo comunque, ormai sono lanciato. «Però non mi sembrava tanto una megera… quasi quasi…»

«Non fare il coglione adesso!» Michael mostra stranamente segni di impazienza. Eppure, quello incazzato dovrei essere io a questo punto. «Lo vuoi l'appuntamento con la stronza oppure no?»

CAPITOLO 5

Julie

I giorni stanno trascorrendo inesorabili e la data fatidica si avvicina. Non so come evitarla con Valerie. Ora non si tratta più solo di San Valentino e di tutte le mie sventurate relazioni naufragate proprio all'approssimarsi di quella disgraziata festa dell'amore. Coinciderà anche con il giorno del mancato matrimonio di Valerie.

Ci incontriamo per il pranzo, non so quasi più di cosa parlare con lei. Siamo in pausa entrambe. Lei dal fast food dove lavora, io dai figli di Sarah che sono impegnati nelle loro attività pomeridiane. Per fortuna non ho subito ripercussioni dirette dovute al mancato ritiro del suo computer preferito.

Sono tentata di accennare a Val qualcosa riguardo quella bizzarra agenzia. Così, solo per ridere un po'. Ma mi sembra una mossa troppo azzardata. Meglio cambiare totalmente discorso e replicare a un suo commento a proposito del lavoro.

«Sono sicura che presto troverai qualcosa di meglio. Il tuo inglese sta progredendo notevolmente.» Notevolmente forse è un po' esagerato. Ma Val ha bisogno di incoraggiamento. «Ho visto che stanno cercando personale nel negozio di souvenir irlandesi in Grafton Street, quello carino dove avevamo comprato le borse, le magliette e i cd di musica tradizionale. Anche a Temple Bar alcuni negozi di abbigliamento stanno cercando. Meglio del fast food, non credi?»

«Grazie, Julie. Ma non mi preoccupo troppo, ormai…» sospira versando accuratamente il condimento sulla sua insalata. «Sono quasi convinta a tornare a casa e poi da lì prenderò una decisione su dove andare. Se non fosse che mi vergogno troppo, lo avrei già fatto.»

«Tu non hai nulla di cui vergognarti, Val...» sospiro e appoggio la forchetta sul piatto, invece di portarmi alla bocca il pezzettino di pizza.

«Lo so, ma con gli amici... Voglio dire, sono partita dal paese come se dovessi conquistare il mondo...» sospira e scuote appena la testa. «Invece sono finita a fare un lavoro che detesto perché non posso aspirare a niente di meglio. E il mio fidanzato, dopo avermi chiesto di sposarlo e averlo annunciato al mondo, mi ha mollata. Non si sentiva più pronto. Io pianificavo di girare il mondo insieme a lui. Lo pianificavamo insieme. Poco alla volta, ovviamente, lavorando entrambi...»

«Era davvero quello che volevi? O lo voleva lui?» Non so da dove mi sia scaturita la domanda, ma ormai mi è uscita. Abbiamo sviscerato l'argomento in tutti i modi, nelle ultime settimane. Discutendo sulle ragioni di Trent, sulle inesistenti colpe e mancanze di Val. Ma di questo non ne avevamo mai parlato. Davvero desiderava una vita accanto a lui? Cercando di soddisfare le sue necessità? Trasferendosi nel suo paese? Accettando un lavoro che non la entusiasma?

«La verità è che non lo so, Julie. Non lo so più. So che io volevo lui, quindi mi sarebbe andata bene qualsiasi cosa.»

La risposta di Valerie non mi sorprende. L'ho vista insieme a Trent. Ma forse è proprio ciò che succede quando ci si innamora. Va bene qualsiasi cosa. Ci adattiamo a qualunque situazione.

«Perché non provi a cercare lo stesso lavoro che avevi in Francia? Potresti insegnare francese anche qui.» Cambio completamente argomento, meglio non infierire troppo sui suoi sentimenti per Trent. Anche se è stato proprio a un corso di francese per stranieri che si sono conosciuti, quindi non so quanto il mio tentativo possa servire per distrarla.

«Io non so, forse...» Valerie si stringe nelle spalle e poi torna a fissare, con aria fin troppo assorta, la sua insalata.

Sembra indifferente ormai a ciò che le accade qui. Nonostante i miei tentativi di incoraggiamento forse sta davvero pensando di andarsene e sta concentrando tutti i suoi interessi altrove perché evidentemente non c'è più nulla che la trattenga a Dublino. Nulla e nessuno. Nemmeno io.

Ma questo significa che io resterò sola. Con conoscenze superficiali in questa città, nulla più. Temo di dovermi rassegnare all'idea in attesa che qualcosa cambi.

Mentre medito su cosa dire per spezzare il silenzio, il mio cellulare posato sul tavolo inizia a suonare. Vedo apparire il nome Trask e improvvisamente ricordo di aver lasciato il mio numero e il mio indirizzo e-mail alla signora nel bel mezzo della discussione.

Rispondo ed è proprio lei, Annette Trask. Mi comunica che il computer sarà pronto a breve. Si scusa per l'inconveniente causato e conclude dicendo che si farà sentire appena possibile, magari già in giornata.

Riaggancio e cerco di riprendere la conversazione con Valerie, sfruttando la telefonata appena ricevuta per spiegare l'accaduto e cambiare discorso. Valerie annuisce senza mostrarsi particolarmente interessata.

«Tu cosa intendi fare?» Mi chiede alla fine, fissando gli occhi chiari su di me.

«Andrò a prenderlo appena sarà pronto almeno mi toglierò il problema. Se è oggi meglio ancora!»

«Non mi riferivo a quello.» Scosta il piatto, appoggia i gomiti sul tavolo intrecciando le dita. Si protende in avanti, verso di me, come a osservarmi meglio. «Nella tua vita, Julie. Tu cosa hai intenzione di fare?»

Giles

Ho accettato quasi per scherzo, invece la faccenda si è fatta davvero dannatamente seria. E davvero Michael mi ha fissato un appuntamento con la famigerata Miranda Crossing. L'agenzia si trova nella zona di Finglas. Ci sono stato solo un paio di volte, con Michael. Una volta in un pub, l'altra per riconsegnare un'auto che avevamo affittato. Devo fare attenzione a non perdermi.

Riesco fortunatamente a individuare l'edificio dove ha sede l'agenzia, in una zona un po' decentrata di Finglas Village. Oltrepassata una banca e un supermercato percorro una stradina poco battuta. Si è nascosta per bene. E non c'è nessuna insegna, solo il nome "M. Crossing" sul campanello. Suono, mi presento e mi viene aperto.

Salgo due rampe di scale per raggiungerla. L'interno sa di vecchio, ma credo di essere ancora nello spazio in comune con altri, non ho ancora raggiunto l'ingresso vero e proprio dell'agenzia.

Quando ci arrivo suono di nuovo e attendo. Mi viene ad aprire proprio lei, in persona. Ed è più bella di quanto ricordassi, dopo averla vista fugacemente solo la volta che sono andato al pub con Michael. Tiene i capelli scuri in parte raccolti, mentre alcune ciocche le scendono sulle spalle. E fissa gli occhi nei miei, come a sfidarmi, mentre inclina leggermente il viso.

Con un cenno del capo mi invita prima a entrare e poi a seguirla lungo il corridoio. Non posso fare a meno di fissare il suo corpo mentre mi precede. La sua linea snella, le forme arrotondate nei punti giusti. Nonostante indossi un completo pantaloni e giacca grigio scuro che sembra un inno alla sobrietà, tutto in lei grida sensualità e ardore.

Forse sto esagerando. Forse è il lavoro che fa che mi lascia percepire un'immagine distorta di lei. O forse è il disprezzo di Michael che improvvisamente mi appare troppo esagerato.

Ci accomodiamo nel suo ufficio, modesto e sobrio quanto lei. Sembra in effetti riflettere la sua immagine. Scrivania scura, due sedie molto minimaliste di fronte. La sua poltrona dall'altro lato non è poi tanto diversa. Un quadro alla parete che rappresenta uno dei periodi di Picasso. Non me ne intendo ma è quello in cui rappresentava pezzi di donna mescolandone i tratti. Poco distante c'è un divano verde chiaro all'apparenza davvero scomodo, quasi senza schienale.

Mi guardo in giro per non puntare gli occhi direttamente su di lei, che mi scruta come in attesa di un mio passo falso anche se sono appena entrato e non abbiamo ancora iniziato a discutere del lavoro che dovrebbe offrirmi. Però poi, inevitabilmente, vengo richiamato all'ordine e sono costretto a guardarla mentre si rivolge a me.

«Quindi, lei è il cugino di Michael Wrighton. Immagino che le abbia già spiegato qualcosa su come funzionano le cose qui.» La sua voce e più dolce e carezzevole di quanto avrei immaginato e, nonostante l'avvenenza, stride con l'immagine fredda e distaccata della donna.

«Sì, direi che mi ha già spiegato tutto, signora.»

Cerco di assumere un atteggiamento il più professionale possibile. Mi sono messo elegante anche io, anche se onestamente mi sento un manichino al momento. Camicia bianca, completo blu e cravatta. Devo riuscire a resistere fino alla fine. Almeno fino a convincere questa donna a darmi il lavoro e a pagarmi anche bene. Poi in qualche modo me la caverò quando avrò a che fare direttamente con le clienti.

«Quindi saprà che è assolutamente vietato intraprendere relazioni intime con le signore che richiedono i nostri servizi. Anche nel caso loro si dichiarino disponibili a versare qualche extra a tale scopo, diciamo. Le è chiaro questo, signor McGrath?»

Chiaro. Limpido. Cristallino. Non diventerò un prostituto, tranquilla mia cara donna di ghiaccio. Non rispondo così, ovviamente.

«Certo, signora Crossing.»

«E ovviamente nessun contatto oltre a quelli stabiliti attraverso l'agenzia. Nessun tentativo di… come dire, far innamorare donne sole di una certa età e magari in possesso di una cospicua eredità.»

Ma per chi mi ha preso questa? Mi sento avvampare e vorrei saltarle addosso. Mi sta dando del… insomma, come si dice per gli uomini? Mi sfugge il termine, ma dovrebbe esistere. Mi passo una mano sulla fronte. Mi sento umiliato e in vita mia credo di non essermi mai sentito tanto solidale con l'universo femminile quando viene accusato di azioni del genere.

Lei invece, molto compostamente, se ne frega proprio del mio stato d'animo. Mi punta addosso gli occhi scuri e sembra sempre più un'aquila pronta a scagliarsi sulla preda per sbranarla. Eppure… non ha detto nulla di diverso da ciò che mi aveva già spiegato Michael. Però il modo… la sua compostezza… l'aria sprezzante con cui mi sta fissando ora. Nonostante il viso bellissimo e le due ciocche di capelli leggermente più chiare che scendono ad accarezzarle le guance, questa donna non mi suscita più alcuna attrazione rispetto all'impatto iniziale. Solo voglia di fuggire via, di starle lontano.

«Io non…» mi rendo conto che qualcosa dovrò pur rispondere, prima o poi. «Non ho intenzione di mirare all'eredità di nessuno… nessuna…»

Quasi preferivo tornare a supplicare i Trask, mi rendo conto. O qualsiasi altro lavoro mi sarebbe andato bene. Cosa diavolo mi è venuto in mente? E come può Michael subire tutto questo?

«Le spese ovviamente sono a carico dell'agenzia. In effetti l'unica sua incombenza sarà quella di comportarsi da gentiluomo con le signore, farle stare bene in sua compagnia. Crede di poterlo fare?»

Aveva ragione Michael. Anche il suo accento esageratamente british mi inizia a stare sui nervi. Ora mi sta forse accusando di essere un bifolco americano che non si sa comportare con le signore?

«Io so comportarmi perfettamente da gentiluomo con le signore! Lei non ha idea di cosa potrei fare!» Le rispondo forse un po' troppo a tono, questa volta.

Piega leggermente la testa e mi rivolge un'occhiata sprezzante.

«Ah, davvero? E cosa potrebbe fare? Sentiamo.»

«Io posso essere un gentiluomo, ovviamente. Far sentire una donna desiderata, amata...» Ma cosa cazzo sto dicendo? Quando mai!

«Abbiamo convenuto poco fa che lei non dovrebbe assolutamente illudere e far innamorare una donna di sé. E lo sa perché, signor McGrath?» Non si aspetta una risposta da me, quindi nemmeno ci provo. Mi vuole dare una lezione. Ha il tipico atteggiamento da maestrina che rimprovera un allievo un po' idiota. «Perché una cliente innamorata, soprattutto di una certa età, è una cliente che il più delle volte non viene ricambiata. E una cliente che si è sentita illusa ma non viene ricambiata sa in cosa si trasforma, signor McGrath? In una cliente incazzata che sarà scontenta del servizio e creerà un mare di guai. Guai che poi sarò io a dover risolvere al posto suo.»

Mi perdo nel tentativo di comprendere se ha davvero pronunciato la parola "incazzata" nel bel mezzo del suo monologo. Perché anche una parolaccia sembra perdere l'effetto desiderato sulle labbra di questa donna. Labbra invitanti ma di pietra, come tutto il resto. O di ghiaccio. In ogni caso pericolose. Ripensandoci, potrebbe anche mordere.

«Mi è tutto chiaro, signora Crossing. Gentiluomo ma senza sesso e senza amore.» Un manichino, insomma. Ma ci sono donne che davvero affittano un manichino?

«Sta pensando che nessuno in questi degenerati tempi moderni accetterebbe un po' di buongusto e sano romanticismo senza trascendere in una relazione sessuale e senza avere come scopo una relazione amorosa?»

«Già, temo mi abbia letto nel pensiero.» Tanto vale scoprire le carte perché ormai mi è chiaro che non l'avrò vinta con lei. Non l'avrò vinta mai. «E in ogni caso... lei conosce davvero bene le donne.»

«Ovvio, sono una donna anch'io.» Per la prima volta accenna un sorriso. E per la prima volta avrei qualcosa da ridire a proposito della sua affermazione. Che sia una donna non c'è dubbio. Con il cuore contenuto in un calcolatore, magari, ma una donna. «E comunque spesso gli uomini non sono affatto differenti.»

«Per gli uomini il più delle volte si tratta solo di sesso, non di amore. Sono un uomo, me ne intendo.» Anche io sorrido, non so perché. Volevo atteggiarmi a essere superiore, a uomo di mondo. Ma al momento invece mi sento prevalentemente un cretino mentre attendo che Miranda ribatta a tono. Mi aspetto un'offesa memorabile da parte sua.

«Ha ragione» annuisce socchiudendo appena gli occhi. E inaspettatamente non aggiunge altro in proposito. Apre un cassetto e mi mette di fronte alcuni fogli raccolti in un plico. «La paga settimanale è quella indicata in alto. Allora... vuole firmare l'accordo o preferisce lasciar perdere?»

«Firmo l'accordo. Ma l'avverto fin da subito che sarò disponibile solo per queste settimane, perché...» Perché sono in una situazione disperata e non voglio fare troppa fatica mentre cerco altro? No, meglio evitare di dirlo. Perché la paga settimanale per cinque appuntamenti corrisponde all'incirca a quello che guadagnavo dai Trask in un mese? No, meglio non farle presente il mio salario precedente.

«Perché vuole guadagnare soldi facili mentre cerca altro.» Mi lancia un'occhiata che non riesco a decifrare quindi non so se sia comprensiva o di commiserazione. «Quello che pensano tutti. Ma chissà perché i soldi facili tendono ad attrarre altri soldi facili. E alla fine restano tutti oltre il tempo inizialmente stabilito.»

Cosa significa? Che finiscono tutti in trappola? In effetti Michael da quanto lavora per lei? Non mi importa. A me non accadrà. Io ne ho bisogno ora. Solo qualche settimana di soldi facili senza nessun coinvolgimento né fisico né emotivo. Devo semplicemente uscire con donne tristi e sole e comportarmi bene. E la paga è ottima! Cosa posso desiderare di più?

CAPITOLO 6

Miranda

Avevo intuito già dal primo sguardo che avrebbe accettato. Inserisco la sua fotografia nel file. Molto carino, lineamenti quasi perfetti, labbra carnose, occhi verdi e capelli castano chiaro. Eccolo, un altro giocattolo da aggiungere alla collezione. Come altri prima di lui, straripante di supponenza e privo di buon senso. Solo per poche settimane, ha detto. Lo dicono tutti quanti, in realtà. Molti sono con me da anni. Michael è con me da anni e non è intenzionato ad andarsene. Dovrò cacciarlo io, un giorno di questi.

Ma la vera domanda non sono loro, è ovvio il motivo per cui siano rimasti. La vera domanda sono io. Io perché "sono con me da anni"? Io perché ho proseguito questa assurdità senza batter ciglio?

La mia vita stava andando a rotoli e avevo bisogno di un diversivo. Forse avrei potuto iniziare un corso di uncinetto o di nuoto sincronizzato, invece di accettare di portare avanti l'attività di mia zia Grace. Con le regole della zia Grace che probabilmente potevano andare bene e avere un senso cinquant'anni fa o anche di più. Che poi è chiaro come la luce del giorno che nessuno le rispetti, queste regole. Né le clienti né i "gentiluomini" che possibilmente puntano a intascarsi qualche soldo facile in più. Forse chiaro come la luce del giorno in Irlanda rende più l'idea. Chiaro solo occasionalmente, quindi. Chiaro come un manto di nuvole scure da cui, di tanto in tanto, fa capolino uno stralcio di azzurro che concede un po' di tregua, di speranza.

In ogni caso, come ha appena detto quel ragazzino del signor McGrath, per gli uomini il più delle volte si tratta solo di sesso, non di amore. Mentre le donne, povere ingenue, si illudono di arrivare all'amore attraverso il sesso. Non tutte. Alcune si sono svegliate, fortuna loro, e hanno capito di essere state ingannate tutta la vita dalle fiabe della buonanotte. Come me.

La verità è che la mia vita stava davvero andando a rotoli e zia Grace e la sua bizzarra attività sono state come una zattera per me, a cui aggrapparmi per tentare di restare a galla. Mia zia e la sua amica Janet erano due donne sole a cui era balenata l'idea di cercare di rendere felici altre donne sole. Non avevano in mente nulla di ciò che gira oggi su internet. In realtà desideravano solo un po' di compagnia e di essere trattate bene da un uomo. Sembra quasi assurdo come per certe donne possa ancora apparire come un'utopia. Me compresa.

Così, quando mi sono ritrovata a essere una donna sola esattamente come loro, ho lasciato l'Inghilterra per trasferirmi in Irlanda. Avevo soltanto voglia di scappare via. Non avrei mai creduto che sarebbe potuto accadere. Zia Grace era l'unica parente che mi era rimasta. I miei genitori erano morti anni prima e il mio matrimonio era miseramente fallito dopo sei anni di felicità solo apparente.

In realtà proprio di questo si tratta, temo. Di felicità solo apparente, in moltissime coppie ormai. L'unica differenza consiste nel fatto che la maggior parte si rifiuta di ammetterlo. Anche io mi rifiutavo di ammetterlo, da tanto tempo ormai. Finché ne ho avuta palese dimostrazione nel mio letto, dove ho trovato il mio ex marito con la sua ex amante. Subito dopo mi ha promesso che l'avrebbe lasciata, giurandomi fedeltà assoluta da quel momento. Ma sapevo che non lo avrebbe mai fatto. Mi è stato chiaro quando ho mandato all'inferno sia lui sia le sue promesse. Poi non gli ho parlato più. Nel senso che da me non ha ricevuto più una sola parola, ma soltanto la lettera di divorzio da parte del mio avvocato. Gli ho fatto la guerra del silenzio. In quella sono sempre stata la migliore.

Già lo sapevo, da mesi o forse da anni. Stavo solo nascondendo la testa sotto la sabbia. E probabilmente non sarebbe nemmeno stato necessario arrivare a scoprire un tradimento per capirlo.

Qualcosa come l'agenzia che mi sono ritrovata a gestire sembra funzionare per alcune donne. So che, se me ne capitasse l'occasione, non funzionerebbe per me. Questi ragazzi non funzionerebbero con me. Forse perché ormai so che si tratta di finzione. Mi renderebbe soltanto consapevole di essere più triste, più sola, più frustrata.

Grace e Janet tenevano particolarmente alla festa di San Valentino. Ne parlavano come espressione d'amore in tutte le sue forme. Non sono mai riuscita a comprendere davvero tutto il loro entusiasmo, soprattutto perché l'amore sembrava essersi dimenticato di loro da anni. E anche di me.

Tento di resistere alla tentazione, ma poi cedo. Lo faccio per me stessa. Per non dimenticare. Guardo all'interno senza nemmeno sollevare la fotografia o sfiorarla. Mi fa ancora male, ma è giusto che sia così. Io, anche se lo nego, ci credevo ancora. Io speravo di salvare qualcosa, di salvare noi. Forse la mia guerra del silenzio mi ha annientata ancora di più che gridargli in faccia tutta la mia rabbia. Ora mi serve a ricordare. Per fare in modo che non accada più. Mai più a me.

Chiudo il cassetto con uno scatto, produce un piccolo rimbombo. Apro quello sottostante e senza pensarci afferro la scatola. Il cioccolato fa bene all'umore, dicono. Io ne ricevo in continuazione, in tutto il periodo dell'anno. Da clienti, conoscenti. Non fanno altro che regalarmi cioccolatini, sempre cioccolatini. Credo di essermi assuefatta, ormai. Forse servono a regolare lo stato della mia amarezza.

Devo iniziare a pensare ai preparativi per la mia festa. Altra eredità di zia Grace. Una cena per il giorno di San Valentino per chi non ha altra possibilità, luogo o persona con cui festeggiarlo. Una celebrazione per anime sole. Forse è ancora più patetica della festa vera e propria.

Faccio un giro per i contenuti dei file. I ragazzi e le clienti. Come se stessi controllando la merce ancora una volta prima di chiudere tutto e andare a casa.

Ci troviamo in un sobborgo residenziale a nord di Dublino. Non è nemmeno tanto semplice trovarci. Eppure ci trovano. Da anni. Forse il tutto prosegue grazie a zia Grace e a Janet, anche se non ci sono più. Classe, raffinatezza, eleganza… come se le clienti si fossero passate parola dal passato al presente.

Spengo tutto. Mi alzo dalla poltrona che prima o poi mi dovrò decidere a cambiare per quanto sta diventando scomoda ma che non riesco a lasciar andare perché era qui già prima del mio arrivo. Non posso nemmeno dire di "andare a casa" perché vivo dall'altra parte della strada, nella villa appartenuta da sempre a zia Grace e a suo marito, morto a poco più di trent'anni. Nonostante fosse una giovane vedova senza figli la zia non si è mai risposata. Forse avrebbe potuto.

Domani dovrò decidere a chi affidare le clienti iscritte per la settimana speciale di San Valentino. Inizierà con la fase definita "del corteggiamento". Per me invece inizierà la fase in cui i pagamenti effettuati dalle clienti verranno depositati sul mio conto corrente.

Michael

Se è rientrato in casa significa che è sopravvissuto. Non voglio neanche sapere com'è andata. Mi sono fatto un'idea su Giles in questi mesi. Non ce la farà, per quanto ho imparato a conoscerlo. Probabilmente a breve se ne tornerà in America a farsi viziare dalla sua famiglia.

«Ora non mi resta che attendere il primo appuntamento!»

Sono le prime parole che mi rivolge lasciandosi cadere pesantemente sul divano. Sto tentando di cucinare delle verdure grigliate con pessimi risultati. Rischio di mandare tutto a fuoco, a questo punto.

«Vuoi dire che sei riuscito a farti assumere?» Non riesco a nascondere la mia incredulità.

«Avevi dubbi?» Giles si ricompone e appoggia i gomiti sulle ginocchia. Mi guarda con espressione corrucciata. «Ho fatto colpo. Ne sono certo. Ho fatto davvero colpo su Miranda.»

«Sì, colpo proprio…» Se devo essere sincero il suo atteggiamento ora troppo sicuro mi indispone. Ma meglio tacere.

«Noto un certo sarcasmo nel tuo modo di rispondermi.»

E nota bene. Evidentemente posso controllare quello che dico ma non come lo dico. E nemmeno l'espressione con cui lo dico.

«No, nessun sarcasmo. Solo non lasciarti manovrare troppo da Miranda.»

«La trovo una donna molto bella ma anche molto infelice.»

Ecco, dovevo immaginarlo. È proprio nell'indole di Giles. Cosa vorrà fare con Miranda? Cercare di salvarla da se stessa e dalla sua "infelicità" donandole il suo cuore. Peggio per lui quando si renderà conto che si tratta di perfidia allo stato puro, in realtà.

«Che intenzioni hai con lei?» Non posso fare a meno di chiederlo.

E in ogni caso non cercherò di metterlo in guardia. Se Giles ha quest'aria un po' persa e sognante mi sembra chiaro che Miranda sia partita con la sua opera di seduzione. Lo farà a pezzi. Come ha fatto con altri prima di lui.

«Nessuna intenzione, ma mi sembra strano che una donna come lei non stia con nessuno. Voglio dire... così mi sembra di aver capito.»

«Io credo che Miranda non abbia proprio la personalità adatta per stare con qualcuno.» Lo penso davvero. E devo ammettere che in questo ci somigliamo. «Comunque, hai capito bene. E ti consiglio di lasciar perdere o non te la farà passare liscia.»

«Perché? Ci sei già passato anche tu o conosci qualcuno che ci ha provato?» Giles ora si alza e sogghigna come se avesse di fronte tutte le risposte a quell'enigma di donna chiamata Miranda Crossing.

«Diciamo che la conosco da qualche anno, ormai. Nessuno ne uscirebbe indenne, fidati.»

Giles si stringe nelle spalle poco convinto. La conversazione si interrompe perché riceve un messaggio sul cellulare.

«Annette Trask...» mi rivela come se me ne importasse.

A me importa solo di chiudere il suo discorso su Miranda. Anche se il primo a chiudere in modo definitivo il discorso su Miranda dovrei essere proprio io.

CAPITOLO 7

Miranda

Tra le domande a cui non riuscirò mai a rispondere una delle prime riguarda proprio lui. Mi osserva con l'aria di chi mi conosce davvero bene e io di fronte ai suoi occhi un po' stanchi ma ancora vivaci finisco quasi sempre col sentirmi trasparente.

Inoltre mi sono chiesta, più volte, perché mi permetta ancora di restare. Raymond Murphy, il proprietario dello stabile in cui gestisco l'agenzia "Secret Agents at Your Service" è seduto proprio di fronte a me. Abita al primo piano e ogni tanto viene a farmi compagnia. Era molto amico di zia Grace e anche di Janet, amico d'infanzia del marito della zia. È rimasto solo dopo la morte della moglie e il trasferimento del figlio negli Stati Uniti.

Sì, mi chiedo davvero perché non mi abbia mandata via e non abbia pensato di affittare l'intero piano. Potrebbe ricavarne un paio di appartamenti. Invece cede i tre locali dell'agenzia a me e lascia gli altri completamente vuoti. Quando la zia e Janet erano vive organizzavano il tè con le amiche. Ora vengono utilizzati esclusivamente per la festa di "non San Valentino". Certo, prima l'agenzia non riguardava soltanto appuntamenti con uomini, era forse più una sorta di "esperimento sociale" per trovare un po' di compagnia. Ora, per forza di cose, è qualcosa di diverso. E per quanto io tenti di mantenere un certo antico decoro, sono la prima a rendermi conto che la situazione mi è già da un pezzo sfuggita di mano. In realtà forse era sfuggita anche a Grace e a Janet ma, semplicemente, facevano finta di non accorgersene.

«Hai un nuovo ragazzo.» Raymond si siede davanti a me, mentre mi alzo per accendere il bollitore per il tè che tengo su uno dei tavolini accanto alla mia scrivania. Non me lo sta chiedendo, quindi deve averlo visto entrare o uscire.

«Sì, è cugino di uno degli altri. Gli ha già spiegato come funziona. È stato più semplice.»

Raymond annuisce e si sistema gli occhiali sul naso, senza replicare. Però mi lancia una delle sue occhiate tipiche. Tipiche di quando si rende conto che la conversazione mi sta mettendo a disagio. Con lui ho difficoltà a essere come sono normalmente con gli altri uomini. Come sono stata con quel ragazzo appena assunto. Perdo l'intransigenza e so che dovrò recuperarla al più presto per poter essere credibile.

«Promette bene. È giovane. Poi è pulito, fresco, rassicurante.»

«Sembra che tu stia descrivendo un nuovo pezzo di arredamento, Miranda.» Raymond scuote leggermente la testa e mi guarda con gli occhi azzurri che, nonostante la vivacità, sembrano sempre velati di lacrime, di una tristezza indescrivibile. Anche quando cerca di essere divertente.

«Forse lo è davvero. Deve piacere alle clienti, devono trovarsi bene con lui. Credo proprio che piacerà.» Sono stanca e non ho eccessiva voglia di dialogare. Nemmeno con Raymond. Avrei solo voglia di dormire, oppure di partire per una lunga vacanza e dimenticare tutto e tutti, compresa me stessa.

«E tu... cosa ne pensi davvero?» Raymond incrocia le braccia e si appoggia allo schienale della sedia. Intanto il bollitore è scattato segnalando che l'acqua è pronta per il tè. Immergo due bustine nelle tazze prime di versarla.

«Io non sono tenuta a pensare per me stessa.» Non è la prima volta che mi pone questa domanda, anche se capita piuttosto raramente da qualche anno. «Scelgo sempre nell'ottica di cosa potrebbe piacere alle clienti, non a me.»

«Forse un giorno dovresti deciderti a uscire con qualcuno, Miranda. Seriamente intendo.»

«No, non ha più senso ormai per me.» Mi concentro ancora di più nell'operazione di preparazione del tè, come se fosse una faccenda estremamente complicata e non un'azione che compio quotidianamente, più volte al giorno. «Il mio tempo è passato, Ray. Ormai dovresti sapere come la penso.»

«Intendi proseguire anche quest'anno con la solita festa?» Raymond comprende e cambia argomento, o almeno ci prova.

«Certo, ne sono fermamente convinta. Lo so che è iniziata come una festa contro San Valentino creata per persone che si sentono ostinatamente e fieramente single. L'avrei davvero evitata a volte, ma è una tradizione introdotta da zia Grace e mi dispiace sospenderla.»

«Sì, forse fai bene.» Raymond sorride appena mentre gli porgo la tazza del tè.

«Devo pur ricompensare me stessa con qualcosa di vero.»

Non servono spiegazioni, Raymond lo sa cosa intendo. Assumo uomini prevalentemente in base al loro aspetto. Vendo un amore inesistente e che mai si realizzerà. Vendo illusioni e un finto romanticismo. Quindi per me cerco qualcosa di reale. Decisamente meno affascinante e fiabesco… ma più spontaneo e in un certo senso anche più umano.

Julie

Forse è stata una follia. Forse semplice curiosità. Non so nemmeno io perché mi sono messa in testa una cosa del genere. Per spezzare la routine, credo. Resta il fatto che, abbastanza assurdamente, ho costretto me stessa a raggiungere la sede dell'agenzia di appuntamenti che ho trovato nel negozio di elettrodomestici dei Trask, "Secret Agents at Your Service."

Ho preso appuntamento online. Non so nemmeno io a cosa stavo pensando in quel momento. E non so cosa racconterò quando mi presenterò lì. Mi sono spacciata per una cliente, insomma. Ma l'ultima delle mie intenzioni è pagare per uscire con un uomo o per farmi corteggiare da "uno dei loro ragazzi". Già arrivare fino a qui è stata una delle idee più stupide che io abbia mai avuto in vita mia.

Mi sento totalmente idiota mentre scendo dall'autobus alla fermata di Finglas Village che, secondo le indicazioni che ho trovato sul sito, dovrebbe essere la più vicina all'indirizzo che hanno riportato. Ho deciso che forse darò soltanto un'occhiata in lontananza e poi fuggirò via, da brava.

Cerco l'indirizzo esatto con l'aiuto di Google Maps, per fortuna che esiste. Mi ritrovo all'angolo di un supermercato. La mia attenzione viene richiamata da una vagabonda seduta su un muretto. Sembra una vagabonda per lo meno, dagli abiti un po' sgualciti e strappati. La giacca azzurra ha dei grossi buchi sulle maniche e si intravede la maglia arancione che indossa sotto. È molto variopinta, questo sì. Mi segue con uno sguardo attento e imperscrutabile proprio mentre sto per estrarre dalla borsa una barretta al cioccolato per recuperare un po' di energia. Sentendomi a disagio ne prendo un'altra dalla confezione che mi trascino nella borsa e gliela offro.

«Ne mangio sempre in quantità esagerata quando sono nervosa o stressata…» In realtà non credo sia interessata alle mie abitudini alimentari, lo dico tanto per dire qualcosa. Forse avrei fatto meglio a tacere. E in ogni caso devo trovare l'agenzia e decidere nel frattempo se ho intenzione di presentarmi all'appuntamento oppure no.

«Grazie…» La donna mi risponde proprio mentre mi sto allontanando. Non me lo aspettavo, mi volto verso di lei e incontro il suo sorriso spontaneo ma un po' stanco. «Hai un buon cuore. Sarai fortunata in amore nei prossimi giorni.»

«No, non credo proprio.» Scuoto la testa convinta. In realtà forse avrei dovuto evitare di rispondere. «È impossibile, soprattutto nei prossimi giorni. Scommetto che fa la stessa previsione a tutte le donne, solo per farle contente.»

«La sto facendo a te, in questo momento.» La donna sgrana gli occhi su di me. Sono di un colore insolito, di un azzurro scuro che tende al viola. Hai dei lineamenti delicati e i capelli biondi sottili che le incorniciano il viso. Sembra impossibile darle un'età, ha l'aria di una bambina con troppi anni sulle spalle, però. Forse con troppe sofferenze e un passato decisamente ingombrante.

«Mmh… grazie, comunque.» Mi allontano salutandola con un cenno della mano. Non ho voglia né tempo di approfondire la conversazione.

Seguendo le indicazioni dal mio cellulare scopro che la sede dell'agenzia non si trova molto lontano e mi basterebbe percorrere la strada proprio di fronte a me per arrivarci.

Il palazzo che mi ritrovo davanti mi lascia perplessa. Sembra un condominio risalente a diversi anni prima. Controllo i nomi e trovo immediatamente quello dell'agenzia. Indubbiamente mi trovo nel posto giusto.

Mi faccio coraggio e suono. Mi viene aperto dopo qualche secondo e sento lo scattare della porta principale. Salgo le scale guardandomi intorno poco convinta. Magari è una trappola creata apposta per attirare le donne ingenue e un po' troppo curiose come me.

Quando arrivo di fronte alla porta vera e propria dell'agenzia, arancione e un po' scrostata, decido che ormai non mi tirerò indietro. Percorro pochi passi e vengo accolta da una ragazza che dimostra all'incirca la mia età ma dall'abbigliamento e dal trucco molto più curati.

«Buongiorno, io sono Kara.» Si presenta porgendomi la mano. Ne approfitto per osservare meglio i suoi capelli corvini che le sfiorano le spalle e l'atteggiamento sicuro. Di certo l'agenzia esiste davvero. Kara ha un comportamento forse fin troppo professionale, non potrebbe essere tutta una farsa.

«Buongiorno...» le stringo la mano e medito ancora se non sia il momento più adatto per ritirarmi dichiarando di aver commesso un errore.

«Lei dev'essere Juliette Bonnet, vero?»

Con voce melliflua conferma la mia identità prima che io possa defilarmi. Sì, devo esserlo per forza. Così ho compilato la richiesta d'iscrizione e il modulo per l'appuntamento. Il mio nome per intero mi fa uno strano effetto sulle sue labbra.

«Sì, sono io... Julie, meglio.»

«Julie.» Kara ripete il mio nome con tono più deciso e mi fa cenno di seguirla. Percorriamo un corridoio fino ad arrivare a una porta dietro la quale suppongo ci sia un ufficio. «Prego...»

La apre per me e mi ritrovo direttamente di fronte a una donna dai capelli castani semi raccolti sulla nuca e dagli occhi scuri, intensi e un po' sarcastici. Oppure è proprio lo sguardo che mi rivolge a essere sarcastico, quasi di sfida.

«Si accomodi, Juliette.» La donna mi chiama gesticolando appena. Noto le sue dita affilate muoversi quasi spazientite.

«Julie...» Vorrei non aver scritto il mio nome così come risulta dal mio passaporto ma è ciò che faccio ogni volta che devo compilare qualcosa, nel dubbio di sbagliare e creare confusione. Ma qui non c'è nulla che io possa sbagliare e l'unica confusa sembro essere io.

La donna attende che io mi sieda proprio di fronte a lei. La scrivania ci separa e lei tiene alla sua destra un computer un po' datato, controllando lo schermo a intervalli regolari, quasi ritmicamente.

«Signorina Juliette Bonnet, a quanto mi risulta. Io sono Miranda Crossing.» Mi comunica il suo nome solo per dovere, mi rendo conto che non si tratta di una vera e propria presentazione. «La cosa migliore per risparmiare tempo è cercare di delineare subito le caratteristiche dell'uomo che vorrebbe incontrare. Ha richieste particolari, un ideale che vorrebbe veder concretizzato nella realtà.»

Le sue ultime parole "concretizzato nella realtà" mi restano particolarmente impresse. Questa donna sembra quasi impegnarsi per rendere la faccenda il meno romantica e il più meccanica possibile. Come se avesse fretta di concludere a rifilarmi un uomo, come se fosse un pacco da acquistare e recapitare al mittente. Shopping online. Mi sorprende quasi che non metta le fotografie dei suoi "agenti segreti" sul sito in modo che si possano scegliere in precedenza, senza essere obbligati a venire fino a qui. Si mostrano solo foto di contesti romantici, ma sempre presi in lontananza.

«Julie, preferisco... Non sono qui per un uomo.» Mi esprimo senza tergiversare, tentando di comunicare il concetto nel mio inglese migliore. L'accento e la voce di Miranda mi mettono a disagio quasi più del suo modo di scrutarmi che ora, dopo la mia affermazione, diventa altamente sospettoso.

«Certo, comprendo.» Stranamente invece Miranda mostra un inaspettato disagio. «Mi rendo conto che siamo un po' indietro con i tempi e dovremmo aggiornarci, però se sta cercando una donna...»

«No, non sto cercando nemmeno una donna. Ecco, io...» Non so bene come porre la questione. Mi conviene dirlo e basta. «In realtà c'entra una donna, cioè io. Ma per un uomo.»

Sarò stata chiara? Ne dubito. Miranda mi osserva perplessa, mi rendo conto di non essere la sua "cliente tipo" da come incrocia le braccia al petto. Inclina il viso osservandomi ma rimane in silenzio, forse in attesa che io recuperi la parola per cercare di esprimermi meglio.

«Comprendo quanto per voi sia importante il vecchio sano romanticismo, voglio dire... non che non ce ne sia...» sospiro e mi mordo le labbra. So dove voglio arrivare, anche se non sembra affatto. «Un po’ come nei vecchi film, insomma. Tipo… *Casablanca*…» *Casablanca*? No, cosa c’entra *Casablanca*? «No, voglio dire. *Colazione da Tiffany*!» Ecco, forse ci siamo… lei faceva… e anche lui… «Mmh… Oppure *Sabrina*, sempre con Audrey Hepburn. Ecco, direi che io potrei essere più come Sabrina, forse? Anche lei era andata all’estero per studiare cucina, come me. In Francia. Ma visto che io in Francia già c’ero, più o meno… Forse mi sarebbe convenuto andare in Italia e non in Irlanda…»

«Ho capito.» Miranda annuisce con un sorriso compiaciuto e tranquillo. «Le piace il tipo Humphrey Bogart. Serio, rassicurante, maturo. È il protagonista di due dei film che ha citato.»

«No, no…» Ma cosa ho detto? Lo so che quando sono nervosa faccio casino!

«Allora sta cercando un italiano? Dovremmo averne uno tra i nostri… Lei è francese, vero?»

«No, neanche. Cioè sono svizzera in realtà, ma non sto cercando un italiano.» No, non ha capito. Oppure mi sta prendendo in giro e vuole farmi dire chiaramente il motivo per cui sono qui. «Insomma… non cerco una donna, non cerco Humphrey Bogart, non cerco un italiano… io mi chiedevo se ci fosse la possibilità… che qualcuno cerchi me!»

CAPITOLO 8

Miranda

Ovviamente lo avevo capito da un pezzo cosa stava tentando di proporre la ragazzina. Mi sono divertita a metterla in difficoltà e a renderla insicura di sé e del suo modo di esprimersi.

In ogni caso dovrò dirle di no. Lo so, lo so che la parità dei sessi è una cosa importante. Ma non esporrei mai una ragazza a un rischio simile. Non che i ragazzi possano stare sempre perfettamente tranquilli, però… E va bene, sarò anche antiquata.

«Insomma, prendete anche donne a lavorare come agenti segreti di San Valentino?» La ragazza, Juliette o Julie, come preferisce farsi chiamare, fruga nella borsa fino a trovare uno dei nostri volantini. Me lo piazza sotto agli occhi, voltato nella mia direzione.

«No, non assumiamo donne. Perché non abbiamo mai avuto richieste da parte di uomini che cercano donne.»

«Questo sicuramente avviene perché non avete donne da proporre…» si stringe nelle spalle e respira profondamente. Non so se il suo sia più un incoraggiamento o un rimprovero. È una ragazza carina, dall'aria un po' ingenua. Non comprendo come sia arrivata qui e di cosa o di chi abbia bisogno esattamente.

«Spesso gli uomini non si accontentano del puro romanticismo… e questo in ogni caso non è nello spirito dell'agenzia.» Non so più nemmeno io cosa sia e non sia nello spirito dell'agenzia, ma meglio non sottilizzare.

«Spesso nemmeno le donne si accontentano del puro romanticismo.» La ragazza ribatte a tono, devo ammetterlo.

«Già, sarebbe inutile negarlo.» In realtà sono convinta che fosse così anche prima. Ma non si poteva dire, come se fosse vietato esprimerlo chiaramente. «Forse il romanticismo vero e proprio è morto da un pezzo. O forse non è mai realmente esistito.»

«Eppure lei dirige un'agenzia come questa...» Mi osserva confusa e non ha tutti i torti. La verità è che non so nemmeno io davvero perché e come sia finita qui. Avrei potuto benissimo fare altro. Mi sono assuefatta a zia Grace, a Janet e all'ambiente, temo.

«Mi è capitato.» L'ho ereditata e poi ho tentato di aggiornarla e di tenerla al passo coi tempi. Con scarsi risultati, purtroppo.

«La verità è che io inizialmente stavo davvero cercando un uomo. Per la mia amica Valerie...» Trattiene il respiro per un attimo, poi mi racconta tutta d'un fiato la triste storia della sua migliore amica lasciata a un passo dal matrimonio. «Pensavo di sollevarle un po' il morale, per quanto è possibile, organizzandole qualche appuntamento con un ragazzo gentile... sensibile... onesto...»

«Sì... e magari anche bello, intelligente, un buon partito...» aggiungo alzando gli occhi al cielo. «Praticamente perfetto sotto ogni aspetto, come Mary Poppins.»

«Mmh...» mi rivolge un'occhiata perplessa, alla fine. Mentre inizialmente annuiva a ogni aggettivo da me usato per descrivere questo miracolo d'uomo. «Suppongo che non abbiate nessuno così, vero?»

«No. Anche perché temo che non esista proprio.»

«Comunque... per quanto riguarda il lavoro, se io potessi provare...» sospira e aggrotta leggermente la fronte. Poi si rilassa e fissa gli occhi azzurri su di me.

È una ragazza carina, davvero. Ha l'aria delicata ma mi sembra abbastanza coraggiosa per venire fino a qui per tentare una cosa del genere. E io non mi sento la solita stronza, oggi. Forse lo sono solo un po' meno del solito.

«Vuole davvero correre un rischio simile e uscire con dei clienti sconosciuti? Senza sapere cosa potrebbero avere in mente, cosa potrebbero volere da lei?»

«È lo stesso rischio che correrei uscendo con un ragazzo "normale". Chi può sapere cosa abbiano nella testa gli uomini?»

«Devo ammettere che ha ragione.» Mi ha colta alla sprovvista. Però no, non le darò comunque il lavoro. Questa agenzia è nata in un certo modo e andrà avanti così. Per quanto io possa dire di portarla avanti. In effetti la trascino, più che altro grazie a clienti affezionate. Decido di cambiare completamente discorso e mostrarmi interessata alla sorte della sua sfortunata migliore amica. «Comunque… se pensa ancora di voler aiutare la sua amica, avrei qualche ragazzo disponibile. Forse non corrisponderà proprio a tutti i requisiti richiesti ma è molto dolce, gentile… e diciamo che è abbastanza nuovo in questo lavoro, quindi potrebbe essere anche molto più spontaneo rispetto agli altri.»

In realtà non avevo proprio in mente di proporre il nuovo assunto, il cugino americano di Michael. Non so come mi sia uscito ma ormai tanto vale approfittare dell'idea, potrebbe essere proprio quello giusto.

«Sì, potrebbe andare.» La ragazza aggrotta ancora leggermente la fronte, poi si rilassa mostrandosi più convinta. «In effetti se è un ragazzo dolce e carino…»

«Le mostro la sua fotografia, così mi dirà se potrebbe essere il tipo adatto per la sua amica.»

Ripesco il file di Giles McGrath nel mio affollatissimo e incasinatissimo computer. Eccolo, per fortuna la sua cartella era già aperta. Giro lo schermo verso Juliette e osservo la sua reazione. Giles è davvero carino e ha l'aria quasi innocente. Sempre meglio sottolineare il "quasi". Nulla a che vedere con quel disgraziato mascalzone del cugino con la sua espressione perennemente truce da bello e dannato. Ma ovvio, a chi piace il tipo può andare bene.

«Sì, è carino lo ammetto…» sorride e annuisce compiaciuta, prima di corrucciare la fronte e sgranare leggermente gli occhi.

Che cosa le prende ora? Volto nuovamente lo schermo verso me stessa per controllare che la foto di Giles non si sia trasformata in quella di Freddy Krueger.

«Posso pensarci un po'?» Si rilassa e torna a sorridere.

«Certamente. Posso mostrarle anche altri ragazzi, se preferisce.»

«No, lui va benissimo. Non mi serve vederne altri.» Appoggiandosi allo schienale della sedia, incrocia le braccia. «Intanto lei potrebbe pensare alla mia proposta? Mi metta alla prova, almeno. Potrei sorprenderla.»

Julie

Sono stata una pazza, lo so. Fare una proposta del genere a quella donna, propormi per uscire con uomini sconosciuti. Affermare addirittura che potrei sorprenderla…

Lo so che non è da me. Mi conosco abbastanza per esserne consapevole. Non è nel mio carattere. Io ho difficoltà a interagire anche con uomini che conosco già da un po'! E poi… se fosse davvero pericoloso? Più di quanto lo sia frequentare qualcuno che incontro una sera qualunque in un pub?

Sì, è una certezza. Sono stata una pazza. Dopo averla salutata mostrando una sicurezza che in realtà non mi appartiene, esco dall'edificio e mi ritrovo nuovamente per strada. Mi incammino rapidamente verso la fermata dell'autobus, come se volessi cancellare le tracce del mio passaggio in questa zona. All'angolo del supermercato incontro ancora la mendicante di prima. Quella che mi aveva predetto fortuna in amore nei prossimi giorni. Abbasso lo sguardo decisa a ignorarla. Io proprio non ne voglio sapere dell'amore. Soprattutto nei prossimi giorni. Sarebbe un amore nato con i peggiori auspici, ne sono più che certa.

Attraversando il centro devo passare da Trask Electric a prendere il pc di Sarah. A quanto pare sembra sia pronto. Avrei preferito che ci andasse lei direttamente. Non mi piace avere a che fare con quei due.

Varco la soglia e non trovo nessuno all'interno. Almeno finché non vedo il padrone sbucare dal retro. Porta con sé un paio di computer e mi rivolge un sorriso che nonostante l'impegno è davvero poco incoraggiante.

«Mmh… sua moglie mi ha detto di passare per…»

«Sì, certo. Il computer di Sarah… Sarah come si chiama insomma… la sua amica.»

«Sarah Ward.» Gli vengo incontro, cerco di non giudicarlo dal fatto che non ricordi il nome dei clienti.

Appoggia i due computer portatili sul bancone e si rifugia nuovamente nel retro. Intanto riesco a notare che anche lo stato dei due pc non è ottimale. Uno è quasi completamente smontato. L'altro, che invece è aperto, mostra un'avvilente schermo blu elettrico su cui non appare nulla. Distolgo lo sguardo per cercare rapidamente tra i volantini pubblicitari appoggiati poco lontano. Li scorro rapidamente tra le dita ma di quelli di San Valentino non ne è rimasto più nemmeno uno.

Qualche istante più tardi l'uomo, il signor Trask insomma, torna con il computer di Sarah sottobraccio.

«Eccolo, ci ho messo mano io personalmente.»

La sua dichiarazione mi suona quasi come una sentenza di morte per il povero computer. Forse non dovrei preoccuparmi.

Le apparenze spesso ingannano. In ogni caso porterò a termine la mia personale missione. Depositerò il pc a casa di Sarah, poi andrò a rifugiarmi a casa mia a guardare un film. Di ciò che avverrà in seguito preferisco non sapere.

Attenderò la risposta di Miranda Crossing, intanto. E prenderò la mia decisione. Quel ragazzo potrebbe essere un buon diversivo per Val? Forse sì. Forse anche oltre il suo lavoro come agente segreto di San Valentino.

CAPITOLO 9

Giles

«Sei disposto a iniziare subito il lavoro?»

Miranda mi coglie alla sprovvista, appena rispondo al telefono. Non avevo ancora inserito il numero dell'agenzia. Solo il suo accento mi ha permesso di identificarla immediatamente.

«Sì, certamente.» Cerco di rispondere senza esitazione, anche se in realtà sto iniziando a pormi mille dubbi in proposito.

«Perfetto! C'è già una possibile cliente interessata. Ma prima...» Fa una pausa e un sospiro che mi sembrano entrambi infiniti. Tanto che non so cosa aspettarmi. «Prima dovrai essere pronto a superare una prova. Con me.»

«Una prova?» ripeto meccanicamente, anche se la vera domanda in realtà vorrebbe essere un'altra. Con lei? Con Miranda? Cosa intende per prova? Anzi... cosa intende per prova con lei?

«Vedi, non posso metterti sul mercato senza sapere come te la caveresti. Per questo devo assicurarmene personalmente.»

Messa così potrebbe sembrare addirittura una proposta indecente. Non che mi dispiacerebbe, anzi... Nella mente incomincio a fantasticare. Io con Miranda. Miranda nuda. Miranda sopra di me, le sue labbra sulle mie... mentre mi sussurra...

«Se tu fossi un incapace non vorrei che la cliente si lamentasse. Sarebbe una pessima pubblicità.»

Torno lucido e attento. Io un incapace? La cliente? No, forse non intendeva proprio quello che credo io. Dall'inizio della nostra conversazione telefonica mi rendo conto solo ora che ha usato un tono decisamente più confidenziale con me.

«Giles… mi stai ascoltando?»

«Sì, sì… certo!» Mi schiarisco la voce e cerco di assumere un tono deciso, da uomo sicuro. «Quale sarebbe questa prova?»

«Un'uscita a cena. Voglio vedere come ti comporti. Dovrai agire come se io fossi una cliente, non la tua datrice di lavoro.»

Ah, ecco… E comunque "datrice di lavoro" nonché "capo" batte sicuramente "cliente". Una cliente qualunque, una qualsiasi altra donna, mi incuterebbe meno timore di Miranda Crossing.

«È una prova che faccio con tutti.» Mi rivela con freddezza. Non c'è un minimo di comprensione nella sua voce. Come se volesse controllare che la macchina che ha appena acquistato abbia tutti gli ingranaggi al posto giusto.

«Certo. Non c'è alcun problema. Io sono pronto in qualsiasi momento.»

Rispondo addirittura come una macchina. Prima di riagganciare mi comunica che mi farà sapere al più presto giorno, ora e luogo. Fisso il cellulare ancora un po' stordito dall'atteggiamento di questa donna che stranamente mi attrae e mi sconvolge allo stesso tempo. Poi una sua frase mi affiora nella mente, repentina.

Parlando di me ha davvero usato l'espressione: "metterti sul mercato"?

Miranda

Sto davvero riflettendo sulla proposta di Juliette? Lo so che vuole essere chiamata Julie, ma ormai mi è entrata nella testa come Juliette. Quindi resterà Juliette a vita, che le piaccia o meno.

Potrei mettere alla prova anche lei, perché no? È una vita che metto chiunque mi capiti alla prova. Peccato che poi ne rimanga sempre delusa.

Riapro i file con le schede dei ragazzi. Li faccio passare, uno dopo l'altro. Selezionati in base all'età, alle caratteristiche fisiche e alle attitudini. Torno su Giles McGrath, il nuovo. Quello che potrei destinare all'amica di Juliette. Quindi no, lui non va bene per metterla alla prova. Lo voglio tenere per me, devo testarlo per prima.

Gregor, l'austriaco. No, troppo maturo. Antonio, l'italiano. Gran bel ragazzo e con modi impeccabili. Uno dei più richiesti dalle signore, ma temo abbia un atteggiamento talmente sicuro e intraprendente da rischiare di soffocare la personalità di Juliette. Un francese come Louis non andrebbe bene, meglio evitare di farla uscire con uno della stessa nazionalità o della stessa lingua. Sarebbe troppo semplice e non le capiterebbe spesso in seguito.

Devo trovare qualcuno con una certa esperienza ma che non la spaventi troppo. Ron, irlandese… no, troppo dolce. Ripensandoci, che la spaventi anche un po' è meglio! Almeno saprà con cosa avrà a che fare e cambierà idea. Prima che cerchi davvero di fare questo lavoro altrove. E altrove potrebbero approfittarsi di lei. Quindi…

Quindi chi mi rimane? Passo ancora in rassegna le fotografie una dopo l'altra più volte. Alla fine, lascio solo due file aperti. Stephen Alden, l'australiano. Oppure Michael Wrighton, irlandese americano cresciuto in Inghilterra. Michael... o Stephen...

Chiudo gli occhi e mi appoggio con la schiena alla poltrona. È talmente scomoda che prima o poi dovrò decidermi a comprarne un'altra. Magari farò un giro al charity di Finglas Village che si occupa di rivendita di mobili, hanno un sacco di ottime occasioni. Ho un dolore alle spalle persistente da alcuni giorni.

Prendo il cellulare e seleziono il numero. Uno dei due. Non sono ancora del tutto convinta. Michael o Stephen. Devo prendere una decisione senza sentirmene personalmente coinvolta. Perché è ingiusto da parte mia. È inaudito che lo sia. Spero che non sia occupato. O in realtà è proprio quello che mi auguro? Risponde al secondo squillo.

«Ciao. Ho un lavoro per te. Sì, è importante.»

CAPITOLO 10

Giles

Un sabato qualunque. Il secondo giorno di febbraio. È quasi imbarazzante. Credo che febbraio sia decisamente il mese più freddo in questo paese. Molto peggio di dicembre e gennaio. Ma non è questo a essere imbarazzante. Lo è il centro cittadino, addobbato di cuori di tutti i formati e dimensioni. Sbucano ovunque, da tutte le vetrine. Forse dovrei tornare a New York. Dove la situazione sarà almeno dieci volte più imbarazzante e fastidiosa. O forse sto usando il termine sbagliato. In realtà non mi è mai importato nulla di San Valentino. Nemmeno quando stavo con qualcuna. Nemmeno al liceo, quando la mia ragazza del momento mi assillava per il regalo, per il cioccolato, con tutte le cazzate legate a questa festa per cui di solito le ragazze rompono.

No, l'idea di tornare a New York mi indispone ancora di più. È un pensiero spiacevole che non mi abbandona, ogni volta che gli concedo più spazio del necessario.

Mi infilo le mani nelle tasche del giubbotto e, anche se non vorrei, i ricordi mi prendono d'assalto. Cerco di aggrapparmi ad altro senza riuscirci. Una storia trascinata inutilmente da anni. Non da parte mia. Io ci credevo. O almeno stavo provando a crederci. Mio padre e le sue assurde convinzioni. Che però obbligatoriamente coinvolgevano anche me. Poi mio nonno… il "nonno irlandese" lo chiamavamo in casa. E lui ne è ancora fiero.

Mentre mio padre, nel corso degli anni trascorsi negli Stati Uniti, ha fatto di tutto per distaccarsene. Forse in questo non ha tutti i torti. Ha un senso essere ancora così legati alle proprie radici? Sentirsi parte di un mondo che si è abbandonato tanti anni prima nel tentativo di costruire una vita migliore altrove?

Mio padre aveva circa tre anni quando la sua famiglia ha lasciato definitivamente l'Irlanda. Dopo essersene già andati, i genitori di mio nonno sono tornati indietro sperando di ricostruire ancora qualcosa che invece si era ormai perso da troppo tempo. In seguito, credo che mio padre sia tornato solo un paio di volte, per far piacere a mio nonno. Poi non ne ha più voluto sapere, creando attriti nel loro rapporto che non si sono ancora placati. La sua vita, la sua famiglia, la sua attività... tutto quanto c'è di suo è americano. Io... io in realtà non so cosa sono, chi sono. Per nascita sono metà americano metà irlandese. In realtà non mi sento parte di nulla. Non sono troppo americano, come si sente mio padre. Non sono troppo irlandese come mio nonno si ostina a credere di essere, anche quando ha trovato gran parte della sua fortuna in un paese che non ha mai voluto amare e riconoscere come suo. Perché mio nonno non è mai riuscito né riuscirà mai a rassegnarsi, a rinunciare al suo vero paese. Tanto che credo che un giorno o l'altro lascerà davvero tutto e sarà lui stesso a tornare, a cercare le sue radici.

Ma io, nel frattempo, sono comunque approdato qui. A cercare radici di cui non mi importa nulla. Per rispettare una promessa che mi è stata strappata quando ho selezionato un paese qualunque dove rifugiarmi per evadere dal caos della mia quotidianità newyorchese.

La verità è che non ho trovato proprio niente. Anche perché non ho svolto alcuna ricerca, per ora. Mi ripeto che un giorno lo farò, lo farò senz'altro.

Il mio intento principale era togliermi di mezzo, fisicamente e spiritualmente. Levarmi dalle palle per non vedere. La mia ex, quella per cui facevo del mio meglio, quella che voleva costruire un rapporto importante. Con me, mentre a letto si faceva sbattere dal nostro comune amico del college che aveva appena fissato la data del matrimonio con la fidanzata del liceo. Che squallore. È lo squallore che mi ha allontanato, lo schifo. Non il cuore spezzato. Perché la verità, che non ho osato confessare ai due traditori, è che in parte mi sono sentito sollevato. Sollevato come non avrei mai potuto credere. Il sollievo che si prova quando ci si toglie di dosso un peso.

Mi incammino oltre l'Ha'penny Bridge, l'antico ponte pedonale che attraversa il Liffey e collega le due zone di Dublino, raggiungendo la parte sud del centro cittadino. Il soprannome per intero "half penny", mezzo penny, deriva dal pedaggio che bisognava pagare per attraversarlo all'epoca della sua costruzione. Ora ce ne sono altri, ma l'Ha'penny Bridge è sicuramente il più bello e caratteristico.

Vago per un po' senza meta per Temple Bar, tentato di infilarmi in un pub qualunque. Accosto e oltrepasso il Trinity College, poi aumento il passo zigzagando tra le persone che vagano per Grafton Street. Infine, attraverso la strada per entrare direttamente al St Stephen's Green. Una passeggiata al parco solitamente aiuta a rilassarmi. Però si sta già facendo buio e tanto per cambiare minaccia di piovere da un momento all'altro. Non ha importanza, avevo comunque bisogno di prendere un po' d'aria fresca. Anzi, fredda.

Come diavolo mi devo comportare con Miranda? Ecco, non male come pensiero. Almeno sono riuscito a togliermi di mezzo i pensieri precedenti, troppo pesanti e impegnativi. Forse lo preferisco. Mi conviene chiedere direttamente a Michael… ci sarà passato anche lui.

Esco dal parco e mi avvio a passo spedito verso casa. Il bello di questa città è che, conoscendo le stradine secondarie, si arriva da una parte all'altra del centro senza mezzi e in breve tempo. Tutto è a portata di mano ed è davvero apprezzabile. Io poi sono diventato un camminatore eccezionale. Lo sono sempre stato, ma da quando vivo qui ho fatto dei progressi notevoli.

Attraverso Henry Street e per curiosità lancio un'occhiata verso il negozio dei Trask. Intravedo una donna discutere animatamente con Gerrit. Vorrei entrare per assistere alla scena da vicino, dalla prima fila e ridere alle spalle del mio ex capo. Sono tentato. Lo farei se potessi indossare un mantello che mi rende invisibile. Mi fermo, comunque. Anche a distanza non è affatto male, mi sto divertendo troppo. La donna sembra davvero molto incazzata. Ogni tanto gli stronzi ricevono proprio il trattamento che meritano!

Julie

Io lo sapevo. Lo sapevo che doveva esserci qualcosa di storto. Lo sapevo che non c'era da fidarsi. E non me ne sarebbe fregato niente, se devo essere sincera. Se non fosse che poi devo sempre esserci io, di mezzo. Io, ad averci a che fare. Come se fosse colpa mia se questo cretino le ha manomesso e distrutto il computer!

«Ma si accende…» Si illumina di entusiasmo allo stesso modo in cui il pc accendendosi si era inizialmente illuminato di una poco promettente luce azzurro violacea che ha contribuito ad accrescere il mio stato di tensione.

«Si accende ma sono andati persi tutti i file. E noi dobbiamo ritrovarli, mi capisce? Sono importanti, mi capisce?» Sillabo e continuo a sottolineare "mi capisce" quasi come se lo straniero qui fosse lui, non io. O forse proprio per questa ragione. Sono straniera, maledizione. Non cretina!

Il computer si è acceso ma i file non risultano più tra i documenti né altrove. In realtà non si riesce a trovare proprio nulla in nessuno dei meandri più oscuri del pc di Sarah.

Ma tanto che cosa gliene può fregare a questo incompetente? Se non recuperiamo tutti i file, Sarah ucciderà me. Non lui. Io sarò costretta a subire le sue ire e la sua frustrazione. Anche se in effetti è stata proprio lei a mandarmi qui, al negozio di Annette Trask, che oltre a essere sua amica è anche affezionata lettrice del suo blog. Proprio Annette l'ha rassicurata dicendole di avere come dipendente un tecnico bravissimo.

«Posso parlare con sua moglie?» Ecco, lampo di genio. Almeno ci penserà lei a spiegare la faccenda a Sarah. Sospiro stringendomi le mani.

«Mia moglie è andata a lezione di yoga. Ma sono sicuro che presto i file torneranno, è solo questione di pazienza.»

Sì, certo. Ricompariranno per magia. Scuoto la testa e spengo il computer, appoggiato sul bancone tra me e Trask. Spero vivamente che se la cavi meglio con gli altri elettrodomestici che vende in negozio.

Prendo il pc, lo metto in una custodia protettiva e poi lo infilo in borsa. Accenno appena un saluto, soltanto per mantenere un minimo di cortesia. Toccherà a me spiegare che i suoi tanto amati file, gran parte della storia del suo blog e anche alcuni articoli recenti che ha scritto, sono in qualche angolo ignoto dell'hard disk del suo pc. Almeno credo. Spero che se la prenda con chi lo merita, cioè non con me!

Oltrepasso la soglia e mi avvio decisa verso casa. Mi sento stanca e confusa. Non so nemmeno più se sto seguendo la strada giusta. Non quella verso casa. Nella mia vita, intendo. L'incontro con Miranda Crossing mi ha lasciata un po'…

Non riesco a terminare il pensiero. Mi sento investire da qualcosa, o meglio da qualcuno, appena superata la vetrina dei Trask. Colpa mia questa volta, lo ammetto, devo smetterla di camminare a testa bassa.

Lo riconosco all'istante. È lui. Ma non credevo proprio di incontrarlo di nuovo, ancora qui. Il tizio che Miranda mi ha proposto per Val. Ecco, ora ne sono davvero ancora più convinta. Potrebbe essere un incontro casuale. E poi...

«In giro senza pargoli? Da come mi è venuta addosso capisco da chi abbiano preso. Per fortuna niente manine appiccicose e niente gelato volante, questa volta.» Il suo tono ironico mi indispone, ma decido di sopportare.

«Non hanno sicuramente preso da me perché, per mia fortuna, sono solo la babysitter occasionale.»

«Mmh... lo avevo intuito!» Mi osserva arricciando il naso e poi accennando un sorriso. «La stavo prendendo in giro.»

«Capita sempre davanti a questo negozio. Vive qui vicino o ha spesso problemi con gli elettrodomestici?» Non vorrei indagare su di lui, ma... okay, sto indagando! Neanche troppo velatamente. «In ogni caso, se posso, glielo sconsiglio vivamente. Il proprietario è un disastro assoluto!»

«Sì, l'ho sentito dire...» annuisce e muove qualche passo per allontanarsi dalla vetrina, dopo aver lanciato un'occhiata un po' scettica all'interno. «Credo che potrei essere d'accordo.»

Ci fermiamo a ridosso del muro. Forse non dovrei intrattenere una conversazione con un quasi estraneo, ma intanto lo sto osservando e studiando per bene. Perché presto potrebbe non esserlo più. Un estraneo. È carino, davvero. Alto, un bel viso e i capelli chiari e folti. Di dove sarà? Dall'aspetto sembra irlandese, ma non sono mai brava a riconoscere gli accenti. Per lo meno la sua pronuncia è abbastanza chiara. Ha l'aria gentile, come diceva Miranda. E quegli occhi verdi che sembrano quasi scintillare di una luce innata, quando sorride.

«Avevano un tecnico bravissimo, prima.» Lo dico tanto per dire qualcosa. Per non fare la figura della stupida che si perde a fissare incantata il primo bel ragazzo che incontra. Anche perché lui ancora non conosce i miei piani. I miei progetti che lo riguardano direttamente. «Così mi è stato detto. Ma dev'essere in vacanza…»

«Sì, confermo. Avevano un tecnico bravissimo.»

Mi sta fissando anche lui, ora. Cosa devo fare? Approfittarne per conoscerlo meglio, per capire chi è e come si comporterebbe? Indagare su di lui per quanto mi è possibile, ecco cosa farò!

«Io comunque sono Julie…» Decido di lanciarmi e gli porgo la mano. Sorrido in modo esagerato, forse. Solitamente non sono così. No, non sono mai così socievole con gli estranei. «Sto andando a prendermi un cappuccino all'Insomnia… se vuoi… se ti va. Devo comprare il nuovo numero di una rivista di cucina, quindi…»

E va bene, ormai è fatta! Se ringrazia e rifiuta forse è meglio che…

«Sì, mi andrebbe un cappuccino» annuisce stringendomi la mano. «Piacere di conoscerti, Julie. Io sono Giles, il tecnico bravissimo.»

CAPITOLO 11

Giles

«Ho lasciato perché avevo un lavoro molto più importante e ben retribuito tra le mani.»

Mi mostro convinto e uso un tono deciso, da professionista serio. Poi sorseggio il cappuccino per affondare la palla che sto raccontando nella caffeina. Ma del resto non posso dirle che Trask mi ha cacciato a calci perché ha sorpreso la mano di sua moglie impigliata nella zip dei miei jeans.

«Certo, capisco.» Julie annuisce convinta. L'ho sicuramente persuasa! «Molto più importante… e ben retribuito, ci credo.»

«E invece… tu cosa fai? Cioè so già che fai la babysitter.» Sposto l'attenzione su di lei, molto meglio. In parte mi incuriosisce davvero, in parte potrebbe essermi utile. Mi terrò allenato per l'uscita con Miranda, almeno. Anche perché non esco con una donna da… okay, meglio non pensarci.

«Sì, faccio la babysitter di quei piccoli diavoli solo di tanto in tanto. In realtà sono l'assistente personale della loro madre. Sarah Ward, non so se la conosci… è una famosa food blogger. Vorrei diventarlo anche io, per questo sto cercando di imparare da lei. Il computer è suo e ci sono tutti i suoi articoli, tutti i suoi file… che purtroppo temo siano andati completamente persi. Comunque, sto anche prendendo lezioni di cucina, frequento un corso in cui occasionalmente insegna anche Kate Norman.»

«Davvero molto interessante.» In realtà non riesco a capire a cosa serva una food blogger, ma sicuramente è un mio limite. Non le conviene fare direttamente la cuoca? No, non posso esprimermi così con lei. Sicuramente è un lavoro importante. Sono io a non capire nulla in proposito. «Quindi sei già un'esperta di cucina? O stai imparando?»

Sorride e annuisce. Non sono bravo a mostrarmi interessato a qualcosa quando in realtà non me ne frega niente, lo ammetto. Ma mi devo esercitare. Sicuramente mi capiteranno clienti di cui non mi importa nulla. Almeno lei è carina, questo sì.

«Sì, sto ancora imparando. E in realtà io ce la sto davvero mettendo tutta per riuscire a diventare brava come Sarah. Solo che ora...» sospira e si stringe nelle spalle. «Spero che non se la prenda con me per il suo pc. In realtà è stata lei a mandarmi dai Trask, non è stata una mia idea. Ma sai come sono i capi...»

«Lo so, è capitato anche a me.» Certo che lo so! Eccome se lo so! Però meglio risparmiarle la mia disavventura, proprio con i Trask. E comunque non mi conviene raccontarlo troppo in giro, non ci farei una bella figura. «Però potrebbe essere un problema facilmente risolvibile. Quello con il pc, intendo. Posso provare a ritrovare i file perduti, se ti fidi di me. Non ti garantisco niente, ma un tentativo si può fare.»

«Oh, davvero potresti?» Sorride e spalanca gli occhi su di me. Ha davvero degli splendidi occhi azzurri, così innocenti e dolci. E il rossore sulle guance le dona un'espressione ancora più tenera. «Sì, provaci per favore. Tanto peggio di così non potrebbe andare comunque!»

Stringe le mani e incrocia le dita, mi guarda come se fossi il salvatore della sua intera esistenza.

«Qui siamo un po' scomodi...» Il tavolino della caffetteria è minuscolo, ma la verità è che vorrei tentare di approfondire la conoscenza. «Possiamo andare a casa mia, non abito molto lontano.»

«Mmh...» mi sembra dubbiosa, temo che rifiuti. In questo momento ha l'aria di Cappuccetto Rosso indecisa o meno sull'accettare l'invito del lupo. Anche se io non mi sento proprio un lupo, niente affatto. Improvvisamente finisce il cappuccino che le è rimasto nella tazza, si infila la giacca e il cappello e si avvolge la sciarpa intorno alla gola. Poi si appoggia la borsa sulla spalla. «Sì, certo! Grazie mille, Giles. Sono sicura che riuscirai a recuperare i file perduti!»

Julie

Mi ispira fiducia. Anche se di solito non vado a casa degli estranei così. Non di quelli con cui ho parlato una sola volta, almeno. Però... resta il fatto che inconsapevolmente mi sono imbattuta, più di una volta oltretutto, proprio nell'agente segreto di San Valentino che Miranda ha destinato a Valerie. A volte, il destino...

Quindi mi sono detta... Sì, insomma... perché non provarlo io direttamente? Già che ci sono posso cercare di capire che tipo è. E poi magari mi aiuterà davvero con il computer di Sarah. Quindi unisco l'utile... all'utile, in realtà. Anche se devo ammettere che non mi dispiace la sua compagnia.

Non sta lavorando quindi sarà del tutto spontaneo con me. Così com'è veramente. Almeno posso sperare che anche con Val, in seguito, si comporterà nello stesso modo. Ecco, mi sembra di spiare qualcuno in incognito. Ho questa sensazione.

Arriviamo a casa sua, nel suo appartamento a Parnell Street, dopo essere usciti dall'Insomnia all'interno della libreria Eason e aver ripercorso nuovamente parte di O'Connell Street e di Henry Street. Aveva ragione, non abita molto lontano. Mi fa togliere la giacca, il cappello e la sciarpa. Mentre li va a riporre sull'appendiabiti, appoggio la borsa sul divano e mi inginocchio per estrarre il computer.

Colgo l'occasione per controllare il cellulare. Trovo un messaggio di Miranda. Mi informa che ha deciso di accettare la mia proposta e di mettermi alla prova. Quindi… quindi senza saperlo in questo momento mi trovo proprio in casa di qualcuno che potrebbe diventare presto un mio collega. Ecco, il destino appunto… Vado avanti a leggere il messaggio di Miranda. Oddio, vuole "provarmi" come agente segreto di San Valentino proprio domani sera! La verità è che non mi aspettavo che mi prendesse così alla lettera. Come farò? Sarò preparata? E soprattutto… con chi? Magari con un vecchio bavoso con le mani da polipo… giusto per darmi una lezione e rimettermi al mio posto. Di sicuro mi giudica solo una piccola francese presuntuosa e arrogante!

«Ehi, tutto bene?»

Il mio futuro collega è rientrato in soggiorno e si è inginocchiato accanto a me senza che nemmeno me ne accorgessi. Ovviamente Miranda non mi metterà alla prova con uno come lui! Sarebbe troppo bello e troppo facile! Perché lui è destinato alle clienti, non a una dipendente bisognosa di guadagnare.

«Sì, tutto benissimo. Ecco il pc.» Lo metto sul tavolino e sollevandomi mi siedo sul divano.

Giles si siede accanto a me e mi fissa negli occhi per un istante. Sembra che stia riflettendo su qualcosa che però non riesco ad afferrare. Poi si distoglie da me per focalizzarsi sul computer. Da come agisce sembra sapere cosa sta facendo, almeno lui. È assolutamente attento e concentrato. Io invece non lo sono per niente, perché tutta la mia attenzione è concentrata su di lui. Quasi non me ne importa più nulla dei file di Sarah, dei suoi articoli e nemmeno del suo blog.

Osservo il suo profilo, il modo in cui stringe leggermente gli occhi mentre riflette sul problema. Le sue mani, le sue dita che muove agilmente sulla tastiera.

«Credi che… ci sia qualche speranza?» Chiedo soltanto per interrompere il silenzio creato dal fatto che lui sta lavorando, mentre io sono qui seduta e mi sento completamente inutile.

«C'è quasi sempre una speranza.» Giles mi rivolge un rapido sguardo e un sorriso, poi annuisce e torna a concentrarsi sul lavoro.

Mi focalizzo anche io sul computer di Sarah. Lo vedo aprire uno degli articoli che temevo fossero andati perduti. Sussulto e afferro il suo braccio, trattenendolo nelle mie mani.

«Ma è fantastico!» Mi mordo le labbra e se seguissi l'istinto lo abbraccerei.

«Te l'ho detto, c'è quasi sempre una speranza. I file c'erano ancora, si erano solo nascosti.» Sorride e voltandosi verso di me mi strizza l'occhio.

«Grazie davvero, Giles! Non sai cosa significa per me!» E nemmeno io lo so, in realtà. Forse al momento nemmeno me ne importa poi tanto.

«Che non passerai guai con il tuo grande capo e potrai andare avanti nel tuo lavoro per diventare… food blogger!»

«Già, esatto… food blogger.» Sospiro e mi appoggio con la schiena al divano, sentendomi improvvisamente rilassata come non lo sono stata più da tanto tempo. «Forse ti potrà sembrare una cosa strana, ma è una professione di moda e molto redditizia.»

Non so perché mi sento in dovere di dare spiegazioni, proprio a lui. O forse sto cercando di dare spiegazioni a me stessa?

Giles si volta ancora, questa volta completamente verso di me. Si appoggia con un gomito al divano e mi guarda. I suoi occhi sono tra il grigio e il verde, ma sembrano percorsi da qualche ombra in questo momento.

«Se è quello che vuoi, va bene Julie. Non devi spiegarlo agli altri, devi esserne convinta tu.»

«Tu… sei convinto del tuo lavoro?»

Giles ha ragione, per quanto riguarda la mia idea di diventare food blogger. Ma lui non sa che io so cosa fa lui. Per quale lavoro ha lasciato il suo posto dai Trask.

«No, niente affatto se devo essere sincero. Julie, a volte si è costretti ad adattarsi alle circostanze sperando di fare la cosa giusta.»

«Sì, Giles… io capisco cosa vuoi dire. Più di quanto tu possa credere.»

CAPITOLO 12

Michael

E così Giles ha ottenuto il lavoro da Miranda. Sono sicuro che se non fosse stato per me non lo avrebbe nemmeno preso in considerazione. Giles non è di certo il suo tipo. Non che tutti là dentro lo siano. Non necessariamente.

Almeno abbiamo raggiunto un accordo sul fatto che non mi rimpiazzerà, la stronza. Con la scusa della mia influenza. Che poi non esiste proprio. Se l'è inventata per crearmi problemi. È cambiata, in questi ultimi anni. Ancora di più. E non fa altro che peggiorare. E io conosco i motivi. Il motivo, anzi. Lo tiene ben chiuso nel cassetto della sua scrivania, il motivo. E mi rendo conto che non ha nulla a che fare con me.

A volte agisce in modo talmente automatico da farmi pensare che stia diventando una macchina: diabolica, fredda, cinica. No, una macchina non rende l'idea. Acida, lunatica e perennemente incazzata. Questo lo è stata fin dal principio, però.

Sono ancora per strada. Sto percorrendo O'Connell Street avanti e indietro, come un cretino. Chiamo da qui perché non voglio che Giles mi senta e inizi a farmi altre domande, nel caso sia in casa. Ormai ho deciso. Me ne andrò comunque. Ma di mia iniziativa, non perché sarà lei a cacciarmi.

Non risponde, gli lascio un messaggio. Tanto sa già di cosa ho bisogno, ne abbiamo già parlato spesso ultimamente anche se non l'ho mai preso sul serio.

«Ciao Stephen. Mandami l'indirizzo esatto per accedere al sito, questa sera ho deciso di iscrivermi.»

Mai nella mia esistenza avrei pensato e ancor meno sperato di diventare un cam boy. Non mi sarei mai neppure sognato di diventare accompagnatore di signore sole e di far parte dell'agenzia di Miranda come agente segreto di San Valentino o di qualunque altra festa, occasione, ricorrenza. Di accontentare qualunque desiderio le clienti esprimano nei miei confronti. E Miranda si illude… ovvio che si illude che le sue illustri e facoltose clienti non vogliano sesso. Lo vogliono eccome, quasi sempre. E anche se non è nei patti e nel contratto che hanno firmato e che io stesso ho firmato come dipendente dell'agenzia, ci provano sempre. Anche a costo di pagare qualcosa in più al diretto interessato.

Ma lei fa finta di non sapere, di non capire. Miranda Crossing. L'avrà capito che io, a differenza di altri, non sono arrivato a quel punto? Probabilmente no. Perché lei se ne frega.

In ogni caso è meglio lavorare di fronte a una telecamera che per lei. Non le piacerà e mi caccerà se lo verrà a sapere. Come caccerà anche Stephen che tanto ha comunque deciso di andarsene. Venderò il mio corpo a ignote clienti che mi osserveranno da dietro uno schermo. Protetto da una distanza che non si potrà colmare. Sempre meglio che vendere l'anima a lei. Tanto ormai per Miranda Crossing sono diventato ancora più scontato e superfluo dell'arredamento del suo ufficio che da anni non si decide a cambiare per un insensato attaccamento al passato.

Perdere sia me sia Stephen non le piacerà. Siamo stati con lei per anni. Abbiamo addirittura preparato i volantini per le sue campagne pubblicitarie, studiato con lei una strategia di marketing. Quando Miranda non sapeva nemmeno da che parte iniziare. È laureata in storia antica. A cosa diavolo le serve storia antica se per vivere vende accompagnatori per signore?

Ha concluso un dottorato qui a Dublino, addirittura. Proprio mentre aveva iniziato a gestire l'attività insieme a sua zia.

Avevo diciannove anni quando sono entrato e per me era solo un gioco, un diversivo per arrotondare e meno stressante del mio lavoro come commesso di un grande magazzino. Dopo aver conosciuto Stephen. Non riesco a credere che siano già passati più di dieci anni. Miranda era appena arrivata dall'Inghilterra con la sua arroganza, il suo accento impeccabile e la sua idea di diventare una grande professionista dopo il suo dottorato. La più grande esperta di storia antica. Era ancora sposata, all'epoca. Poi lui è finito in quel cassetto, da dove non è più uscito. E non è più uscito nemmeno dalla sua testa.

Rientro finalmente in casa. Sono nervoso e continuo a tossire. Su una cosa Miranda ha ragione, non riuscirò a lavorare in queste condizioni. Già dalla porta percepisco delle voci provenire dal soggiorno. La voce distinguibile di Giles e quella di una ragazza.

Arrivo in soggiorno, sono seduti sul divano con un computer di fronte. Penso che stiano guardando un film o un video, invece lui le sta spiegando qualcosa a proposito di certi file. Lancio un'occhiata da dietro e noto l'immagine di una specie di zuppa di verdure. Giles ha invitato una donna in casa per parlare di cucina?

«Ehi, ciao!» Sollevo la mano in cenno di saluto, pronto a ritirarmi in camera mia.

«Ciao…» Giles sembra in imbarazzo e non ne comprendo il motivo. «Julie, lui è mio cugino Michael.»

La ragazza, Julie, si alza dal divano per stringermi la mano. Bene, ora mi ritirerò davvero. Anche se non sono certo che Giles abbia in mente di combinare qualcosa con la ragazza.

«Ciao, Giles mi ha aggiustato il computer.»

«Ah, ecco…» L'imbarazzo è palese. Probabile che sia qui solo per questo.

«Ti consiglio di prendere del miele con un po' di limone. Per la tosse, voglio dire.» Julie sorride e impiego qualche istante a comprendere che si sta rivolgendo proprio a me. «Con me ha funzionato. Il clima irlandese mi ha quasi distrutta durante l'autunno.»

«Non mi dire, mi distrugge sempre! Da oltre un decennio.» Replico tanto per dire qualcosa, poi accenno nuovamente un sorriso e un saluto.

Annuiscono entrambi, Giles e Julie. Mi ritiro senza più sforzarmi di fare conversazione. Non è colpa della ragazza, ovviamente. È carina e probabilmente anche simpatica. Ma sono troppo fuori di me, ultimamente.

Spero comunque che non si trattenga a lungo. Non sembra così in intimità con Giles. Sembra qui davvero solo per aggiustare il computer.

Perché questa sera vorrei provare il mio primo video con la webcam in attesa che Stephen risponda al mio messaggio comunicandomi l'indirizzo del sito. E preferisco non avere estranei intorno.

Giles

Julie se n'è andata con il suo computer. Le ho lasciato il mio numero di telefono nel caso abbia altri problemi. Sono quasi certo che non ne avrà. Era solo una scusa per tentare di mantenermi in contatto con lei.

Appena uscita Julie, Michael si è ripresentato in soggiorno e mi guarda con aria interrogativa.

«Tutto finito? Era davvero qui solo per farsi riparare il pc?»

«Aveva perso dei file, li abbiamo ritrovati. Tutto finito.»

Michael incrocia le braccia al petto, non sembra completamente convinto. Sembra piuttosto voler aggiungere qualcosa, invece tace. Ne approfitto io per raccontargli la questione con Miranda. E magari chiedergli qualche consiglio in merito, visto che la conosce tanto bene.

«Miranda vuole mettermi alla prova...» sbuffo portandomi le braccia dietro alla testa. «Dovrei prepararmi? Non saprei come. Quello che voglio dire... Cosa devo aspettarmi da lei? Ci devo uscire insieme e sinceramente quella donna mi mette in agitazione.»

«Ah quindi la ragazza che se n'è appena andata non ti interessa?»

Michael mi punta gli occhi addosso. Ora sembra incazzato per qualche motivo che sfugge alla mia comprensione. E non capisco nemmeno cosa c'entri la sua domanda con ciò che io gli ho chiesto su Miranda e sulla prova a cui mi sottoporrà.

«No, cioè... non lo so, non ci ho pensato.» In realtà ci ho pensato, ma non voglio sbilanciarmi ora. Non ne vedo il motivo e ho comunque altro per la testa. «Perché interessa a te?»

«Ma che cazzo vuoi che ne sappia io... l'ho vista appena! Non mi ricordo neanche più che faccia ha, com'è fatta!»

E va bene, mi arrendo. È davvero incazzato, non lo sembra soltanto. Non so cosa gli sia andato storto oggi. Nemmeno glielo chiedo perché tanto so che quando fa così di certo non è intenzionato a raccontarmelo. Comunque, va avanti da un po'.

Se ne va senza aggiungere altro. E senza rispondermi e aiutarmi riguardo il mio prossimo incontro con Miranda. E va bene, ho capito. Mi dovrò arrangiare da solo. Del resto, non sono un principiante. Ho avuto diverse ragazze. Quindi non mi lascerò intimidire da una donna, nemmeno se ha l'aria algida e austera. Nemmeno se è sensuale, provocante e farà di tutto per mettermi in difficoltà. Nemmeno se diventerà il mio capo. Nemmeno se è Miranda Crossing.

CAPITOLO 13

Julie

Riesco ad arrivare a casa di Sarah prima del suo rientro. Giles mi ha salvato la vita, letteralmente. Ho fatto in tempo a controllare e mi sembra davvero che ci sia tutto. Mi rendo conto che non è stata colpa mia. Ma comunque mi sentivo responsabile. Forse perché sono io la prima a subire ogni contrarietà quotidiana nella vita di Sarah. Ogni suo malumore si ripercuote direttamente sul mio lavoro e sulla mia futura speranza di carriera.

Appena rientrata le spiego il più rapidamente possibile ciò che è accaduto. Sembra mostrare scarsa attenzione. Nemmeno le importa quanto io ho fatto per farle riavere il suo amato computer e la mia premura che tutti i file siano stati salvati. Le interessa soltanto averlo riavuto in condizioni perfette.

«Benissimo, vado immediatamente ad aggiornare il blog. Ho già scritto a mano gli appunti per il mio prossimo articolo. Le mie lettrici mi stanno aspettando e sono in ansia senza mie notizie! È la serata dedicata alle domande e risposte online…» sorride mostrando un entusiasmo esagerato. Muove la testa lasciando ondeggiare i capelli biondi sulle spalle. «I bambini stanno per rientrare con la tata Susan che però non potrà trattenersi. Puoi tenerli buoni per un'oretta soltanto? Tanto sta per rientrare Charles.»

La traduzione di "un'oretta soltanto" nel linguaggio di Sarah significa tutta la stramaledetta sera. Una parte di me si pente di non averle restituito il computer così com'era quando sono andata a ritiralo dai Trask. Perché tanto so che Charles, suo marito, ignorerà completamente me e i suoi figli per andare a ritirarsi nel suo studio con la scusa di un affare urgente. "Tanto mia moglie avrà quasi finito." Sì, certo. Come no!

«Va bene, ma io devo andare a lezione tra un'ora. Altrimenti farò tardi e sai che con Kate non posso.» E no, mia cara Sarah. Questa volta non mi farò mettere i piedi in testa da te e non mi farò ignorare dal tuo caro marito uomo d'affari.

«Okay…» sospira, stringendosi nelle spalle quasi con noncuranza.

Mi rendo conto, come mai prima d'ora, che è un "okay" di sufficienza, detto da una a cui non importa proprio nulla delle mie priorità e dei miei problemi. Perché contano soltanto i suoi, ecco la triste e deludente verità!

Così agisco di conseguenza. I bambini, per mia fortuna, sono stanchi della giornata trascorsa tra scuola, attività varie e parco. Per una volta tanto si mettono tranquilli di fronte alla tv, miracolosamente senza litigare sul programma da guardare.

Io inizio a prepararmi alla fuga. Non darò il tempo a Charles di contrattaccare e di rendersi conto della situazione. Appena sento la sua auto oltrepassare il cancello mi infilo giacca, sciarpa e cappello. Saluto i bambini che mi rivolgono un'occhiata distratta e quasi infastidita e attendo l'uomo al varco. Così che mentre lui entra io sono già pronta a uscire.

«Buona sera Charles. I bambini sono tranquilli in soggiorno. Sarah è impegnata con il blog e le sue lettrici. Io devo andare, arrivederci.»

«Ah, sì… va bene. No, un attimo… aspetta Julie, io dovrei…»

Mi volto e sorrido, faccio finta di non capire. A volte fare finta di essere una straniera tonta e con scarsa dimestichezza della lingua inglese è incredibilmente utile. Sono già schizzata fuori. Di corsa verso la sede della scuola di cucina che per fortuna non è poi troppo lontana dall'abitazione di Sarah, nei pressi dello Smock Alley Theatre. Oppure sono io che ormai ho preso l'abitudine di correre ovunque in questa città, tanto in centro è quasi tutto raggiungibile a piedi.

I corsi di Kate sono costosi. Troppo costosi per le mie tasche. Infatti, dopo questo in cui lei interviene solo una volta a settimana e che sono stata costretta a pagare a rate, non credo che potrò permettermene un altro, almeno per un po'. Ma del resto la professionalità si paga. E il corso di verdure di Kate è uno dei più celebri e importanti. Un corso di base. Poi ci sono anche gli altri, ovviamente. Ci penserò.

Sarah sicuramente non mi paga abbastanza, nemmeno con qualche traduzione dall'inglese al francese guadagno abbastanza. Però magari con Miranda potrei riuscirci. E uscire a pranzo e a cena non mi sembra così impegnativo. Lo so, lo so che è un tipo di lavoro che potrebbe mettermi nei guai. E che non dovrò rivelarlo a nessuno, mai. Nemmeno a Valerie. Sempre che non mi scoprano fuori a cena con uomini benestanti e sconosciuti, scambiandomi per una escort a tutti gli effetti. Però Miranda non mi sembra il tipo che mi obbligherebbe a uscire con chiunque. La sua sarà una clientela selezionata, almeno spero. Potrei fare un tentativo, comunque. Anche Giles lavora per lei. Quindi forse dovrei proprio fidarmi. Non mi resta molta alternativa, se mi cercassi un lavoro "normale" avrei molto meno tempo per tentare di realizzare il mio sogno. Ho deciso, ormai. Posso solo fidarmi.

Miranda

Vorrei che accadesse qualcosa. Non saprei nemmeno dire cosa, esattamente. Una cosa qualunque che mi togliesse da questa situazione di disagio, di fastidio.

Intanto però l'unica cosa sensata che posso fare, uscita dall'ufficio, è incamminarmi verso casa. Mi basta attraversare la strada, per questo. A volte vorrei abitare più lontano per avere almeno il tempo di pensare, di riflettere comminando. Mi rendo conto che potrei fare una passeggiata ma non ne ho voglia. Girare senza una meta precisa intorno al centro di Finglas Village e poi tornare indietro non è molto entusiasmante. Nei pub della zona ci vado occasionalmente, soltanto per fare compagnia a Raymond.

«L'amore arriverà presto sul tuo cammino...»

Eccola, immancabile. La solita Tally, all'angolo del supermercato. Mi riconosce anche a distanza, ormai. Anche quando non entro al supermercato a fare la spesa. Le rivolgo un'occhiata spazientita. Lei ricambia con un sorriso sdentato ma sincero. Tally e le sue immancabili profezie. Tally che crede nelle fiabe. Tally che forse ancora aspetta l'amore. Anche lì, seduta a terra oppure "appollaiata" sul muretto. Imperterrita, lei aspetta. Ha uno sguardo fiducioso e ostinato dietro alla sua apparenza fragile, quasi immatura. Tutta la fiducia e l'ostinatezza che io ho perso, ho lasciato andare da tempo. Ormai la conoscono tutti, Tally. Pochi sono informati sui dettagli della sua vera storia. Io non ho mai desiderato conoscerla, davvero. Qualcuno la chiama "l'angelo di Finglas Village", forse perché ha sempre una parola buona per chiunque le passi accanto.

«Certo, Tally. Non lo metto in dubbio.» Le rispondo solo per abitudine, ormai, senza prestarle la minima considerazione. «L'amore è sempre sul mio cammino... ma per gli altri.»

Assorbe seria le mie parole, poi scoppia a ridere.

«Qualcuno mi ha regalato del cioccolato. È amore anche questo. Qualcosa di dolce.»

«Ti stai forse lamentando perché io non ti offro mai qualcosa di dolce ma solo soldi, Tally?» Mi fermo al suo lato della strada, che è lo stesso della mia casa. La osservo un po' seccata. Che anche la vecchia, cara Tally inizi a lagnarsi e protestare contro di me è davvero disdicevole. «Almeno con i soldi ti puoi comprare qualcosa di più sano. Chi ti offre il cioccolato non ti fa del bene, i dolci ti rovinano i pochi denti che ti sono rimasti.»

Non che ci sia rimasto molto da rovinare, ormai. Ma il principio non cambia. Tally non se la prende. Non più, non con me. Continua a ridere soddisfatta, quasi come se le avessi appena fatto un complimento. È sempre così, indipendentemente da chi le passa accanto, da chi mostra interesse per la sua presenza oppure la ignora del tutto.

Certo, il principio non cambia. I regali sono inutili. Inutile spreco di tempo e di denaro. Così sono cresciuta. Senza regali. Mia madre non era come zia Grace. Era una donna fredda e scostante, forse ho preso da lei più di quanto avrei sperato e voluto. Poi un regalo l'ho avuto. O almeno credevo di averlo avuto. L'amore sul mio cammino, come dice Tally. Ma è andato via, così com'è arrivato. Perché in realtà l'amore nemmeno esiste. E nemmeno il romanticismo, ma nessuno osa dirlo. Nemmeno io. Anzi, io oserei dirlo ma non posso. Perché significherebbe affermare che il mio stesso business è fondato sul niente, su qualcosa che non esiste.

CAPITOLO 14

Julie

È mattina presto e non devo nemmeno andare da Sarah. Ma mi alzo lo stesso. Ho trascorso una notte agitata da sogni strani e sconclusionati. Il corso di Kate è andato molto bene, è stato davvero interessante. Il problema sono io. Sto iniziando a mettere in dubbio un po' troppe cose ultimamente. Forse è solo stress, stanchezza. Ma non mi sento più sicura di niente.

O forse è la tensione di sapere cosa mi aspetta questa sera. Dovrò incontrare il mio "selezionatore". Colui che mi metterà alla prova per conto di Miranda, insomma. E non mi sento affatto serena e tranquilla. Non credo sia un cliente occasionale. Sono abbastanza certa che sia un uomo di fiducia di Miranda. Sono ancora in attesa di un suo messaggio per sapere esattamente quando e dove dovrò incontrarlo.

Butto indietro le coperte con un calcio. Se cedo nuovamente al sonno non riuscirò mai a svegliarmi! Non sono affatto convinta, ma ormai non mi tirerò indietro. Del resto, l'idea è stata mia. E anche se mi rendo conto che sia stata l'idea più stupida che abbia mai avuto nella vita, ormai è fatta. Ci posso provare, almeno.

Mi avvolgo intorno la coperta che tengo sulla poltroncina vicino alla parete e mi dirigo verso la cucina. Tra poco Valerie si alzerà per andare al lavoro. Preparerò la colazione anche per lei. Sto tentando di essere una buona amica, di renderle la vita più semplice. Ma non sempre ci riesco. La verità è che non vorrei che se ne andasse. Perché non saprei cosa fare qui da sola.

«Ciao…» Valerie arriva in cucina con aria assonnata, ma mi rivolge un sorriso. «Riesci sempre a precedermi.»

«Non sempre.» Mi stringo nelle spalle mentre verso l'acqua nelle tazze per il tè.

Valerie annuisce e prende i muffin dallo scaffale.

«Comunque… ci sto ancora pensando. Non sono del tutto sicura di andarmene.» Non so perché voglia affrontare questo discorso proprio di prima mattina. Si siede e mordicchia un muffin al cioccolato, mentre io le passo la sua tazza con il tè.

«Mmh…» Attendo che il pane tostato sia pronto e prendo il barattolo della Nutella e quello con il burro d'arachidi. «Io mi sono resa conto di non essere più sicura di niente, Val.»

«Da quando? Pensavo fossi convinta di volere un lavoro come quello di Sarah. Stai studiando per diventare come lei, vero?»

«Già, ma forse è quel tipo di lavoro a non volere me.»

«Sei un po' strana, Julie. È successo qualcosa?» Mi scruta attenta, proprio come se mi si leggesse in faccia. Come se fosse visibile il fatto che sto per intraprendere una carriera da accompagnatrice di uomini.

«No…» Ora sento più che mai di aver sbagliato tutto. Non avrei dovuto. È stata solo una sfida. È stato l'incontro con Miranda a spingermi a questa assurda proposta.

«A me sembra di sì. Davvero non è accaduto nulla? Hai incontrato qualcuno?» Valerie non demorde e la mia scarsa convinzione nel negare la rende ancora più sospettosa.

«No, ti ho detto. Davvero…» Forse dovrei introdurre il discorso relativo all'agenzia. Ma non posso. No, non sarebbe affatto una buona idea per Val. Non se lo sapesse, almeno. Dovrebbe accadere tutto in modo spontaneo, naturale. Com'è giusto che sia. Cerco di confonderle le acque e provo a scherzare. «Lo sai che non ci penserei nemmeno a conoscere qualcuno adesso. È un pessimo periodo per me! Lo eviterei a tutti i costi.»

E se Valerie finisse per innamorarsi di Giles? Sarebbe un disastro perché lui è pagato per uscire con le donne ed essere gentile. Quindi credo sia molto meglio bloccare tutto con Miranda, almeno per quanto riguarda Val e Giles. Perché Giles è… sì, indubbiamente Valerie potrebbe innamorarsi di lui. Se il ragazzo proposto da Miranda sarà davvero Giles, potrebbe essere il tipo per cui una ragazza nella situazione di Valerie perderebbe la testa. Così invece di aiutarla a risollevarsi dall'abbandono di Trent finirei per causarle un danno ancora peggiore.

Un diversivo va bene e può facilitare la ripresa. Ma innamorarsi proprio no, assolutamente no!

«Julie, si può sapere a cosa stai pensando?» Valerie mi agita la mano davanti tentando di distogliermi dai miei pensieri.

Mi ero estraniata senza nemmeno rendermene conto.

«A niente. Forse ho ancora sonno, ho fatto dei sogni strani e…» Scuoto la testa impegnandomi per allontanare i pensieri assurdi e i propositi ancora più assurdi degli ultimi giorni. «In realtà sto pensando al lavoro. A come posso diventare una brava chef e una food blogger come Sarah. Però inizio a temere di non possedere i requisiti adatti.»

«Secondo me non è così, sei brava!» Valerie sorride e annuisce convinta. Dentro di me lo so che lo sta dicendo solo per confortarmi e soprattutto perché è mia amica. Non ci crede davvero. Del resto, io stessa non sono più sicura di crederci davvero. «Io sto pensando di insegnare francese agli stranieri, come facevo in Francia. Non so se ci riuscirò, è solo un'idea per il momento. Ecco, la verità è che… so che questo lavoro potrebbe farmi pensare a Trent perché è così che ci siamo conosciuti. E appena arrivata qui ho accettato il primo lavoro che mi è capitato solo per fare qualcosa e non rimanere in casa ad aspettare il suo ritorno la sera. Però il collegamento tra l'insegnamento e il mio ex non mi fa più tanto male. Avrei dovuto provarci prima, e in effetti questa era la mia intenzione dopo… dopo il matrimonio e il viaggio di nozze, ecco. Anche se Trent avrebbe voluto che io lavorassi con lui, nell'azienda della sua famiglia. Non so cosa avrei potuto fare, visto che producono impianti idraulici, però…»

Cerca di essere convincente ma io ho ancora qualche dubbio. Tra Valerie e Trent è finita da poco tempo. Troppo poco. «Val non è finita da molto, non fingere con me.»

«Julie… Julie tu non capisci. Io ho sofferto, sì. Ma la verità è che io…» sospira e scuote la testa. «Ci sono rimasta male perché è stato lui a voler terminare la nostra storia. Perché avevo pensato di trasferirmi qui, avere una vita diversa. Non mi importava nemmeno come. Diversa. Con qualcuno che si prendesse cura di me. Non necessariamente Trent. Era già finita prima che lui mi lasciasse, prima che lui mi tradisse. Già lo sospettavo, ma non avevo voluto vedere i segnali. Soprattutto era già finita perché io avevo tentato di crederci… ma non ero innamorata di lui. Non lo sono mai stata.»

Giles

Non ne ho alcuna voglia e non sono affatto dell'umore. Invece questa sera dovrò uscire con Miranda. Ora che ci ripenso lucidamente mi sembra una follia. Cosa diavolo mi è saltato in mente?

Mi devo preparare psicologicamente agli assalti di quella donna. So già che mi aggredirà in tutti i modi possibili tentando di mettermi in difficoltà. E godrà nel farlo. Ho tentato di condividere le mie preoccupazioni con Michael ma l'unica risposta che ho ricevuto da lui e stata l'indifferenza. E una scrollata di spalle. Indifferenza, appunto.

«Allora, ne sei proprio convinto?»

Verso sera, quando sono quasi pronto per uscire e recarmi all'appuntamento, si "risveglia" dal suo letargo. Dalla domanda e dall'occhiata scettica mi rendo conto che non aveva rimosso dalla mente la mia serata con Miranda.

«E tu sei convinto di mettere su un sito le tue acrobazie mentre ti spogli? E diventare un... come accidenti si chiama...»

La risposta non è stata molto amichevole, ma se l'è davvero meritata. Perché è uno stronzo, ultimamente. Avrebbe potuto aiutarmi, darmi qualche dritta per trattare con Miranda, lui che la conosce bene! Invece ha fatto lo stronzo, appunto. Quello a cui non gliene frega un cazzo. E devo dire che ci riesce benissimo.

«Se è per questo lo sono già diventato, da ieri sera. Mi sono divertito. E sto iniziando a guadagnare.»

Mi rivolge un'occhiata sarcastica e volutamente compiaciuta. Mi scruta da capo a piedi, come se fossi un esemplare da laboratorio da analizzare. Sarà per come mi sono vestito. Però lo conosco abbastanza bene. Tanto che mi appare comunque più infelice e più incazzato e scontroso che mai. Però posso sempre sbagliarmi.

«Mah... contento te!» In fondo spero ancora che mi aiuti con qualche suggerimento, invece mi volta le spalle per ritirarsi in camera sua. Cerco ugualmente di farmi sentire. «Comunque io esco. Ti devo salutare Miranda?»

Lo faccio apposta. Lo istigo intenzionalmente. È stato lui a suggerirmi per questo lavoro, perché ora fa lo stronzo? Ma forse non dipende da me. Chissà che cosa gli passa per la testa in questi giorni!

Mi sento un idiota. Forse mi sono messo troppo elegante, ma immagino già l'espressione schifata di quella donna se mi presentassi in jeans e maglione. Forse anche casual non sarebbe abbastanza per lei. A meno che mi voglia fregare. E sono certo che Miranda sia il tipo di donna ben contenta di fregare chiunque, me compreso. Forse il mio completo blu, l'unico che ho nell'armadio, è eccessivo, ora che ci penso. Sto cercando di ricordare come Michael esce vestito di solito. Mai visto in completo, ma non ne sono del tutto certo. Forse si cambia altrove. Se almeno lo stronzo fosse dell'umore per aiutarmi!

Incontro Miranda in un ristorante italiano di Bray, abbastanza conosciuto nella zona e molto frequentato. Quindi sono stato costretto a prendere la DART per arrivarci. Perché fare tutta questa strada? Il centro di Dublino non era abbastanza chic per lei? Cosa vuole poi? La romantica passeggiata sul mare con questo freddo? Ne sarebbe capace, ci scommetto!

Appena la vedo apparire tutti i miei peggiori sospetti diventano realtà. Ecco, lo immaginavo. Indossa jeans scuri e un maglione azzurro lavorato sotto la giacca. Ha i capelli sciolti sulle spalle ed è quasi del tutto struccata. Sorride inclinando la testa appena mi vede. Era più elegante in ufficio. Lo immaginavo che mi avrebbe fregato!

«Ti trovo molto bene.» Mi osserva e mi percorre con lo sguardo, un po' come ha fatto Michael poco prima. Ha pure la stessa espressione sarcastica nello sguardo!

«Grazie, Miranda. Anche io ho trovato te...» Mi sento avvampare. Cosa sto dicendo?

Mi lancia un'occhiata divertita girando leggermente la testa verso di me. Come se si stesse impegnando per mettermi in imbarazzo. E ci riesce bene, pur stando zitta.

«Sono felice che tu mi abbia trovata, Giles.» Mi fa cenno verso un tavolo, dopo che la cameriera ci ha accompagnati di fronte al nostro posto.

Ah, sì... dovrei spostarle la sedia per farla accomodare! Giuro, di solito non sono mai tanto imbranato. Mai!

Mi muovo per precederla e Miranda si siede. Resto un attimo fermo dietro di lei cercando di non assecondare l'istinto di strozzarla.

Sorprendentemente resisto, dopo un respiro profondo mi accomodo di fronte a lei. Temo che il peggio debba ancora arrivare. Non abbiamo ordinato e teoricamente dovremmo anche intrattenere una conversazione in cui possa dimostrarle il mio fascino virile e farla sentire la donna più desiderata del locale. Una missione impossibile, insomma. Soprattutto se ho la netta impressione che la donna in questione non aspetti altro che mettermi in imbarazzo e ridermi in faccia!

Improvvisamente e inaspettatamente appoggia i gomiti sul tavolo, si allunga verso di me e sorride.

«Non essere così teso. Stai andando bene.»

I suoi occhi scuri nei miei mi danno un fremito inaspettato. La verità, che non oso ammettere, è che ho la netta sensazione che stia accadendo proprio il contrario di ciò che dovrebbe. Sembra che Miranda stia seducendo me, non viceversa. Insomma potrei essere io l'ipotetico cliente, non lei.

«Non è vero…» sospiro e mi tiro indietro, appoggiando la schiena alla sedia. Non ne posso più, a questo punto meglio essere chiaro e smettere di farmi prendere in giro. «Miranda, io lo so che non sono adatto. L'ho capito da solo. Non serve farmi sentire un idiota. Insomma, possiamo semplicemente mangiare qualcosa, senza impegno. Oppure, se hai di meglio da fare…»

«Non vuoi più lavorare per me?» Intreccia le dita e corruccia lo sguardo, ora sembra quasi delusa più che sprezzante o infastidita.

«No, non è questo. Solo che io… insomma, non sono Michael. E non sono nemmeno Stephen. Okay, non conosco gli altri, ma…»

«Non mi sembra di averti chiesto di essere Michael o Stephen.» Alza gli occhi al cielo e sospira. «Non a tutte le donne piacciono i tipi come Michael, Stephen o altri ragazzi dell'agenzia. Potresti farmi il favore di essere te stesso al meglio delle tue possibilità, Giles? Senza tentare di imitare qualcun altro o cercare di interpretare cosa io sto pensando di te? Perché una delle cose che davvero infastidisce le donne, tutte le donne, è la mancanza di spontaneità in un uomo.»

«Mi dispiace.» Abbasso lo sguardo. Ecco, ora mi sento veramente un cretino. Quella di prima era solo una pallida imitazione.

«Io temo che tu non sia adatto al lavoro, Giles. Sei troppo un bravo ragazzo per fingere un interesse che non provi. Ma vorrei comunque darti una possibilità.»

Come immaginavo! "Bravo ragazzo" corrisponde a incapace, inetto. Esattamente ciò che dicono le donne quando vogliono liquidare qualcuno. Una variante al "ti considero il mio migliore amico." Poi in realtà corrono tutte dietro a quelli come Michael e Stephen.

«Va bene, ho capito. E no, non darmi possibilità. Preferisco non ispirare compassione. Cosa ti va di mangiare?»

Afferro il menù come arma di difesa, contro di lei e la sua falsa condiscendenza nei miei confronti.

«Bene, quando fai l'offeso almeno tiri fuori un po' di carattere!» ride di gusto e cerca anche lei nella lista. «Una pizza della casa, al formaggio.»

«Oh, dannazione Miranda. Mi sono combinato come un pinguino per venire a mangiare la pizza?» Abbasso il menù e la guardo. Sembra meno cinica. Più dolce e decisamente più giovane.

«È stata una tua scelta» annuisce e continua a sorridere.

«Volevo fare buona impressione...» sospiro e richiudo il menù spostandolo in un angolo. «Al diavolo, pizza anche per me!»

«Bene, ora che ti sei un po' rilassato... vedi di rendermi la serata piacevole e interessante, nuovo agente segreto di San Valentino.»

CAPITOLO 15

Julie

Non riesco a togliermi dalla testa le parole di Valerie. Non era innamorata di Trent? Come, non era innamorata di Trent? Questo significherebbe che non ho capito proprio niente della mia migliore amica! Va bene, forse non sono io ad aver frainteso tutto… insomma, se non era innamorata di lui era comunque un'ottima imitazione!

Ora comunque devo archiviare momentaneamente la questione per incontrare l'uomo proposto da Miranda. Mi ha inviato la fotografia sul cellulare. Un gran bel tipo, non c'è che dire. Uno con l'aria decisa e molto ma molto sicuro di sé.

Abbiamo appuntamento in un ristorante irlandese di O'Connell Street, all'angolo con North Earl Street. Mi avvicino e punto lo sguardo sulla statua di James Joyce, per non dare l'impressione di una che sta cercando qualcuno in modo esageratamente ansioso. Per non sbagliare ho indossato un abitino dalle tonalità chiare, sotto il cappotto verde smeraldo… o forse è più verde Irlanda.

Lo noto con la coda dell'occhio. Mi sembra di riconoscerlo, è già lì. Sposto allora più palesemente lo sguardo da James Joyce a lui. E fingo davvero di riconoscerlo, questa volta. Faccio l'espressione sorpresa, poi mi affretto scusandomi per il ritardo anche se sono perfettamente puntuale.

«Sono io in anticipo, non ti preoccupare!» sorride e arriccia leggermente il naso in una smorfia quasi audace. Che sembra audace sulla sua faccia, per lo meno.

È il classico tipo che farebbe cascare a terra una ragazza come me a una sola occhiata. Invece io mi reggo perfettamente in piedi, per fortuna.

«Comunque, io sono Julie...» mi presento, nel caso non fosse stato informato.

«Juliette, mi è stato detto» annuisce, sorride e mi stringe la mano. «Stephen.»

Ha una voce roca e provocante, da uomo vissuto. E l'aspetto di uno che ne ha passate davvero tante. Miranda lo ha fatto apposta per mandarmi in confusione? Scommetto di sì! Ma non ci riuscirà!

«Preferisco Julie» ribadisco convinta, mentre lui mi accarezza piano la schiena invitandomi a seguirlo nel locale.

«Va bene anche Julie. Ti stanno bene entrambi.»

Indossa una giacca di pelle sopra una camicia azzurra, pantaloni neri. È sexy da far paura e quando entriamo la maggior parte degli sguardi si posa su di noi. Non solo femminili. I suoi occhi azzurri percorrono la stanza, poi si passa una mano sul mento.

«Miranda mi ha detto di aver prenotato a mio nome.»

Chiede informazioni a uno dei ragazzi sulla porta, che ci accompagna al nostro tavolo. Ora che siamo seduti uno di fronte all'altra posso osservarlo ancora meglio. Decido di partire subito all'attacco per non lasciarmi intimidire dal suo fascino ostentato.

«Da quanto tempo lavori per Miranda?»

«Da troppo tempo, temo» sospira e alza gli occhi al cielo. «E tu... perché vorresti lavorare per lei?»

Ecco, ha liquidato in fretta la mia domanda e ha concentrato il discorso su di me.

«Perché ne ho bisogno. E perché...»

Perché sono stata un'imbecille! Evito di dirlo ma lo penso, con tutto il cuore.

«Sono certo che una ragazza bella come te non avrà alcun problema.» Fissa gli occhi nei miei. Come se volesse spogliarmi e contemporaneamente ribaltarmi sul tavolino del ristorante. Me li sta creando proprio lui i problemi, adesso!

Allunga anche una mano a sfiorare la mia, mi percorre il dorso con il pollice.

«Ma, io…» mi sento avvampare e non so come reagire. Mi ha davvero presa in contropiede.

«Regola numero uno, Julie. Tenere a bada i clienti troppo intraprendenti. Dovresti riuscirci con fermezza ma senza offenderli. E senza arrossire, mia cara.»

Si stacca da me e si tira indietro appoggiandosi con la schiena al divanetto. Era una prova, quindi! Era tutta una dannatissima prova!

«Oh, maledizione! Mi hai fregata…»

«Meglio, così la prossima volta non ti farai fregare da altri. Almeno io non sono un cliente.»

Sto per rispondergli che dubito fortemente che i clienti siano avvenenti e provocanti quanto lui, ma mi trattengo. Sorrido invece, cercando di mostrarmi tranquilla, sempre nel limite delle mie possibilità.

«Già, meglio così…» sospiro e lo guardo cercando di mostrarmi determinata e sicura. «Comunque credo che per voi uomini sia diverso.»

«Lo è senz'altro, ma anche noi abbiamo le nostre difficoltà.» Si stringe nelle spalle passandosi una mano tra i capelli corti. «Parlami un po' di te, Julie. Cosa fai qui a Dublino? Da dove vieni esattamente?»

«Io sono qui per studiare cucina…» Non ne sono più tanto convinta, ma meglio mantenere la versione ufficiale. «In realtà mi piacerebbe diventare una food blogger. Vengo da Ginevra.»

«Ah, davvero? Mia madre è di origine francese, mi piacerebbe riprenderlo. Da bambino mi parlava sempre nella sua lingua, lo capivo bene.»

«E tua madre ora è…» Mi piacerebbe chiedergli se è al corrente di cosa lui faccia a Dublino, ma mi trattengo.

«Si trova a Sidney.» Mi precede, per fortuna. «Io sono nato in Australia. Non torno a casa da troppo tempo, in effetti.»

«Io non ci sono mai stata.»

Andiamo avanti a parlare del più e del meno. Non mi mette più in imbarazzo, mi sto abituando a lui. Mi parla della sua infanzia in Australia, dei suoi studi di marketing e design. Io gli racconto qualcosa di me, mentre assaggiamo qualche piatto tipico della cucina irlandese. Mi lascio consigliare da lui, che conosce il posto molto meglio di me.

Giunti quasi alla fine della nostra serata non riesco a trattenermi.

«Cosa dirai a Miranda?» So che non avrei dovuto chiedere così direttamente, ma non mi importa ormai.

«Io le dirò…»

«No, aspetta!» Cambio idea repentinamente e sollevo una mano per fermarlo. «Non mi importa saperlo.»

«Sei interessata a qualcuno?» Torna a guardarmi negli occhi, con l'espressione provocante che aveva prima di cenare. «Non c'entra con la tua domanda di prima riguardo a Miranda…»

«Lo avevo intuito.» Sorrido e mi stringo nelle spalle. Ormai non mi frega più con quell'aria da seduttore. «Comunque, ci sarebbe un ragazzo… L'ho appena incontrato ma la situazione è un po' complicata. E per te? C'è qualcuna?»

«Per il momento c'è solo il lavoro. Non ho alternativa.»

Non specifica il motivo per cui non ha alternativa e io non indago oltre. Paga il conto e usciamo dal locale. Si offre di accompagnarmi a casa e io accetto. Camminiamo per lo più in silenzio, mescolandoci tra le altre persone che vagano a piedi per il centro cittadino. Siamo due stranieri lontani da casa. Siamo due anime che si sono incontrate per un appuntamento organizzato e forse non incroceranno mai più i loro destini.

Oltrepassiamo uno dei ponti che separa la zona nord dalla zona sud della città, attraversata dal fiume Liffey. Mi perdo per un attimo a guardarlo scorrere sotto i ponti, come se fosse una sorta di linfa vitale che attraversa il cuore pulsante della città. Di fronte a casa mia Stephen mi saluta con un rapido bacio sulla guancia, si volta e se ne va. È tornato a essere un estraneo per me. Mi è piaciuto trascorrere la serata con lui, anche per prova, ma così dev'essere e così sarà.

E davvero non mi importa di averla superata, questa benedetta prova. Non mi importa cosa racconterà di me a Miranda. Non mi importa nemmeno se è stato gentile e accomodante con me mentre in realtà pensa che io sia una sciocca che si imbarazza per un complimento neanche troppo sincero.

Io so che devo e dovrò sopportare tutto. Anche questo strano lavoro, se Miranda deciderà di prendermi con sé. Devo solo mettere da parte un po' di soldi per i corsi. Poi diventerò finalmente una famosa e rinomata food blogger. E questa vita triste e misera finirà, una volta per tutte. Non sarò più un'ignota ragazza qualunque capitata per caso a Dublino.

«Sei uscita con qualcuno?» La domanda di Valerie, appena entro in casa, mi coglie alla sprovvista. Anche perché ha l'aria di chi conosce già perfettamente la risposta.

«Sì, ma niente di speciale. Era solo un appuntamento di lavoro.» Non vorrei entrare nel discorso, con lei. Altrimenti dovrei raccontare anche tutto il resto.

«Guarda che l'ho visto, dalla finestra. Con uno come quello c'è ben poco da pensare al lavoro!» Valerie ride divertita e mi strizza l'occhio.

Ha davvero frainteso tutto ma io non posso raccontarle che per Stephen io ero solo una prova, una dipendente a cui far subire una sorta di selezione.

«Ti assicuro che era lavoro. Lui è... un vero intenditore di cibo. Un consulente, insomma.» Sì, ecco. Non mi sono nemmeno allontanata troppo dalla verità.

Io, del resto, sono un cibo da offrire ai clienti. E Stephen mi ha appena selezionata. Ma alla fine anche lui è un cibo. E anche Giles. Forse, chi più chi meno, siamo tutti cibo che qualcuno vaglierà e selezionerà per giudicare se sia commestibile o meno. E mi rendo conto, solo ora, che è tutto alquanto triste. Ma funziona così. E in qualche modo, a volte purtroppo subdolo e meschino, continuerà a funzionare così.

Michael

Lo so che lo ha fatto apposta. A lui non l'ho detto per non farlo insospettire. O per non fargli immaginare di essere più importante di quello che è in realtà.

Lo ha fatto apposta e magari proprio ora se la sta spassando, a letto con lui. Giles, del resto, è facile da irretire, per una come lei!

Non gliela farò passare liscia, questa volta. La lascerò al suo destino, ho deciso. Proprio come Stephen, anche se lei ancora non lo sa.

Ora comincia lo spettacolo. E non solo quello che intendo proporre davanti alla webcam. Mi tolgo la maglietta e la lancio sul letto. Poi la indosso di nuovo, meglio tenerla all'inizio. Devo cercare la musica adatta, la seleziono dal mio computer. E non trovo proprio niente che mi stimoli abbastanza, maledizione. Mi sembra solo di impazzire. Dovrei tentare di imitare Stephen, per lui sembra talmente facile!

Ma no, che cazzo sto facendo! Mi allontano dallo schermo e mi butto sul letto. Cosa ci sarà mai da guardare? Non sono concentrato. Devo smettere di pensare. Butterei tutto all'aria in questo momento.

Non sono più nemmeno sicuro di cosa voglio davvero ottenere. Voglio lasciarla andare, questo sì. Ma come? È sempre ferma lì, come un chiodo fisso nella mia mente. Un chiodo fisso che non riesco a sradicare, a strappare via.

Ci riprovo, ci devo riuscire! Forse pensare proprio a lei potrebbe essermi utile in qualche modo. Ecco, sì. Alla fine, potrebbe davvero servirmi a qualcosa.

Non riesco a evitarla. Le sue mani che mi accarezzano, le sue labbra su di me, i suoi gemiti, i suoi respiri… quel suo modo di sussurrare il mio nome…

E alla fine non me ne frega niente se si è portata a letto proprio mio cugino! Con quanti altri lo avrà fatto? Tanto li butterà tutti via comunque, come ha fatto con me. Perché l'unico che permane, costante, è quello chiuso nel cassetto della sua scrivania. Gli altri sono solo un diversivo, un'alternativa alla noia. Come per me sono le altre, del resto. Meglio sparire. Forse dovrei davvero trasferirmi altrove, appena possibile.

Chiudo gli occhi. Per stasera non se ne farà niente. Inizierò domani. Ho mentito a Giles, non sono ancora riuscito a combinare nulla. Mi copro gli occhi con un braccio, ho la luce spenta ma mi danno fastidio i bagliori che penetrano attraverso la finestra. E anche i rumori provenienti dalla strada.

Poi ne percepisco un altro, più vicino. La chiave che gira nella serratura d'ingresso. Quindi è tornato.

So che dovrei trattenermi e restarmene in camera. Fingere di dormire, di fregarmene completamente o di farmi i cazzi miei. Invece no. Non resisto. Salto giù dal letto e in un attimo sono in soggiorno, prima che lui si ritiri nella sua stanza e io non possa più fingere che il nostro incontro sia casuale.

Mi dirigo deciso verso il frigo, ignorando quasi la sua presenza. Non ho nemmeno sete, ma mi prenderò lo stesso una birra.

«Ah, ciao...» Gli rivolgo un'occhiata noncurante, sbadigliando rumorosamente. «Già tornato?»

«Sì, già tornato. E la vuoi smettere di trattarmi come un coglione?»

Mi fermo e lo guardo perplesso, mi dimentico anche la birra. «Ma che cazzo...»

«No, ma che cazzo lo dovrei dire io!» Giles sgrana gli occhi su di me, non capita di vederlo spesso così furioso.

Non comprendo cosa stia dicendo e perché. A meno che... ma no, non credo. Sospiro e non replico, resto in attesa.

«Nello specifico... cosa è successo tra te e Miranda? Lo avevo capito già da prima, comunque.»

«Nulla che valga la pena raccontare.» Mi passo una mano tra i capelli e la trattengo sulla testa. Sono sempre a metà tra il frigo e l'uscita dal soggiorno. Sono tentato di andarmene senza prendere nulla per defilarmi il più rapidamente possibile dalla situazione. E senza dare spiegazioni, soprattutto. Perché proprio non ce ne sono.

«Sei incazzato con me perché ci sono uscito. Ma se è questo che ti preoccupa ti comunico che per me non è stato assolutamente un piacere vedere quella donna, anzi!» Mi sfida con un'aria di supponenza che non assume spesso. «È stata un'incombenza che avrei evitato volentieri.»

«Lascia perdere, non è il caso.» Decido di dimenticarmi di aver avuto sete, gli passo davanti per andare a rifugiarmi e a sfogare la mia rabbia in camera.

«Non lo fa con tutti, vero? Quello di uscire pubblicamente. Nemmeno con te.» Non molla, persiste. Con un sorrisetto sadico. «Ma sai che credo che vi tratti tutti come pezzi di carne da portarsi a letto? Avevi ragione, è una stronza. Ed è anche una...»

No, adesso basta! Ha esagerato! Ma come si permette?

Mi volto di scatto e in un attimo gli sono addosso, lo afferro per il bavero di quella stupida giacca elegante blu che ha ancora addosso.

«Ancora una parola su di lei e io ti...»

«Ma non è lo stesso che dici sempre anche tu?»

Mi prende in contropiede, ancora una volta. Lo lascio andare un attimo, tentando di ricompormi, di riflettere.

«Io non ho mai parlato di lei così! E poi io… io…» sospiro e mi stacco da lui, faccio un passo indietro e abbasso la testa. «Io posso.»

«Tu puoi perché non lo pensi realmente. È questo che intendi?»

Mi ritiro davvero, questa volta. Senza replicare. Senza aggredirlo. Senza reagire alla provocazione che Giles è riuscito molto astutamente a mettere in atto contro di me. Ci sono caduto come un cretino.

Però su una cosa ha avuto ragione. Miranda non esce mai con i ragazzi dell'agenzia pubblicamente. Mai. Non l'ha mai fatto. Nemmeno con Stephen che conosce da anni. Nemmeno con me. Se proprio deve metterli alla prova li fa uscire con alcune clienti affezionate.

Ci tratta come pezzi di carne da portarsi a letto? Probabilmente sì. Mi sono illuso di essere stato l'unico. Di essere l'unico. Perché la volevo. E il mio problema fondamentale, ora, è che la voglio ancora.

CAPITOLO 16

Giles

Sono stato uno stronzo, me ne rendo conto. Ma almeno adesso mi è chiaro come stanno davvero le cose. Già lo sospettavo da un po', anche da prima che Michael mi fissasse il colloquio di lavoro con Miranda.

Forse dovrei davvero lasciar perdere tutto. Indipendentemente dalla storia tra di loro, in cui io non c'entro proprio niente. E forse dovrei tentare di aver una relazione normale, con una ragazza normale.

L'idea di lavorare nell'agenzia di Miranda è stata pessima. Io non sono come Michael e non sono come Stephen. Su questo lei ha avuto ragione.

Una cosa è certa. Quella donna ha un'influenza distruttiva. Michael ne porta bene impressi i sintomi, quasi come se lo avesse marchiato. Come se si trascinasse ancora gli strascichi di una malattia.

Ma io non oltrepasserò i suoi confini, non mi lascerò circuire e distruggere da lei. Anche se iniziassi a lavorare nella sua folle agenzia, non le permetterò di manovrarmi. Ora che l'ho capita posso fare attenzione, la posso combattere. Per Michael non è più possibile, ormai. Per lui è già troppo tardi.

Miranda

Ieri sera sono tornata a casa con un gran mal di testa. Nonostante l'incontro con Giles non sia andato poi tanto male. Pensavo peggio, anche se all'inizio aveva preso una piega quasi tragicomica. Quel ragazzo alla fine ha un certo carattere, non è passivo e amorfo come avevo creduto durante il primo appuntamento in ufficio.

Ho chiesto a Kara, la mia segretaria, di telefonare a Juliette e fissarle un appuntamento qui da me, nel pomeriggio. Non l'ho chiamata direttamente altrimenti avrebbe cercato di sapere qualcosa di più. In questo modo l'ho tenuta in sospeso.

Arriva e mi scruta con aria circospetta, come se non sapesse esattamente cosa aspettarsi da me. Stephen mi ha comunicato l'esito del loro appuntamento subito dopo averla accompagnata davanti a casa.

Le faccio cenno di accomodarsi sulla sedia di fronte alla mia scrivania. Annuisce ma continua a guardarmi poco convinta.

«Posso programmare l'incontro della tua amica con uno dei ragazzi.» Passo direttamente all'altra questione di cui avevamo discusso, tralasciando ciò che la riguarda direttamente. «Il primo è gratuito, poi dipende da quanti appuntamenti vorrà fissare. Però deve pagare comunque la tassa di iscrizione.»

«Mmh… quel ragazzo di cui mi ha mostrato la foto la volta scorsa?» sospira e aggrotta la fronte. Mi sorprende, pensavo fosse più interessata a conoscere la mia impressione sulla sua uscita con Stephen e la mia decisione in proposito. «È carino, potrebbe… sì, credo che potrebbe davvero aiutare Valerie. Per la tassa di iscrizione pagherò io, ovviamente. Posso farcela.»

«Va bene, allora possiamo organizzare un appuntamento tra le tua amica e Giles.»

Annuisce ancora e distoglie lo sguardo, sembra pensierosa, assorta in altre questioni che soltanto lei conosce.

«Per quanto ti riguarda, invece...» Non sembra interessata, ma decido si informarla comunque della mia decisione. «Stephen ha detto che ti sei comportata molto bene ed è stato piacevole uscire con te.»

Improvvisamente sembra distogliersi, risvegliarsi. «Quindi... posso avere il lavoro?»

«Sì, però...» Faccio una pausa e la vedo sgranare gli occhi azzurri su di me, incerta. «Kara, la mia assistente, sta per trasferirsi in Australia con il fidanzato. Avrei bisogno di qualcuno che prenda il suo posto. So che hai esperienza e lavori già per qualcuno... e visto che riesci a trattare abbastanza bene con le persone, come mi ha raccontato Stephen...»

Lo so, è una follia. E il trasferimento di Kara non è così immediato. E forse sto facendo disparità sessuali. Ma una ragazza come accompagnatrice... no, non me la sento proprio. Non nella mia agenzia. Soprattutto lei non è il tipo adatto.

«Mi sta offrendo un lavoro come sua assistente?» Continua a fissarmi scettica. Lo sarebbe stata meno se le avessi programmato un'uscita con un cliente vero e proprio?

«Sì, se ti interessa possiamo fare una prova. Kara resterà qui ancora un po' e potrà istruirti.»

«È diverso da quello che credevo. Voglio dire... le sono grata, però...» Si morde le labbra dubbiosa, poi intreccia le dita e sembra meditare alla ricerca delle parole adatte. «Io cerco lavori con un orario flessibile, perché il mio vero sogno è un altro.»

«Certo, capisco. Potremmo metterci d'accordo.»

«Mmh... perché?» Sospira più profondamente, stringe gli occhi e mi guarda seria. Non capisco il senso della sua domanda.

«Perché cosa, Juliette?»

Non la infastidisce che l'abbia chiamata con il suo nome completo, questa volta. Non sembra nemmeno farci caso.

«Perché vuole aiutarmi? Perché non vuole darmi lavoro come accompagnatrice, ma vuole comunque offrirmi una possibilità?»

«Perché, come ti ho detto...» sospiro e incrocio le braccia. Cerco di trattenermi per non perdere la pazienza. «Kara si trasferirà tra un po' e io avrei bisogno di qualcuno che la rimpiazzi. Ti sto offrendo solo di fare una prova, potresti anche non essere adatta. Oppure il lavoro non essere adatto a te.»

Se ne va senza darmi una risposta precisa. Dice che ci penserà. Non so che cosa abbia in testa e a questo punto nemmeno me ne importa.

È quasi l'ora del tè. E puntualmente Raymond mi raggiunge e anche lui mi rivolge un'occhiata un po' stranita, abbassandosi gli occhiali sul naso come per guardarmi meglio.

«Dimmi subito quello che devi, non girarci intorno.» Lo guardo decisa, subito dopo aver versato il tè e il latte nelle tazze. Gliene porgo una, mi siedo alla scrivania e prendo una tavoletta di cioccolato dal primo cassetto.

«Hai voluto aiutare quella ragazza.»

«Ti eri nascosto per ascoltare tutto?» È evidente. Oggi, comunque, la devono smettere di mettere in luce il mio tentativo di aiutare qualcuno. Io abitualmente non sono così. E nemmeno voglio diventarlo.

«Ero già qui, poco prima che lei entrasse da te, e mi è capitato di sentire.» Raymond afferra la sua tazza e beve a piccoli sorsi.

«Non sei mai sordo, quando ti va di ascoltare qualcosa. Vero, Raymond?» Scuoto la testa e alzo gli occhi al cielo.

«Verissimo! E non sono mai cieco quando voglio vedere. Peccato che troppo spesso lo sia tu, Miranda. Cieca e sorda.»

«No, per favore. La predica no!» Mi tiro indietro con la poltroncina che stride in modo insopportabile. «Ci conosciamo da troppo tempo, ormai. Sai che non me la merito. E sai anche che sono stronza e opportunista esattamente come appaio.

Quella ragazza, Juliette… rischia davvero di diventare una palla al piede, per questo…»

Come se io non ne avessi già abbastanza, di palle al piede! Raymond smette di sorseggiare il suo tè e mi osserva attento, anche se la sua espressione ora è vagamente contrariata.

«Hai un cuore buono, non vuoi approfittarti di lei. Dovresti concedere più spazio alla comprensione, nella tua vita. E anche all'amore, visto che ne hai a che fare tutti i giorni.»

«Io ho a che fare con un'illusione d'amore. E di comprensione, anche. È tutto finto, non esiste. Si paga per averlo. Qui si tratta solo di qualche complimento e compagnia, ma non c'è nessuna differenza, davvero. Non c'è nulla di vero. Forse perché in realtà è proprio così… non esiste nulla di vero.»

«No, non ci credo Miranda. E non ci credi nemmeno tu a quello che stai dicendo.»

Raymond non mi dà tregua. Lo so com'è quando si mette in testa qualcosa. Sa essere ancora più testardo di me. A tal punto che spesso mi conviene dargli ragione solo per chiudere il discorso. Ma non questa volta. Perché questo discorso lo voglio chiudere davvero in maniera definitiva. Una volta per tutte. Perché significherebbe tornare a pensare al dolore che ho sepolto dentro, riportarlo in vita e costringere me stessa a rischiare di subirlo e sopportarlo ancora… ancora.

«Non c'è rimasto più niente. C'era una volta, lo ammetto. Non posso negarlo. Ma ora… c'è solo vuoto, Ray. Io capisco cosa stai cercando di fare per me e ti ringrazio. Ma è inutile. Non è rimasto davvero più niente, in me. Solo un vuoto che niente e nessuno potrà mai colmare.»

CAPITOLO 17

Julie

Non so come né perché. Ero propensa a non tornare più indietro, mi sembrava una follia perché con lei mi sento a disagio e in costante imbarazzo. Invece sono qui. La sera stessa l'ho chiamata per dirle che accettavo la sua offerta.

Mi ha chiesto se ero già disponibile il giorno dopo, per qualche ora. Ecco perché sono qui. Kara mi sta istruendo, ma non sembra davvero nulla di complicato. Mi ha insegnato a suddividere le richieste delle clienti e i ragazzi a cui sono destinate.

Non credevo che le donne si rivolgessero a un'agenzia come questa. Sono allibita dalla popolarità di un lavoro del genere. Possibile che tante donne di tante età diverse abbiano difficoltà a trovare un accompagnatore? Non si tratta nemmeno, in molti casi, di corteggiamento o di sesso. Semplice compagnia. Professionale, attenta, spesso anche discreta.

Mentre Kara risponde al telefono mi soffermo inevitabilmente sulle fotografie dei ragazzi. Ce ne sono diverse di ognuno. Tra gli altri riconosco Stephen, ovviamente. Osservo alcune sue immagini e la sua indiscutibile prestanza fisica. Poi Michael. Anche nelle fotografie ha un'espressione imbronciata, a volte un po' assente. Come se fosse perso e pensasse costantemente ad altro. No, anzi in realtà è come se ce l'avesse con il mondo intero e intendesse fargliela pagare per qualche torto subito. In altre immagini sorride ma appare più come un ghigno di scherno che un sorriso.

Infine Giles. Di lui soltanto due. Una sembra la fototessera del passaporto. L'altra invece sembra fatta apposta per essere consegnata all'agenzia. Lui sorride e si mette in posa come un modello, tirandosi una delle maniche del maglione. Ma si vede che è forzato, davvero poco spontaneo. Quasi riesco a immaginarlo, appena l'obbiettivo si è staccato da lui, riprendere la sua solita vita e la sua espressione naturale. Non c'entra proprio nulla con la fotografia che invece presenterà alle clienti e che serve soltanto ad attrarre il loro interesse sul suo volto, sul suo corpo. Perché io lo so. Lui è altro. Molto altro.

Giles

Sembrava mi aspettasse e davvero è stata la sorpresa più assurda che mi potesse capitare. Lei invece evidentemente sapeva che ci saremmo incontrati qui. È ovvio che lo sapesse, se è stata assunta come assistente dell'assistente di Miranda Crossing. Quindi tra gli altri ragazzi avrà trovato anche me.

C'è proprio da dire che il mondo è davvero piccolo. Così però ha scoperto che le ho mentito. O meglio, ho tenuto nascosta parte della verità sul mio nuovo lavoro.

Sono passato alla "Secret Agents at Your Service" su richiesta di Miranda, che vorrebbe affidarmi il mio primo incarico. Per fortuna, dall'interno del suo ufficio, non è riuscita a scorgere la mia espressione incredula appena ho visto Julie seduta alla scrivania accanto a Kara.

«Avrai il primo incarico. Ma la ragazza non sa nulla, quindi devi sembrare assolutamente naturale. Un incontro casuale. Ti spiegherò come lo organizzeremo.» La richiesta di Miranda giunge appena varcata la soglia del suo ufficio. Solo in seguito mi saluta con un cenno del capo, mi rivolge il suo solito sorriso forzato e mi indica la sedia di fronte a sé.

Non mi sembra che questo sia nei patti ma evito di farlo subito presente. «Quindi dovrò fare finta di interessarmi veramente a lei?» Però non resisto, voglio avere spiegazioni. «Credevo che fossero le clienti a richiedere i servizi dell'agenzia.»

«Solitamente è così, ma per questa volta...» Miranda aggrotta la fronte contrariata, ma solo per qualche istante. Poi si stringe nelle spalle. «Non spingerti troppo in là, comunque. Serve solo a distrarre un po' la ragazza da un ex fidanzato str...»

«Stronzo» concludo la frase per lei, non accorgendomi che non era intenzionata a pronunciare la parola per intero, forse si è solo lasciata trascinare oltre la sua rigidità e freddezza.

«Esattamente.»

«Ma se...» Se la ragazza si illudesse che io fossi veramente interessato a una storia con lei, non sarebbe anche peggio?

«Ho capito cosa vuoi dire. Cerca di tirarla un po' su ma non farla innamorare. Per questo ho pensato che tu...»

Ancora una volta evita di continuare. In pratica mi sta sbattendo in faccia che posso andare bene come diversivo e per tirare su il morale e distrarre una povera ragazza abbandonata ma che è praticamente impossibile innamorarsi di me. Ma grazie, Miranda Crossing! Non avrebbe potuto lasciarmelo intendere meglio di così! Michael ha ragione. È una stronza!

«Non fraintendermi, Giles.» Evidentemente ha compreso e tenta di correre ai ripari.

«No, tranquilla. Ho capito benissimo.» Sì, ho davvero capito benissimo. E adesso la sistemo io! «Perché non lo hai chiesto a Michael? È molto più bravo di me a "distrarre".»

«Michael? Cosa c'entra?» La vedo avvampare, anche se cerca disperatamente di ricomporsi.

Allora c'è davvero sotto qualcosa. In realtà non avevo idea di cosa dire e come tirare in mezzo mio cugino, però volevo farlo. Solo per sfidarla e osservare la sua reazione. Ora sono io a divertirmi vedendola in palese difficoltà.

«Michael è impegnato altrove.» Conclude senza darmi ulteriori spiegazioni. «Ti farò sapere i dettagli precisi su come organizzare l'incontro con Valerie. La ragazza si chiama Valerie.»

E così mi liquida con un'aria infelice e annoiata. Questa storia non mi piace e forse dovrei esprimere il mio disappunto, rifiutare e sparire. Quasi lo farei, proprio adesso. Ma le cose sono cambiate. C'è Julie. E io voglio capire qualcosa in più su di lei. E su questa assurda coincidenza che, dopo averci fatti incontrare, ci ha trascinati qui entrambi.

Mi fermo a salutarla. Visto che prima ero arrivato giusto in tempo per l'appuntamento con Miranda e non sono riuscito a parlarle.

«È davvero una strana coincidenza» sorrido avvicinandomi al suo lato della scrivania.

«No, non proprio. Avevo trovato i volantini nel negozio dei Trask, mi sono incuriosita e...» Julie arriccia il naso in un'espressione buffa ma davvero graziosa, irresistibile.

«Volevi un ragazzo per San Valentino?» Mi sembra strano e vorrei dirle che potrebbe trovarne uno anche senza il bisogno di rivolgersi a un'agenzia. Ma temo che interpreti in modo sbagliato le mie parole.

«No, no. In realtà ero davvero solo molto curiosa... ed è capitato che cercassero un aiuto per l'assistente che poi dovrà trasferirsi, quindi...»

«Certo, tutto chiaro.» In realtà non proprio ma non importa. «Comunque, sono stato io a lasciare i volantini dai Trask. Anzi, mio cugino Michael in realtà. Quindi alla fine se non si è trattata proprio di una coincidenza, è sicuramente uno strano scherzo del destino.»

CAPITOLO 18

Miranda

Mi sono avvicinata alla porta socchiusa e li ho ascoltati. Sì, certo. Coincidenza o strano scherzo del destino. Il mondo è piccolissimo e Dublino è proprio un buco di paese. Così questi due sono capitati qui da me per mezzo di volantini pubblicitari che non ero nemmeno particolarmente intenzionata a far creare e spargere in giro da Michael e Stephen.

E la questione più assurda è che sono evidentemente interessati l'una all'altro. Ma lei pare non accorgersene ed è seriamente intenzionata a farlo uscire con la sua migliore amica. La gente è folle, davvero. Io però, che li assecondo, non sono da meno!

Chiamo Juliette nel mio ufficio, con una scusa.

«Quindi, qual è il tuo scopo di preciso? Far uscire Giles con la tua amica. E vuoi anche che la corteggi?»

«Mi sembra un bravo ragazzo.» Risponde senza eccessiva enfasi, come se si fosse già studiata la frase. «Valerie non sa nulla e comunque pensavo che fossimo d'accordo. Io pagherò quello che devo, ovviamente.»

«Sì, ma ora la situazione mi pare un po' cambiata. Tu conosci Giles, vi siete già incontrati. Non negarlo. E comunque non ci sarà una storia tra loro, mi sembra ovvio. Quindi il tutto potrebbe terminare con la tua amica che sta ancora peggio di come sta adesso.»

«Forse non avrei dovuto, però… mi sembrava una buona idea per distrarla un po' dalla sua tristezza e dal fatto che forse vorrebbe andarsene, così…» sospira e si morde le labbra nervosa. Credo che sia lei la prima a dubitare della sua stessa idea, ma che non voglia più tirarsi indietro, probabilmente per principio. «Ora dobbiamo solo aspettare che Giles incontri Valerie e vedere cosa accade tra loro.»

Un disastro, accadrà! Non lo dico apertamente ma il più delle volte non sono in grado di controllare l'espressione facciale.

«Stai manipolando la vita delle persone, Juliette. Forse non di Giles, che è a conoscenza del piano. Anche se non sa ancora che si tratta di una tua amica. E Valerie che è totalmente all'oscuro...» scuoto la testa, sento che ci stiamo per incamminare verso una spirale di fraintendimenti ed equivoci senza fine. Soprattutto perché l'interesse di Giles è palesemente diretto altrove. «Ti consiglio di accennare qualcosa alla tua amica, prima che scopra per caso le tue macchinazioni. E tu finirai per ritrovarti con le aspettative deluse, un'amica in meno e un ragazzo convinto che a te non importi nulla di lui.»

Ecco, l'ho detto. Juliette però, soprattutto dopo le mie ultime parole, mi fissa con un'aria avvilita e contrariata.

«Mmh...» Non esprime altro, annuisce e si ritira appena le lascio intendere che con lei ho finito.

Ma del resto... se la vita e l'amore fanno davvero parte di un gioco, di un piano infinito, forse dovrei iniziare a giocare anche io, proprio come Juliette. A quanto pare ho frainteso. Il suo interesse per Giles è puramente superficiale, altrimenti non lo lascerebbe andare così. Per me è diverso. Io non ho alternativa e ormai il mio tempo è passato, finito, scaduto.

Prendo il cellulare e lo fisso assorta per qualche istante. Poi seleziono il numero, invio un messaggio. Mi alzo, infilo la giacca e prendo la borsa.

«Devo assentarmi per una commissione, starò fuori per un paio d'ore.» Mi rivolgo a Juliette, Kara mi ha chiesto il permesso di uscire un po' prima per prendere il treno per Galway e andare a far visita ai suoi. «Pensi di riuscire a stare da sola a rispondere al telefono? Tanto non stiamo aspettando nessuno.»

«Sì, certo. Nessun problema.» Julie, impegnata a suddividere la vecchia corrispondenza, solleva lo sguardo su di me.

Io mi sento attanagliare lo stomaco come da una morsa, ma sono convinta che sia la scelta giusta. Almeno è un tentativo.

«Bene...» esito ancora sull'ingresso, prima di andarmene davvero. «Se ci fossero problemi puoi chiamarmi sul cellulare, oppure rivolgerti a Raymond che abita al primo piano. Ma sono sicura che andrà tutto bene.»

Michael

Arrivo da Miranda il prima possibile, anche se mi trovavo dalla parte opposta della città. Non ha specificato se intendeva l'ufficio oppure casa sua. Considerato l'orario immagino che sia in ufficio. Però la cerco prima in casa, suono il campanello più volte. Inutilmente.

Ho una copia delle chiavi dell'agenzia, entro senza suonare. Mi accorgo che qualcuno sta spiando i miei movimenti ma faccio finta di niente. Raymond, come sempre. Sono certo che sappia già tutto da tempo.

Lei non c'è. A quanto pare è uscita per una commissione. Julie, seduta alla scrivania dell'ingresso, mi osserva perplessa. Temo di averla spaventata entrando senza suonare.

Mi chiedo perché diavolo Miranda mi abbia mandato quel messaggio un po' criptico chiedendomi di raggiungerla qui prima possibile. Quando poi ho tentato di chiamarla aveva il cellulare irraggiungibile. Perché mi ha fatto arrivare qui sapendo di dover uscire?

«Ha detto che sarebbe tornata, comunque.» Anche Julie mi sembra confusa e a disagio.

La osservo con attenzione. Sì, davvero una bizzarra coincidenza ritrovarmela anche qui. Mi spiega all'incirca come sono andate le cose, dice di aver trovato i volantini al negozio dei Trask. Faccio finta di crederle, in realtà nemmeno mi importa.

Mi sento un cretino per come mi sono precipitato qui al suo messaggio, quando lei non si è nemmeno degnata di rispondere né al mio messaggio successivo né alla mia chiamata.

«Se vuoi puoi aspettarla, sono certa che tornerà.» Julie sorride mostrandosi gentile, ma io proprio non sono dell'umore adatto. «Vuoi un tè? O un caffè?»

«So dove sono, se lo volessi me lo farei da solo. Non lo chiederei a te.» Rispondo brusco e nemmeno me ne accorgo. Anzi, sì. Ma solo in seguito all'espressione costernata del suo viso. «Scusa… quel che volevo dire è che non sei obbligata a farmi il caffè o il tè.»

«Sì, ho capito» annuisce, accenna un sorriso ma mi accorgo che non gradisce particolarmente la mia compagnia.

Ce l'ho con Miranda, non con lei. Ma non glielo posso dire. Forse è meglio che mi levi di torno, tanto mi sembra chiaro che sua altezza la regina Miranda non si degnerà di tornare per me. Mi ha preso in giro, di nuovo.

«Chiamerò Miranda più tardi.» Mi invento una scusa che non è nemmeno una scusa. Ma solo un modo di dileguarmi concedendo una sorta di spiegazione. «Grazie, Julie. Spero di vederti un'altra volta.»

«Certo.» Sorride più apertamente, forse grata che tolga il mio ingombrante e poco cordiale disturbo.

Intanto medito sulla cazzata che ho appena detto: "Spero di vederti un'altra volta." E perché mai dovrei sperarlo? Okay, meglio non stare a pensarci troppo. Sicuramente lei se ne sarà già dimenticata o nemmeno mi avrà ascoltato.

Se Miranda pensa davvero di liquidarmi così o di prendermi per il culo si sbaglia. Che cosa ha tentato di fare? Perché mi ha cercato quando da giorni, se non da settimane ormai, mi ignora quasi completamente? E quando mi parla o ci dobbiamo incontrare per forza fa sempre in modo che ci sia qualcun altro presente.

Quindi no, non me ne vado. Ho deciso che l'aspetterò, ma non in agenzia. Perché so che tornerà. Non ha alternativa.

Ordino un caffè e mi siedo davanti alla vetrata della caffetteria situata dall'altro lato della strada rispetto a casa sua. Potrei aspettarla per ore, lo so. Ma questa volta arriveremo a un chiarimento definitivo. La dovrà smettere di giocare con me. Smettere di ignorarmi e fingere che non sia accaduto nulla. Non può rinchiudere anche me in un cassetto. La dovrà smettere, una volta per tutte.

CAPITOLO 19

Miranda

Mi sono comportata da stupida, me ne rendo conto. Cosa speravo di ottenere? Ho visto il suo messaggio e la sua chiamata. Poi un altro messaggio, un altro ancora… un'altra chiamata. L'ho attirato da me scrivendogli che dovevamo parlare di qualcosa di importante. Non ho specificato riguardo a cosa, in che settore della nostra complicata frequentazione.

Ho agito d'istinto e ho sbagliato, mi è chiaro. Perché in realtà non volevo affatto che accadesse quello che avevo pianificato, il motivo per cui gli ho chiesto di raggiungermi. E subito dopo me ne sono andata, prima che arrivasse. Ho agito esattamente come Juliette, insomma. Imitando un copione scritto da lei.

Raggiunto il centro ho iniziato a vagare per i cortili del Trinity College, poi per Temple Bar, fino al delizioso Market Arcade in South Great George Street, l'antico mercato coperto che è uno dei miei luoghi preferiti di Dublino e solitamente mi fa sentire meglio, fisicamente e moralmente. Ho perso un po' di tempo chiacchierando con i commercianti, ho comprato una collanina d'argento e due libri sulla storia di Dublino. Mentre nulla riusciva ad attirare davvero la mia attenzione il freddo diventava sempre più pungente. Così mi sono rifugiata nella caffetteria dell'Irish Film Institute in Eustace Street.

Mentre me ne stavo rintanata a sorseggiare una cioccolata e a decidere se avevo voglia o meno di guardare un film, ho telefonato a Raymond, chiedendogli di chiudere l'agenzia per me e lasciar andare a casa Juliette. Qualche ora dopo sono tornata direttamente a casa mia. Ho avuta la sensazione di un'ombra alle mie spalle, qualcuno che mi stava seguendo.

Credevo di sbagliarmi, invece no. E credevo anche che se ne fosse andato. Mi sbagliavo. Mi lascio prendere dal panico e da una tensione che non riesco a dominare. Per fortuna sono riuscita a infilarmi in casa prima che mi raggiungesse, fingendo di non sentire i suoi passi, la sua voce alle mie spalle.

Spero che si rassegni e se ne vada. Ma lo conosco troppo bene, ormai. Infatti, mentre mi appoggio alla parete in uno stato di disorientamento che non so controllare, sento suonare il campanello. Non lo preme soltanto, sembra più che altro percuoterlo con tutta la forza e la rabbia che ha in corpo.

Sospiro e mi trattengo il petto, come se il cuore mi potesse esplodere da un momento all'altro. Cosa ho fatto? E perché? Ho solo contribuito a rendere la situazione ancora più tesa. Sono stata infantile e sciocca. Non avrei dovuto cedere, neanche prima. Non avrei mai dovuto, sapevo che era sbagliato. E ora non posso aprirgli, lasciarlo entrare.

Resto ferma al buio, sempre appoggiata alla parete. Aspetto che si stanchi, si decida a smettere, se ne vada. Infatti finalmente desiste. Socchiudo gli occhi e mi passo le mani sul viso. Anche se mi rendo conto di essermela cercata questa volta, non me la sento di affrontarlo. Non ora.

«Miranda!»

La sua voce, nel silenzio della sera e della mia casa, mi fa sobbalzare. Mi premo la mano sulle labbra, come se dovessi forzarmi a trattenere il fiato per non rispondere.

«Miranda! Lo so che ci sei, ti ho vista!» Alza la voce, ancora di più. Poco dopo inizia a battere i pugni sulla porta. «Sei stata tu a cercarmi, Miranda! Apri questa cazzo di porta, dannazione!»

Mi sposto verso il centro dell'ingresso e guardo la porta come se fosse la mia peggior nemica. Lui non desisterà, sa che sono qui. E non è nel suo carattere desistere, fosse anche solo per principio. Rimango comunque in silenzio. Chiudo gli occhi, quasi come se potessi vederlo oltre la barriera che ci separa e che una parte di me vorrebbe abbattere.

«Miranda! Miranda!» Ora sta veramente urlando. E ha dato anche un calcio alla porta.

Sicuramente lo staranno sentendo anche i vicini. Me li immagino. Zitti e alle finestre, con gli sguardi rivolti verso casa mia, la mia porta. E verso di lui.

«Michael... vattene!» bisbiglio appena, non so nemmeno se voglio che lui mi senta. «Per favore, vai via.»

«Apri, Miranda...» La sua voce si attenua e si addolcisce. Ma è solo un'illusione perché torna a bussare con l'impeto di poco prima. «Sei stata tu a cercarmi! Perché?»

«Smetti di prendere a pugni la porta, Michael. Ti sentiranno tutti!»

«E chi sono tutti? Cosa me ne frega di tutti?»

Ottengo esattamente l'effetto contrario. Avrei dovuto immaginarlo, conoscendolo. Michael è veemente, irrispettoso, caparbio. Inarrestabile e ostinato, come se fosse animato da un fuoco costante. Lo stesso fuoco che ha incendiato anche me.

«Qui non ci si comporta così... i vicini...» Sto pensando al mio buon nome, al vicinato. Quando io non credo neanche di averlo un buon nome da far rispettare e tanto meno un vicinato di cui mi importi qualcosa.

Mi allontano di qualche passo, decisa a rifugiarmi in camera mia e a dimenticare la sua presenza, oltre la mia porta. Inaspettatamente anche lui ha deciso di lasciar perdere, smette di chiamarmi e di prendere a botte la porta.

Torno indietro. Mi fermo a pochi passi dall'ingresso. Con un respiro profondo poso la mano sulla maniglia. Poi la apro di colpo, prima di poterci ripensare e cambiare idea.

È ancora qui. Immobile di fronte a me. E mi guarda con un'espressione talmente delusa e amareggiata da farmi male.

Non si muove, nemmeno cerca di entrare ora. I suoi occhi verdi hanno una luce nuova, intensa e vibrante. Splendono nell'oscurità della sera e sono puntati su di me, sul mio viso.

Rimango a fissarlo con la stessa inquieta desolazione, come se non ci fosse più nulla da fare, da dire.

«Perché, Miranda?» si stringe nelle spalle, poi si passa una mano tra i capelli. «E va bene, ho capito. Qui non ci si comporta così… i vicini…»

Arretra e poi si volta, percorre qualche passo in direzione della strada.

«No, Michael…»

Lo seguo e allungo le braccia verso di lui, per trattenerlo. Anche se essendo girato di spalle non può vedermi. Devo lasciarlo andare? Devo…

«Io volevo che tu… che incontrassi Juliette. Che provassi con lei… a conoscerla, a…»

«Perché tu credi che io non possa trovarmi una ragazza… o due… o dieci, senza il tuo incoraggiamento? Senza le tue macchinazioni? Credi davvero che non sarei in grado di uscire con un'altra, divertirmi, portarmela a letto?» Resta voltato ma solleva il viso, verso il cielo. «Non è questo il punto. Ma è inutile cercare di spiegarti quello che evidentemente non riesci a capire. Hai finito di giocare con me, questa volta. Addio, Miranda.»

«No, io…»

Ho ottenuto quello che volevo. Lasciarlo andare. Anche se non Juliette o un'altra. Che lui mi lasciasse andare, che si decidesse a dirmi addio, a uscire dalla mia vita. La mia vita in cui lui è entrato tanti anni fa, passo dopo passo. Lui, così giovane, così audace. Quando io ero già quasi del tutto distrutta. Lui, che io desidero come mai mi è accaduto prima, con nessuno.

«Michael!»

Sono io ora a urlare il suo nome, mentre lui si sta già incamminando in tutta fretta lontano da me. Sono io a percorrere la distanza che ci separa, per poi bloccarmi quando lui improvvisamente si ferma e volta il viso verso di me. Con quei suoi occhi così lucidi da spezzarmi il cuore.

Sento una lacrima pungermi un occhio, insistentemente. Solo uno, il sinistro. Cerco di bloccarla, ma mi percorre la guancia. Anche se cancello velocemente ogni sua traccia con la mano. Chiudo gli occhi per fermare anche le altre. O forse per non vederlo, davvero, andare via da me.

Invece all'improvviso mi sento stringere. Sospiro e piego la testa all'indietro. Proprio nell'istante in cui le sue labbra cercano le mie. Lo afferro per la nuca e mi abbandono al suo bacio, alla sua bocca che esplora la mia. Concedo a me stessa di bramare il suo corpo, di tornare alla vita.

Indifferente a chi ci sta osservando, continuo a baciarlo rientrando in casa tra le sue braccia. E mentre richiude la porta scende a baciarmi il collo e le sue mani mi afferrano e mi percorrono avidamente, con una frenesia a cui non so resistere.

Non posso averlo, lo so. Non è giusto, non è per me. Ma non riesco nemmeno a perderlo, a lasciarlo andare completamente. Perché so che, se accadesse, perderei anche me stessa. Quella parte di me stessa che sto ancora cercando di proteggere, di salvare.

Michael

Avviene tutto come in una scena già vissuta. Infatti, è una scena già vissuta e ripercorsa almeno mille volte nella mia mente. E davvero avrei voluto finire, questa volta. Mandarla al diavolo. Anche se so già cosa accade poi. Anche se so già che non è la conclusione di tutto, tra noi. Nessun fine, né lieto, né tragico. Ma questo continuo prenderci, afferrarci, stringerci, possederci.

Tanto è sempre così, con lei. Da troppi anni. Per poi permetterle di tornare ad affliggersi e a disperarsi su quella fotografia che ancora conserva nel cassetto. Ed è lì, ancora, a ricordarle che io non sono abbastanza. Che lei non è per me. E nel dubbio sfogare la frustrazione sul cioccolato che tiene nascosto in un altro cassetto.

Come ti conosco, Miranda. Come ti disprezzo quando non concedi a te stessa e a me una possibilità. Un noi.

Continuo a baciarla, con più dolcezza ora. Mista a una passione che non sono mai in grado di frenare quando è davanti a me, quando mi chiama.

Si stacca e il suo respiro è affannoso mentre premo il mio corpo contro al suo.

«Michael...»

Mi trattiene per il bordo della giacca, con entrambe le mani. La guardo negli occhi. La sua paura, la disperazione che la rendono così fragile, così vulnerabile da farmi temere di ridurla in frantumi stringendola solo un po' di più.

Annuisco e mi stacco da lei. Sì, è una scena ripetuta tante e tante volte. Non proprio uguale. Non così, forse. Non sempre qui. Ma le sensazioni sono le stesse.

«Va bene, Miranda. Ho capito. Non ti toccherò più.»

Almeno per stasera. O forse per sempre. E in fondo lo vorrei davvero. Tanto che magari ci proverò. A cercare un'altra. Una come Juliette. Perché non proprio Juliette? Non avrei nulla da perdere. Solo questa sensazione di costante abbandono, di non essere mai abbastanza per lei... questa sensazione che mi regala, ogni volta, la mia ossessione per Miranda Crossing.

CAPITOLO 20

Julie

Riassumendo al meglio le condizioni più favorevoli e tralasciando le parti più imbarazzanti, ho raccontato a Valerie in cosa consiste il mio nuovo lavoro. Ovviamente evito di raccontarle cosa sto architettando e la parte che la riguarda e coinvolge direttamente. Le mostro anche il "famigerato" volantino e la frase che attrae anche la sua attenzione.

"Perché non vivere una settimana da fiaba con un uomo che ti venera e ti fa sentire la donna più bella e desiderata in occasione della festa dell'amore?"

«Ma è davvero curioso...» Fa una smorfia un po' scettica. «Come l'hai trovato?»

«È stata una casualità, una coincidenza.» Una coincidenza che io ho contribuito a creare, ma non ha importanza ora. «Il tipo di situazione mi ha incuriosita appunto, mi ha divertita e per gioco ci sono andata. E pensa, stavano proprio cercando un'assistente in sostituzione a Kara, che sta per trasferirsi. Così... è successo!»

«Già, a volte capitano proprio le situazioni più strane.» E stranamente, appunto, lei mi crede. Perché dovrebbe dubitare, del resto? «Mi sembra ancora una follia, ma almeno sarà divertente. Anche se... insomma non mi sembra una grande idea uscire con qualcuno e farsi corteggiare in quel modo. È assurdo che a qualche donna stia bene avere delle attenzioni finte, un interesse simulato. Insomma, io non lo farei mai! Sarebbe tutta una messa in scena, un imbroglio.»

«Sì, certo. Tu hai ragione. Ovviamente è tutto un gioco... ma almeno è una distrazione, sicuramente potrebbe essere divertente per chi ha voglia di qualcosa di diverso. Un po' come nelle feste per sole donne o di addio al nubilato.»

Mi mordo le labbra. Forse avrei dovuto evitare ogni riferimento a qualunque cosa che può ricordare un eventuale matrimonio. Ma Valerie non ne è assolutamente turbata, anzi non sembra nemmeno far caso alla mia involontaria gaffe.

«Hai ragione, potrebbe anche essere divertente.» Sorride e annuisce, poi ridacchia e mi guarda con sospetto. «Hai già incontrato qualcuno di interessante, per caso? Già che ci lavori...»

«Oh, no. Per me nessuno, assolutamente nessuno!» Mi impegno per negare con tutte le mie forze. E ho giustamente sottolineato "per me". «Credo che nemmeno mi sia concesso uscire con altri dipendenti dell'agenzia o avere a che fare con loro personalmente.»

In realtà non lo so. Né Miranda né altri mi hanno fatto presente un impedimento del genere, come se fosse una sorta di conflitto di interessi. Non uscire con i colleghi. Anche se i nostri incarichi sono completamente diversi.

Ma non è necessario. Sono io a creare l'impedimento. Perché non va bene, insomma. Perché ho altri piani in proposito. E non permetterò a nessuno di mettersi in mezzo, nemmeno a me stessa. Perché, soprattutto, so bene come va a finire ogni dannatissima volta. Lo so per esperienza.

Giles

Passare dall'agenzia per lasciare alcune mie immagini e altri volantini pubblicitari creati da Michael è una scusa bella e buona. Avrei potuto spedire tutto via e-mail. E poi non c'era nulla di urgente. In realtà non erano nemmeno necessari.

Chiunque capirebbe che è una scusa. Ma non mi importa. La verità è che volevo rivedere lei. Non ero neanche certo che ci fosse, ho dovuto sfidare la sorte.

Mi guarda e mi sorride un po' perplessa, forse non si aspettava di vedermi. In parte sembra infastidita dalla mia presenza. Oppure è imbarazzata, ma non ne comprendo la ragione. Magari aver scoperto questo mio nuovo lavoro, anche se in realtà non ho ancora davvero iniziato, la fa sentire a disagio. Perché da come ne avevo parlato sicuramente immaginava qualcosa di diverso.

«Ti va di venire a pranzo con me?» le butto lì la domanda senza pensarci troppo.

Solleva lo sguardo dalla scrivania mentre sta fingendo di concentrarsi su un registro dove credo siano appuntati tutti gli incontri, i nomi delle clienti, i luoghi e i prezzi concordati.

«È... presto.» Ha esitato. Ci ha dovuto pensare e non capisco il motivo. Abbassa un istante gli occhi, quasi delusa. Poi torna a guardarmi e accenna un sorriso, ma sempre un po' spento.

«Va bene. Possiamo aspettare, se vuoi andare più tardi.» Sollevo il braccio e guardo distrattamente l'orologio. «Prima a poi Miranda ti farà fare una pausa, vero?»

In realtà Miranda è chiusa nel suo ufficio da cui non proviene il minimo movimento. So che c'è perché Julie era entrata a consegnarle ciò che io avevo portato. Credevo che mi chiamasse e volesse parlarmi invece sta completamente ignorando la mia presenza qui. Sono entrambe strane, quindi.

«No, in realtà...» sospira, si stringe nelle spalle e si alza. «Possiamo andare anche adesso. Miranda ha detto che posso prendermi una pausa quando voglio, oggi. In ogni caso sta per arrivare Kara.»

Sorride ora più apertamente e si infila la giacca. Si muove verso l'ufficio di Miranda, bussa battendo il pugno sulla porta solo due volte, leggermente. Entra ed esce quasi subito. Io osservo la sua figura esile, la gonna a pieghe azzurra e nera che, nonostante non sia troppo corta, mette in mostra le sue gambe sottili ma ben tornite.

Sollevo gli occhi sul suo viso appena si volta verso di me. Usciamo senza sapere esattamente dove andare, non conosco ancora bene la zona. Ci guardiamo intorno entrambi. Julie mi indica una casetta con il tetto verde e un'insegna orientale sulla vetrata.

«È un ristorante cinese, se ti va.» Mi rivolge un sorriso più aperto, poi si stringe nella giacca. «Ci sono già stata, è abbastanza buono.»

Accetto e la seguo senza discutere, non è per il cibo che l'ho invitata a pranzo. Il ristorante è un self-service e ci troviamo rapidamente seduti al tavolo tra riso alla cantonese, polpettine di gamberi, pollo alle mandorle e involtini primavera.

«Ho iniziato ad accennare l'idea a Valerie...» Julie lascia volutamente la frase in sospeso, ma io non ho intenzione di incoraggiarla a raccontarmi della sua amica. Così è obbligata a proseguire. «Su consiglio di Miranda. Poi non so come... insomma, del resto non potevo neanche tenerle nascosto che lavoro all'agenzia.»

«Perché?» sospiro e fisso lo sguardo su di lei. In realtà non ho nemmeno particolarmente appetito oggi. «Voglio dire... perché hai iniziato a lavorare proprio nell'agenzia di Miranda? So che hai trovato i volantini, ma di lavori ce ne sono tanti.»

«Ero curiosa e volevo aiutare Valerie, come già sai. Ma poi pensavo anche di...» socchiude un istante gli occhi e si morde le labbra. Raddrizza la schiena e appoggia gli avambracci sul tavolo. «Ora non so cosa penserai, ma... okay, puoi pensare quello che vuoi, ma inizialmente avevo chiesto a Miranda di assumermi per il tuo stesso lavoro. Uscire con i clienti, anche se l'agenzia non ha clienti uomini le ho chiesto di pensarci. L'ho fatto per soldi, perché ne ho bisogno per i miei corsi di cucina. Voglio diventare una food blogger più di ogni altra cosa, te l'ho già spiegato. E ho pensato che con questo lavoro avrei avuto anche abbastanza tempo a disposizione. Lavoro ancora come assistente di Sarah Ward, anche se inizio a temere che non imparerò mai abbastanza e non diventerò una food blogger brava come lei. Miranda mi ha detto che ci avrebbe pensato, ma poi… ha deciso di assumermi con un altro incarico, diciamo. Così eccomi qui.»

«Io credo che se è proprio ciò che vuoi fare nella vita ci riuscirai.» Frase fatta. Abbastanza pessima, tanto che ricorda molto manuali di auto aiuto a buon mercato. Pensa positivo. Se vuoi puoi. Credici con tutta te stessa. Solo che non sempre va così, purtroppo. Decido di sorvolare sul discorso e passare a un argomento di maggior interesse, almeno per me. «Perché vuoi che la tua amica esca con qualcuno a tutti i costi? In fondo potrebbe trovarsi qualcuno anche da sola, non ti pare?»

«Sì, lo farà prima o poi. Io pensavo di sollevarle un po' il morale in questo momento. Volevo che smettesse di pensare al suo ex e di soffrire per lui, anche se…» sbuffa contrariata, poi punta gli occhi azzurri su di me. Quasi come se fossi io la causa principale del suo disappunto. «Tu sei ancora d'accordo, vero?»

«Certo, se è questo ciò che vuoi da me. Uscirò con la tua amica Valerie. Farò del mio meglio per farla divertire e farla stare bene. Se è questo ciò che Miranda mi ordina di fare e che tu mi chiedi, io lo farò.»

CAPITOLO 21

Miranda

Sono seduta alla scrivania del mio ufficio da ore. Fissando il vuoto. Senza concludere nulla. Indifferente a tutto. Juliette è entrata, mi ha lasciato qualcosa, ho annuito senza nemmeno ascoltare cosa mi stava dicendo.

Perché ho nella testa solo lui. L'ho mandato via. Proprio quando avrei dato qualunque cosa per trattenerlo e non lasciarlo andare più. Le sue braccia intorno a me, le sue labbra che quasi mi divoravano, il suo corpo contro al mio. Mi sento fremere al pensiero, come sempre del resto quando lo vedo. E stavo davvero per cedere, un'altra volta. Dopo aver deciso che non sarebbe accaduto mai più.

Michael si è insinuato nella mia vita giorno dopo giorno, sguardo dopo sguardo. E ciò che mi sconvolge è che lo avevo capito fin da subito. Nonostante fosse molto più giovane e io ancora legata a un altro, anche se la storia con il mio ex marito era ormai arrivata al capolinea a causa delle sue infedeltà e della mia decisione di smettere di perdonarlo. La verità che non sono mai riuscita ad ammettere, nemmeno con me stessa, è che intanto con la mente anche io avevo iniziato a pensare a un altro. Ma avrei tentato di dominarmi, di trattenermi.

Avrei dovuto trovare il modo di mandare via Michael, di non lasciare che si impossessasse di me, della mia volontà, dei miei sensi. Invece ho fatto esattamente il contrario. L'ho tenuto con me. Per me. Mentre usciva con altre donne, per lavoro. Altre ancora nella sua vita privata che non mi apparteneva e non mi appartiene.

Ci sono tanti altri ragazzi in agenzia, ce ne sono stati. Con nessuno è mai successo. Ho avuto qualche avventura con uomini che non avevano nulla a che fare con il mio lavoro, mi sono sforzata di instaurare relazioni naufragate una dopo l'altra, però mai con i dipendenti. Lui è stato l'unico, anche se sono abbastanza convinta che creda il contrario.

Ma del resto che me ne importa di cosa crede? Devo trovare il modo di allontanarlo. L'ho mandato via. Ripenso alla scena e non mi sfugge nemmeno un frammento del ricordo della sua pelle, del suo profumo addosso a me. Della sua rabbia e del mio tormento che non siamo stati in grado di controllare. Ma alla fine ci sono riuscita. L'ho fermato e l'ho mandato via, davvero. Allora perché è ancora qui, con me, nella mia mente, nei miei respiri? Più presente che mai.

«Puoi mandarmi via quanto vuoi, Miranda.» Le parole che mi ha rivolto, senza più rabbia, senza asprezza. Nei suoi occhi lucidi, forse sbagliando, riuscivo a leggere solo rimpianto, desolazione. «Non uscirai mai dalla situazione in cui tu stessa ti sei cacciata. Perché la verità è che non vuoi uscirne. Il problema non sono io.»

«Allora vattene davvero, questa volta. Lascia tutto, non tornare più indietro.» A ogni parola che pronunciavo il cuore mi martellava nel petto, contraddicendo e rinnegando tutta la mia durezza, la mia severità. Ma ormai ero diventata irriducibile, spietata. «Lascia anche l'agenzia. Accetto le tue dimissioni.»

«Posso farlo se vuoi.» I suoi occhi lanciavano saette contro di me. Ma io restavo fermamente protetta dalla mia corazza imperturbabile. «Non me n'è fregato mai niente della tua agenzia.»

«Già, lo hai sempre fatto per soldi. L'ho sempre saputo.»

«È qui che ti sbagli, Miranda.» Ha scosso la testa e poi, lentamente, si è voltato pronto ad andarsene, a scomparire dalla mia vita. Non potevo più vederlo, quindi. E avevo un grande bisogno di vederlo, invece. «Potevo avere altri lavori, ho un altro lavoro adesso che non comporta portarmi in giro donne di cui non me ne frega niente. Ho smesso di farlo per soldi da tanto tempo. Lo facevo per te.»

Julie

«Se proprio insisti, farò un tentativo! Ma lo sai bene che non mi sono mai piaciuti questi "appuntamenti al buio".» Valerie mi rivolge una smorfia decisamente scettica. «Quindi non illuderti che nascerà qualcosa tra me e questo tuo nuovo amico Giles.»

Le ho parlato di Giles e del fatto che potrebbe uscire con lui, tanto per fare qualcosa di diverso. Non le ho raccontato proprio tutto. Giles è solo un ragazzo che ho incontrato e con cui ho fatto amicizia. L'ho incontrato dai Trask mentre andavo a ritirare il computer di Sarah e poi mi ha risolto il problema della mancata riparazione. Ho totalmente omesso qualunque collegamento tra Giles e l'agenzia di Miranda.

«Va bene, sono sicura che non te ne pentirai.»

Valerie mi guarda e accenna un sorriso. Giles è proprio il suo tipo. Così tranquillo, dolce. No, forse non sempre. E ora fa un lavoro davvero anticonvenzionale, però…

«Spiegami perché non ci esci tu insieme a lui, se è così speciale.»

Speciale? Quando e dove ho detto che lo considero speciale? Valerie sembra leggermi nel pensiero perché replica immediatamente al mio muto interrogativo.

«Non hai mai giudizi tanto positivi sugli uomini. Se insisti ci deve essere un motivo. Lo conosci da poco, non potete essere diventati già così amici!»

«Perché no? Insomma, ci siamo trovati subito in sintonia e...» E non so più come proseguire. Mi sento a disagio, non solo nei confronti di Val, ma anche di Giles che non è nemmeno presente.

«Ecco, sei arrivata al punto Julie. Se ti trovi tanto bene con lui, se si è creata questa sintonia tra di voi... perché non ci esci tu?»

CAPITOLO 22

Giles

Prima o poi dovevo pur iniziare. A questo punto meglio con una ragazza carina. Perché Valerie è davvero molto carina. Bionda e con grandi occhi chiari, i lineamenti perfetti e l'espressione del viso molto dolce. Però non riesco quasi a considerarla come una donna con cui avere una storia.

Avrei lasciato perdere se avessi potuto. Sia come favore personale a Julie, sia come lavoro per l'agenzia. Soprattutto perché Valerie pensa che io sia solo un amico di Julie, che ha insistito per farci conoscere. Ha usato come scusa quella che siamo stati entrambi delusi da una storia finita male. Scusa più patetica non poteva inventarsi, senza nemmeno sapere che nel mio caso è la verità. E poi le storie finite quasi sempre finiscono male, almeno per uno dei due.

Miranda mi ha raccomandato di comportarmi in modo ineccepibile e di far sentire la ragazza speciale. Speciale è una delle parole più assurde che esistano al mondo. Significa tutto e niente e il più delle volte si usa quando non si sa cosa dire o come definire qualcosa. Dall'espressione che mi ha rivolto Miranda credo che anche lei ne sia consapevole. Forse l'ha usata appositamente per questo motivo. Per dire tutto e il contrario di tutto. È il mio primo incarico per l'agenzia "Secret Agents at Your Service". E Valerie non è nemmeno una cliente abituale, non sa come funziona. Si è imbattuta per caso in questo strano mondo, proprio come me.

Quindi mi ritrovo con Valerie in un ristorante italiano del centro, situato lungo l'Ha'penny Bridge, a sud della città.

Parliamo un po' del più e del meno, i discorsi banali che di solito si fanno per conoscersi, ma senza approfondire troppo. Da dove vieni, cosa fai nella vita, da quanto tempo vivi qui… Una volta appurato che siamo entrambi "stranieri" discutiamo sullo stile di vita irlandese e su cosa ci piace fare nel tempo libero.

Non so se la sto facendo sentire speciale, sto cercando di fare del mio meglio per conoscerla. Ma dall'espressione che mi rivolge si sta dimostrando più annoiata che speciale. Poi, esauriti gli argomenti "tipici" della prima uscita, mi parla di Julie. Ovvio, è la persona che abbiamo in comune e che ci ha convinti a tentare questo appuntamento. L'accento francese di Valerie è molto più marcato rispetto a quello di Julie. Parlo lentamente nel timore che debba sforzarsi troppo per capirmi.

«Conosco Julie da quando eravamo bambine, in Francia. Anche se lei ha sempre vissuto a Ginevra.»

«Quindi vi siete trasferite qui insieme?» Seguo il suo discorso senza eccessivo interesse. O meglio, sperando di cambiare presto argomento senza però riuscire a pensare a qualcosa di meglio.

Julie è il motivo principale per cui ora sono qui. Con un'altra donna, come richiede il mio lavoro per l'agenzia. Ma la donna in questione è anche una sua amica, quindi si tratta più che altro di un favore privato. Che in questo caso non fa altro che mettere in evidenza il disinteresse di Julie nei miei confronti.

«Non proprio, ma non saprei cosa fare qui senza di lei. Ho vissuto un periodo un po' complicato qualche mese fa.» Valerie sospira e mi guarda negli occhi, inclinando il viso. «Ti sto annoiando? O il mio accento è tanto terribile e non riesci a capire quello che dico?»

«No, ti capisco benissimo. E trovo il tuo accento davvero carino.» Cerco di arrampicarmi sugli specchi per tentare di giustificarc la mia palese disattenzione.

Sono un fallimento. Sia come amico sia come corteggiatore professionista. Se Valerie fosse una vera cliente dell'agenzia dovrebbe riportare tutto a Miranda e insistere perché mi licenzi!

«Ma non carino come quello di Julie, vero?» Valerie sorride con aria divertita, forse per la prima volta nel corso della serata.

Sorrido anche io, non posso fare altro. E cerco di riprendermi e di salvare il salvabile, oltre a depistare Valerie dalla verità. «In realtà l'accento di Julie si percepisce appena. E il tuo, devo ammettere, è molto più affascinante.»

«Giles...» Valerie si morde le labbra e, dal suo lato del tavolo, si allunga verso di me. «Puoi anche smettere di fingere, so bene cosa c'è sotto. So del lavoro di Julie all'agenzia e... insomma è chiaro che tu sei uno degli "agenti segreti di San Valentino", anche se lei ti ha spacciato per un suo amico incontrato per caso nel negozio di elettrodomestici. Mi sembra evidente.»

Sarebbe inutile mentire, ormai. La ragazza ci è arrivata facilmente. Forse in effetti non era così complicato capirlo.

«La verità è che ho conosciuto Julie prima che entrambi entrassimo a far parte dell'agenzia...» confesso tranquillamente mentre Valerie sembra finalmente interessata alla conversazione. «Quindi siamo davvero amici, a prescindere dal lavoro. Insomma, la mia uscita con te è più una richiesta di Julie che un appuntamento con una cliente. E in ogni caso... io sono solo un principiante, ho appena cominciato. In effetti tu sei la prima.»

«Ti confesso che questa "famosa" agenzia sta incuriosendo anche me» dichiara senza scomporsi. «Anche se all'inizio, quando Julie me ne ha parlato, l'ho trovata un'idea davvero assurda.»

«Mi scuso, comunque. Io temo che questo lavoro non faccia per me» sospiro posando gli occhi sul piatto che ho di fronte, poi sollevandoli su di lei. «Avrebbero dovuto mandarti un professionista, uno più esperto.»

«No, io non credo proprio. Anzi, sarebbe stato anche peggio.» Valerie sembra rilassarsi ancora di più ora che parte della faccenda e chiarita. E io non sono più obbligato a fingere. «Ho accettato per far contenta Julie. Lei è convinta che io soffra ancora per il mio ex, Trent.»

«E non è vero?»

«Non più allo stesso modo.» Scuote la testa decisa, poi sorseggia un po' di vino bianco dal bicchiere che ha di fronte. «Ho cercato di spiegarlo a Julie, ma temo che non mi abbia creduta.»

«Julie sa essere davvero molto testarda, me ne sono accorto.»

«La verità è un'altra, Giles. È lei che sta soffrendo, molto più di me, per quello che le è accaduto in passato.» Valerie intreccia le dita e mi fissa ora con espressione seria. «Io me ne sono fatta una ragione, ormai. Anzi, sono convinta che sia stato un bene che Trent mi abbia lasciata a poche settimane dal matrimonio. Sarebbe stato un errore per me.»

«Sì, comprendo benissimo ciò che vuoi dire. Per quanto mi riguarda non si parlava ancora di matrimonio, ma ho vissuto un'esperienza molto simile.»

Mi racconta la sua storia con Trent. E, stranamente, anche io riesco a raccontare qualcosa di me. Come non ero mai riuscito prima. Per timore o forse per vergogna. Mi libero del fardello della mia vita passata, insieme a lei. E la serata prende una piega molto diversa da ciò che avevo prospettato. E credo anche da ciò che Julie aveva pianificato per noi. Mi rendo conto che Valerie è tranquilla riguardo al suo passato, anche se si tratta di un passato così recente. Forse prova ancora un po' di rabbia nei confronti del so ex, ma se la sta lasciando scivolare addosso, ormai.

In ogni caso Valerie ha ragione. È Julie a soffrire, a rimpiangere, a non lasciare andare. È Julie a non riuscire a liberarsi del dolore passato, del senso di desolazione, di abbandono. E temo che non si farà aiutare. Non da me. Julie è talmente legata al passato da non saper vivere il presente. Forse perché il presente potrei essere io. Forse perché ha bisogno di un presente che le interessi di più di quanto le interesso io.

Julie

«Allora, com'è andata?»

Cerco di scoprire qualcosa da Giles, visto che ieri sera Valerie è rientrata con l'aria sognante ma non sono riuscita a estorcerle una parola in più di un accondiscendente "bene".

«Molto bene!» sorride mentre mescola il tè che gli ho appena preparato, dopo averci aggiunto il latte.

Da lui sono riuscita a ottenere solo un "molto" in più. I casi sono due: o la serata si è rivelata un disastro e si sono messi d'accordo per non farmi restare troppo male fornendomi la stessa versione dei fatti, oppure… Oppure la serata è andata fin troppo bene, si è scatenata un'attrazione irresistibile e hanno fatto scintille. Valerie è tornata dopo mezzanotte e io ero già in camera. Non mi sembrava il caso di uscire per sottoporla a un interrogatorio, per cui ho atteso la mattina. Però se avessero davvero fatto scintille, forse avrebbe trascorso la notte con lui… o forse no…

«Quindi uscirai ancora con Val?»

«Perché no?»

Giles mi regala un'altra risposta criptica, distoglie lo sguardo da me e accenna un saluto a Kara, che è appena tornata dalla sua pausa pranzo. Subito dietro a lei arriva anche Stephen. Kara ha l'espressione stranamente eccitata. Forse è Stephen a farle questo effetto. Anche se lei è fidanzata e si sta trasferendo in Australia con il suo futuro marito. Forse ha un'attrazione per gli australiani. Non sono nemmeno sicura che il fidanzato di Kara sia australiano, però...

Però perché sia Val sia Giles rifiutano di parlarmi della loro serata? Magari è davvero successo qualcosa tra loro e non osano dirmelo. Oppure vogliono aspettare... non so, forse prima di sbilanciarsi preferiscono conoscersi meglio. Quindi ciò significa che il piano ha funzionato e Val non sospetta che Giles lavori per questa agenzia. Ma allora se lo scoprisse...

«Ehi, bellezza! Stai sognando a occhi aperti?» Stephen mi oscilla la mano davanti agli occhi, per accertarsi che io sia sveglia. Ero talmente distratta da non accorgermi nemmeno che si fosse messo di fronte a me. «Non si salutano i vecchi selezionatori?»

Mi coglie alla sprovvista e anche Giles e Kara ridono di me e dello stato quasi catatonico in cui sono piombata. Per fortuna Giles non sospetta di essere stato al centro del mio "sogno a occhi aperti".

Inclino la testa e sorrido a Stephen. «Ciao, vecchio selezionatore.»

Riesco in parte a togliermi dalla testa il pensiero di Giles e Valerie. O almeno tento di archiviarlo, per il momento. Non l'avrei mai creduto ma qui in agenzia inizio a sentirmi a casa. È un mondo a sé, in un certo senso. Ma anche il mio rapporto con Miranda è molto diverso da quello che ho con Sarah. Lavoro per entrambe ma Miranda, pur essendo spesso cinica e arida nei suoi atteggiamenti, mi tratta più come una persona con pensieri, interessi, sentimenti. Per Sarah tutti i pensieri, gli interessi e i sentimenti sono principalmente i suoi. Poco importa cosa penso o voglio io. Ciò di cui io posso aver bisogno non è un suo problema. Perché io devo vivere in funzione del raggiungimento dei suoi obbiettivi e del suo benessere, quando sono con lei.

Ho conosciuto gran parte dei ragazzi, che prima avevo individuato solo in foto e in schede immesse nel computer.

Questi ultimi giorni sono diventati un po' più frenetici dei precedenti, forse per l'avvicinarsi di San Valentino. È buffo pensare a loro come "agenti segreti" ma ora non riesco quasi a farne a meno. Passano per parlare con Miranda, per prendere accordi a proposito delle clienti. Mi sembra ancora tutto un po' assurdo, fuori dal mondo, ma in qualche modo reale.

Ho incontrato e conosciuto meglio anche Raymond, il proprietario dell'edificio. Passa quasi sempre per il tè delle cinque. È un uomo gentile e dolce, vecchio amico della zia di Miranda.

Poi c'è lei, il cui sguardo incrocio ogni giorno. E ogni giorno mi promette amore e felicità. Ho scoperto il suo nome, si chiama Tally. Tutti la conoscono qui. Sta sempre allo stesso posto, si ripara sotto al porticato quando piove. Resiste nonostante sia così esile e delicata. Resiste al tempo, in ogni senso. Forse quando si sono attraversate tante tempeste nella vita si diventa resistenti a tutto, anche a un po' di pioggia e di vento. E, nonostante mi abbiano raccontato poco su di lei, nonostante io stessa non mi sia mai davvero fermata a parlarle e non conosca la sua storia, ho l'impressione che la tenera, fragile Tally di tempeste nella vita ne abbia attraversate davvero tante.

CAPITOLO 23

Miranda

Approfitta del momento in cui ho concesso agli altri di uscire in caffetteria per affrontarmi. Avevo bisogno, del resto, di un po' di solitudine e silenzio. I ragazzi riescono a creare abbastanza confusione quando capitano qui in due o tre contemporaneamente. Però ho quasi la sensazione di essere messa con le "spalle al muro". E non mi piace.

«Non lo vedo da un po' qui in giro. Non quando ci sei tu, diciamo.» Raymond si guarda pure intorno per ricalcare ancora di più la sua affermazione. Come se non avessi già capito a chi si riferisce. «Quindi temo che tu non abbia ancora risolto la situazione con lui.»

«Avrà altro da fare. Forse di meglio» replico annoiata, cercando qualcosa di inutile tra le carte che ho sulla scrivania. Solo per non guardarlo in faccia, per non permettergli di leggere la desolazione e la malinconia nei miei occhi.

«Lo sai anche tu che non è vero. E comunque dentro di te speri che non sia vero» sospira, scuote la testa e si siede di fronte a me.

Mi alzo per preparare il nostro solito tè, sperando di distrarlo e di riuscire a cambiare argomento. Mi concentro per accendere il bollitore, posare le tazze sul ripiano e mettere una bustina in ognuna. Come se fosse un'operazione da svolgere con estrema cura e cautela. Mi concentro sempre sulla preparazione del tè quando voglio evitare una discussione.

«Sono in ritardo con la preparazione della solita festa, spero di riuscire a trovare qualcuno che mi dia una mano. Tu ci sarai, vero Ray?»

Mi volto per un istante verso di lui, chiudo gli occhi per riuscire a pensare ad altro. A qualcosa che non sia quello che mi tormenta da giorni. Alla solita festa, appunto. La festa che organizzo la sera di San Valentino per le persone che non hanno qualcuno con cui condividere la vita. Non un amore vero e proprio, nel senso più comune del termine. Altra tradizione che è stata trasmessa da zia Grace e non sono ancora riuscita a estirpare.

«Perché non torni ad amare, Miranda? Perché non dai a quel ragazzo una possibilità?»

Come temevo, il mio tentativo di deviare il discorso altrove non è servito a nulla. Conoscendo Raymond lo sospettavo. Devo essere decisa e determinata per indurlo a rassegnarsi. È sempre riuscito a convincermi su parecchie questioni. Ma su questa dovrà cedere.

«Perché conosco già la fine. E preferisco non viverla, non sperimentarla in prima persona» replico decisa. «Io non voglio. Mi piace così com'è la mia vita, Ray. Finalmente ho raggiunto una stabilità. O meglio, una tregua da tutto ciò che ho sopportato in passato. Quindi non voglio davvero che la situazione cambi. Per cui non posso...»

«Rischi di perdere qualcosa di bello, di importante.»

Raymond mi ha ascoltata in silenzio per troppo tempo. Attendevo infatti la sua interruzione. Ma non mi farà cambiare idea, non potrò mai cambiare idea. Devo obbligatoriamente salvaguardare me stessa perché ho la certezza che nessun altro lo farà al posto mio.

«Tu credi che non lo sappia? Lo so.» Chiudo gli occhi e mi passo le mani sul viso. Sono stanca, infinitamente stanca. Soffro di una stanchezza cronica che non mi permette di riposare bene, anche quando dovrei e vorrei. E lui contribuisce a togliermi il sonno da diverse notti, ormai. «Ho anche provato a convincermi che andrà tutto bene. Ma è impossibile, non ho speranze. Non ne ho avute con il mio ex marito, figuriamoci con un ragazzo come Michael.»

«Tu hai troppi pregiudizi. Non tutte le persone sono uguali. Michael è giovane, ma non è il tuo ex marito. Anche tu non sei più la stessa. È un'altra storia, un'altra vita. E tu stai negando a te stessa di viverla con un uomo che potrebbe renderti felice. Il fatto che sia più giovane non significa proprio niente. Non è l'età che determina una persona.»

Il discorso di Raymond mi colpisce ma non mi giunge inaspettato. Perché è lo stesso che io ripeto a me stessa già da troppo tempo. Ma ora sentirlo da qualcun altro, da lui in particolare, mi fa un effetto ancora più devastante. Potrebbe rendermi felice. Lo so. Mi ha già resa felice. Ogni volta che sono tra le sue braccia e dimentico tutto il resto, tutto il mondo. Me stessa, soprattutto. La me stessa che ostento quotidianamente.

«Io non...» mi mordo le labbra e socchiudo gli occhi. Lascio perdere il tè e mi siedo di fronte a Raymond. «Io non sopporto nemmeno l'idea di lui con altre donne. Con ragazze che potrebbe incontrare ogni giorno, ovunque. Per la strada, in un negozio, in un locale. Non sopporto nemmeno più che abbia appuntamenti con le clienti, sto cercando di evitarlo, ma...»

«Miranda, devi smettere di cacciarlo. O arriverà il giorno in cui sarà lui a smettere di tornare da te.» Raymond si alza e va a recuperare le tazze di tè, mi porge la mia. «Prova a chiederti se è davvero ciò che vuoi. Ma se scegli di rinunciare a questo amore fai attenzione. Perché poi potrai anche trascorrere la vita a rimpiangerlo, ma sarai costretta a convivere con la tua scelta.»

Julie

La festa dei single. Miranda mi ha spiegato di cosa si tratta e mi ha coinvolta nei preparativi. E visto che sono single e mi intendo di cucina (o almeno dovrei intendermene) ho accettato con entusiasmo di aiutarla con il cibo. L'idea mi piace davvero.

Intanto negli ultimi giorni si è diffusa una notizia. Che non sono certa sia veramente una notizia o una diceria. È stata Kara a informarmi, ma anche alcuni dei ragazzi ne parlavano e sembravano piuttosto interessati alla questione.

Sembra che Stephen si sia avviato, da qualche tempo, alla professione di cam boy. Non so bene di cosa si tratta. Anzi, in realtà lo so, mi sono informata. Non so esattamente come funzioni, ecco. So che in teoria i ragazzi fanno spettacoli hard di fronte alla webcam. Poi li pubblicano su un sito. E ci sono dei clienti, anzi prevalentemente delle clienti suppongo per i ragazzi, che pagano per vederli. Oppure possono fare anche dei video in diretta, a quanto mi ha spiegato Kara.

«Ma tu li hai visti? Hai visto Stephen? Miranda lo sa?» Non riesco a fare a meno di interrogarla perché non so trattenere la curiosità.

«Penso di sì, anche se fa finta di niente e sicuramente ne è contrariata. Ma del resto cosa potrebbe fare? Lei stessa vende alle donne appuntamenti con bei ragazzi. E in ogni caso non può avere il controllo su tutto quello che succede nel corso e dopo l'appuntamento. Comunque, sembra che anche Michael si stia avviando alla stessa professione. E no, io non li ho visti… non ancora.»

«Michael?» Non riesco a non pensarci. Michael vive con Giles, quindi registrerà i suoi video da lì. Ciò significa che magari anche Giles…

«Si possono fare moltissimi soldi, a quanto pare.»

«Oh, dici davvero?» Non sono affatto convinta, non mi piace come idea. Ma sono curiosa e voglio saperne di più. Anche Kara è elettrizzata dalla novità e mi fornisce tutti i dettagli di cui è a conoscenza.

Nel corso della giornata mentre Stephen ci passa davanti, con il suo solito sorriso sexy e disarmante, io sono quasi tentata di chiedergli altri dettagli in proposito. Mi trattengo a stento. Perché in realtà è altrove che voglio indagare, da un'altra fonte.

Mi ritrovo a pranzo con Giles in centro città, il giorno seguente. Ci troviamo al Parnell Heritage Pub, uno dei pub storici di Dublino. Per un po' decido di lasciarmi andare, di non preoccuparmi più di nulla e di godermi l'atmosfera rilassante del locale e la sua compagnia. Seduta su uno dei divanetti mi lascio avvolgere dal calore e dalla musica di sottofondo. Anche Giles sembra apprezzare questo posto. Intanto mi racconta di essere stato contattato per alcuni colloqui da aziende che si occupano di apparecchiature informatiche. Forse vuole lasciarmi intendere che non lavorerà per l'agenzia di Miranda molto a lungo. Diversamente da Stephen e Michael per lui è solo un'occupazione temporanea.

«Quindi non hai intenzione di intraprendere il nuovo lavoro di Stephen? Ho saputo che anche Michael ha iniziato...»

Introduco il discorso come se fosse puramente casuale e non me ne importasse molto.

Giles sospira e scuote la testa. Ma non risponde direttamente alla mia domanda. «Miranda ha mandato via Michael.»

«Credi che sia per quel motivo? Voglio dire...» Non so nemmeno io cosa voglio dire. Mi sono resa conto della tensione tra loro. E mi sono resa anche conto che quasi sicuramente dipende da altro.

Giles non risponde ma mi incoraggia a continuare. «Cosa pensi?»

«Non so... è venuto meno alle regole dell'agenzia? Ma a questo punto anche Stephen.» Non è davvero quello che penso.

Mi aspettavo che fosse lui a proseguire il discorso. Perché ovviamente i motivi sono altri. E sto anche cercando di capire se Giles è intenzionato a provare il nuovo lavoro di Stephen e del cugino, apparentemente meno impegnativo e più redditizio. Così continuo ad arrampicarmi sugli specchi. «Magari esce con altre donne, fuori dai patti che ha con Miranda. Tu nei sai qualcosa? Sai se Michael esce con qualche ragazza?»

«Miranda non può controllare tutto e tutti. È ovvio che i ragazzi vedano altre donne. Compreso Michael!» Mi risponde quasi infastidito dalla mia domanda, quindi cerco una scusa per parlare d'altro e improvviso una discussione a proposito dei locali più caratteristici di Dublino.

Dopo pranzo percorriamo gran parte di O'Connell Street e ci ritroviamo poi a passeggiare per Henry Street. È una giornata gelida e mi stringo nella giacca, avvolgendomi per bene la sciarpa intorno al collo. Mi hanno raccontato che febbraio è forse il mese più gelido in Irlanda, spesso anche peggio di dicembre e gennaio. A questo punto sono costretta a crederci.

«Tu… vedi altre donne?»

Inevitabilmente riprendo il discorso di prima. Avrei voluto evitarlo ma non ci sono riuscita. Non so nemmeno io dove voglia portare la mia domanda perché, per quanto ne so, Giles ha avuto un appuntamento solo con Valerie.

«L'unica che vedo al momento al di fuori dell'agenzia sei tu.» Mi risponde immediatamente, senza starci a riflettere troppo. Per cui credo non sia una risposta calcolata. Accenna un sorriso e mi rivolge uno sguardo divertito. «Anche se forse intendevi altro con "vedere".»

«Sì, intendevo altro!» sorrido, ricambio lo sguardo per poi fissarlo dritto di fronte a me, imbarazzata.

«E tu?» mi chiede lui, cogliendomi alla sprovvista.

«Io non ho nessun patto con l'agenzia» rispondo, molto diplomaticamente.

«Quindi sei libera di uscire con chi ti pare?»

«A quanto pare no.»

Stiamo camminando senza meta, forse diretti nuovamente verso Parnell Street dopo aver fatto un giro da Jervis Street. Mi sento stanca e un po' frustrata. Da troppo tempo, ormai. E non so nemmeno più a chi raccontare il mio malessere di non riuscire a realizzare i miei obbiettivi. E nemmeno ad avvicinarmi un minimo per scorgere dei progressi.

«Perché no?»

Si ferma improvvisamente. Sono costretta a fermarmi anche io e a voltarmi verso di lui. Aggrotta la fronte pensieroso e stringe gli occhi.

«Con chi vorresti "uscire"? Con Stephen magari? O con uno degli altri? Magari con Michael? Ti interessa Michael?»

Bel tentativo Giles, ma non ci casco! «Se anche lo volessi sarebbero off limits per me, non è vero?»

«Suppongo di sì…»

Proseguiamo a camminare, in silenzio. Percepisco una tensione crescente in me, tra di noi. Lungo Henry Street, più o meno di fronte ai grandi magazzini Arnotts, un ragazzo con la chitarra sta intonando una canzone d'amore. Riconosco prima le note, poi le parole di *Something about the way you look tonight*.

"And I can't explain
But it's something about the way you look tonight
Takes my breath away
It's that feeling I get about you, deep inside…"

E la sensazione di fastidio, di disagio giunge ancora. Improvvisa, inaspettata. E invece dovrei proprio aspettarmela, ormai, perché arriva ogni volta.

«Julie… Julie?»

Giles si ferma e mi guarda. Sto fissando il giovane musicista come se fosse un fantasma. In effetti lo è, forse non direttamente. Il fantasma di un amore passato. Che mi ha fatto del male, facendomi sentire inutile, inadeguata.

«Questa canzone...» decido di confessare, non ho voglia di inventarmi una scusa che non esiste per tentare di nascondere la verità. «La detesto, anche se è bellissima. Ma il mio ex mi ha lasciata proprio con questa canzone in sottofondo. E io...» sospiro profondamente e lo guardo. «Non so spiegare, a un certo punto non lo ascoltavo nemmeno più. Era come se avessi messo il silenziatore in un film, lui parlava, parlava... tentava di spiegarmi perché... perché non mi voleva più. Perché io non andavo bene mentre un'altra invece sì. Ma io sentivo solo Elton John che cantava *Something about the way you look tonight...* e diceva qualcosa di completamente diverso. Ma lui, Philippe... lui non poteva saperlo, lui non poteva capirlo.»

Mi rendo conto di aver detto troppo. Abbasso lo sguardo tentando di riprendere il controllo di me stessa e delle mie emozioni, ma le lacrime mi pungono gli occhi senza pietà della situazione in cui mi trovo. In mezzo alla strada, tra estranei che camminano in fretta e che si scontrano con la mia immobilità, la mia sensazione di abbandono.

Improvvisamente mi sento stringere, accarezzare la vita, la schiena.

«Balla con me, Julie...» Giles mi circonda con le braccia, sussurra piano il mio nome. Sento il suo respiro sulla tempia e per un attimo chiudo gli occhi, mi lascio andare.

Poi sollevo il viso e lo guardo. I suoi occhi verdi nei miei, le sue labbra così vicine. Non esistono più le regole dell'agenzia, non esiste più questo luogo, tutta questa gente in una delle strade più affollate del centro. E non esiste più Philippe, il suo abbandono. Ma questa canzone in sottofondo esiste ancora. E Giles che sta cercando di confortarmi, di consolare il mio malessere con la sua bontà d'animo.

«Non si può...» socchiudo gli occhi per assaporare ancora per un attimo la sensazione delle sue braccia intorno. Ma poi, inevitabilmente, mi stacco da lui. «Ti ringrazio, Giles. Ma non si può cancellare un'emozione sovrapponendole un'altra.»

«Lo so che non si può.» Mi accarezza dolcemente le braccia prima di lasciarmi andare. «Non era questa la mia intenzione.»

CAPITOLO 24

Michael

«Secondo te cosa le passa per la testa?»

Giles mi sta parlando da un'ora. Della storia tra lui, Julie e Valerie. Uno dei triangoli più insensati che possano esistere. E io me lo sto sorbendo con pazienza stoica.

«Tu credi che Julie potrebbe avere un interesse per te, ma intanto ti spinge a frequentare la sua amica Valerie.» Riepilogo il fulcro del "problema". Non ho nessuna voglia di occuparmi anche dei suoi dilemmi. Lo ascolto per cercare di allontanare dalla mente i miei. Lo ascolto perché è mio cugino e condividiamo lo stesso appartamento. E anche per non essere il solito stronzo che se ne frega di tutto e di tutti.

«Sì… e io come un cretino sto tentando pure di accontentarla. Le ho promesso di uscire ancora con Valerie. E Valerie, ma questo Julie non lo sa, è al corrente di tutto. Quindi…»

«E quindi tu rimani senza Julie e senza Valerie. Stai messo proprio male, sei un povero sfigato insomma!»

Mi chiedo perché non si decida a parlare con quella delle due che vuole davvero. Ma forse in fondo lo capisco. Io l'ho fatto e i risultati sono stati disastrosi!

«Se Julie insiste perché io esca con la sua amica significa che…»

Ecco, è arrivato alla conclusione da solo.

«Ovvio. Che lei non ti vuole. Questo sarebbe evidente per esseri umani con un cervello e atteggiamenti mediamente normali. Ma stiamo parlando di donne!» Di alcune donne, per essere esatti. Mi sento molto maschilista al momento, ma non me ne frega niente.

«Non tutte le situazioni riflettono la tua con Miranda» replica con aria seccata.

Ecco, colpito e affondato. Però ha ragione. Inevitabilmente tendo a interpretare il comportamento di tutte le donne tenendo Miranda Crossing come "punto di riferimento". Da brividi, proprio!

«Forse dovrei uscirci io con Valerie.» Non mi va assolutamente di parlare di Miranda e di estrapolare i miei sentimenti feriti. Preferisco cambiare discorso. Anzi, preferirei addirittura cambiare donna. Magari Valerie potrebbe davvero fare al caso mio, per svagarmi un po'. «Almeno toglierei di mezzo il problema e la fissazione di Julie di farti mettere con la sua amica. E tu potresti darti da fare con lei, finalmente. Ma ti consiglio di non aspettare troppo. Le donne oltre a volubili sanno essere anche estremamente complicate.»

Miranda

Sapevo che sarebbe arrivato questo giorno, anche quest'anno. Stranamente però una settimana prima di San Valentino, non il giorno stesso. Confesso che una parte di me per un attimo aveva creduto di poterlo evitare. Ma per lui è importante. Per cui, ancora una volta, accetto remissiva e lo seguo senza oppormi, senza replicare.

Ora siamo in piedi, con lo sguardo fisso verso il basso. Io tengo molto compostamente le braccia tese lungo il corpo, le dita incrociate. Non riesco a pregare, non ci sono mai riuscita tanto facilmente. È sempre stato un impegno per me. Mi mantengo composta soltanto a causa del luogo e della situazione. E attendo che Raymond termini le sue silenziose preghiere, meditazioni o qualunque suo pensiero, per poter finalmente lasciare il freddo silenzio del Glasnevin Cemetery e tornarmene a casa. Non in agenzia. A casa, avvolta in una calda coperta a smaltire la malinconia con una tazza di cioccolata, magari.

Improvvisamente mi rendo conto che al Glasnevin Cemetery sono sepolte persone di ogni genere, unite da un comune destino. Personaggi importanti, famosi e potenti così come perfetti sconosciuti, poveri, disperati. Sospiro e sollevo gli occhi un istante per guardarmi intorno. Mi perdo a osservare le splendide decorazioni delle pietre tombali, con croci celtiche, motivi con disegni geometrici, animali fantastici e fiori intrecciati insieme. C'è tanta storia qui dentro, si respira un'atmosfera di magia mista a sacralità. Tutto sembra intangibile e perfetto, lontano dalla realtà e dalle preoccupazioni che accompagnano la quotidianità di noi viventi.

Dopo essere passati dalla tomba di Paula, la moglie di Raymond, ci ritroviamo su quella di mia zia Grace. E sulla lapide oltre la sua fotografia, leggo ancora una volta la data. Il 14 febbraio, il giorno in cui è nata. Paula invece è morta il 12 febbraio. Curioso il fatto che due donne così importanti nella vita di un uomo siano nate e morte a pochi giorni di distanza nello stesso mese.

«La sofferenza porta ad allontanare l'amore.»

La dichiarazione di Raymond sembra rivolta all'universo, non direttamente a me. Quindi posso anche fingere di ignorarla.

«Perché siamo qui in anticipo quest'anno?» Sposto lo sguardo verso di lui. Ho imparato che ogni cosa nel comportamento di Raymond ha una spiegazione. Ogni gesto, ogni parola.

«Ho cercato di lasciare spazio a un po' di felicità quest'anno. Non solo a coloro che ho perso.»

Non aggiunge altro e io non chiedo. Forse ho capito, forse non voglio sapere. O forse credo sia meglio non chiedere conferme. Paula e Grace, in momenti diversi, sono state le donne della vita di Raymond. C'è sempre spazio, c'è sempre tempo per un altro amore? Nemmeno questo voglio sapere. Per quanto mi riguarda so soltanto che preferisco non correre rischi.

Tornati a Finglas mi rifugio in casa, come avevo deciso. Lascio Juliette e Kara in agenzia. Mi avvolgo nella coperta, sul divano. Il senso di solitudine mi attanaglia l'anima, più che mai. Ho trascorso gran parte della mia vita in questa città e non ho nessuno. Davvero nessuno, a parte Raymond e qualche conoscente occasionale. Mi rendo conto di quanto sia deprimente. E che è così per molti, non soltanto per me.

Lancio un'occhiata al cellulare, posato al mio fianco. Prima ancora di riflettere lucidamente scrivo un messaggio e lo invio. La risposta mi arriva pochi minuti dopo. Juliette mi risponde che le piacerebbe venire a cena da me ma ha un appuntamento con Valerie.

"Invita anche lei. Ordiniamo qualcosa di buono da mangiare e guardiamo qualche film."

Rispondo all'istante, sentendomi davvero una stupida questa volta. Mi sembra di essere una ragazzina che supplica le amiche di trascorrere la serata con lei, di concederle una possibilità, di non lasciarla sola. Attendo impaziente il messaggio di Juliette.

"Va bene! Io arrivo fra poco e Valerie ci raggiunge."

Mi lascia anche una faccina sorridente. Così mi ritrovo, qualche ora dopo, seduta sul divano con Juliette e la sua amica Valerie. Ognuna avvolta in una calda coperta, con residui di pizza, di cibo cinese e di tiramisù, come se fossimo amiche da una vita. A guardare vecchie commedie romantiche che conosciamo già a memoria ma che guariscono l'anima, soprattutto restando al caldo in un gelido inverno.

«Io non capirò mai perché alla fine lei non abbia scelto William Holden.» Juliette sospira e scuote la testa, mostrando il suo disappunto mentre sullo schermo scorrono i titoli di coda.

«Sì, anche io. Me lo chiedo ogni volta...» aggiunge Valerie alzando gli occhi al cielo.

«Humphrey Bogart aveva più carisma, più personalità...» Mi sforzo di essere la più ragionevole. Utilizzo anche io il nome di uno dei due attori maschili invece di quello del personaggio del film *Sabrina*, con protagonista Audrey Hepburn. Prima di ammettere ciò che anche io ho sempre pensato. «Balle! Chiunque avrebbe scelto William Holden!»

«Trent si è rifatto vivo.» La replica di Valerie giunge inaspettata e fuori contesto. Si stringe nelle spalle e sospira mordendosi le labbra. «Il mio ex...» Si rivolge direttamente a me, nel caso io abbia qualche dubbio in proposito.

«Cosa vuole? Non penserai di tornare con lui, vero?» Il tono di voce, quasi inorridito, di Juliette si alza gradualmente.

«Probabilmente si è ricordato che avrebbe dovuto sposarmi tra una settimana.»

Seguo il loro discorso senza intromettermi. Già conosco la situazione, Juliette mi aveva raccontato tutto quando ci siamo incontrate. L'ex di Valerie è il motivo principale per cui è entrata in contatto con l'agenzia.

«È uno stronzo, Val!» Juliette non demorde nel tentativo di scoraggiare l'amica. Sembra che i suoi occhi azzurri lancino fiamme al momento, se avesse davanti Trent lo incenerirebbe con lo sguardo. Valerie in confronto è decisamente molto più serena e pacata. «Non ci pensare nemmeno! Per questo io ti ho fatta uscire con...»

«Non so cosa farò con lui. So solo che per il momento lo terrò un po' sulla corda.» Valerie ridacchia e si attira le ginocchia al petto. Io e Juliette la osserviamo. Solo una donna che non prova più alcun sentimento nei confronti di un uomo può essere così indifferente, determinata nei suoi confronti. Infatti, Valerie aggiunge qualcosa che conferma la mia ipotesi. «Del resto, la vendetta è un piatto che va servito freddo. È così che si dice, vero?»

Cerca una risposta in me questa volta. Non mi resta che annuire e confermare.

«Sì, è così che si dice. In teoria dovrebbe funzionare ed essere semplice, però...»

«Io credo che quando una persona ci fa male, molto male...» Valerie a volte si ingarbuglia con le parole, il suo forte accento francese la rende davvero tenera e allo stesso tempo indifesa. Però sa molto bene ciò che vuole. Molto più di me e Juliette messe insieme. «C'è solo una vendetta possibile che non richiede alcuno sforzo da parte di chi ha sofferto... la felicità.»

CAPITOLO 25

Giles

L'insistenza ingiustificata di Julie mi ha quasi obbligato a uscire di nuovo con Valerie. Mi ha spiegato che il suo ex si è rifatto vivo, quindi dovevo farla desistere dalla tentazione di concedergli un'altra possibilità. Anche se, a quanto pare, Valerie non sembra averne la minima intenzione.

Mi ritrovo quindi con Valerie a parlare del più e del meno, considerato il fatto che ormai sa tutto di me e dell'agenzia. Mi chiede come sono finito a lavorare per Miranda. Le racconto la verità a proposito dei Trask e del licenziamento. Quella che, per vergogna, non ho osato confessare e Julie. Così sono diventato un "agente segreto di San Valentino" in attesa di un'opportunità migliore.

Incontro Julie, la mattina seguente. Porta a casa mia il computer di Sarah, la food blogger a cui fa da assistente quando non è in agenzia da Miranda. A quanto pare deve aver combinato ancora qualche pasticcio scaricando dei file con virus.

Non comprendo la sua insistenza nel voler gestire le nostre vite, mia e della sua amica Valerie. Come se fossimo tenuti a stare insieme. L'unica ipotesi che posso avanzare è che stia tentando in questo modo di allontanare me, di farmi capire che non ho speranze con lei. Forse da questo dipendono anche tutte le domande che mi ha fatto sugli altri ragazzi, su Michael soprattutto. Perché Valerie non sta affatto soffrendo ancora per il suo ex, è perfettamente in grado di trovarsi un altro, se vuole.

Senza trascinarsi tensioni o sofferenza irrisolta. Ma Julie... no, di Julie non si può proprio dire lo stesso, questo è il problema. Forse nemmeno di me si può dire lo stesso, questa è la verità. In pratica, per assurdo, la persona che stiamo tentando di aiutare è quella che ha meno bisogno del nostro aiuto.

«Credi che se raccontassi di essere irlandese o scozzese risulterei più affascinante con le ragazze straniere?» Cerco di provocarla anche se dubito di ottenere risultati in questo modo. Dal punto di vista sentimentale è come una fortezza inespugnabile, il più delle volte. È addirittura peggiorata da quando ha sentito quella canzone in Grafton Street.

«Io sono straniera... e anche Val...» corruccia la fronte e arriccia il naso in un modo che ormai le riconosco e che le dona un'espressione buffa ma dolce. Tanto che vorrei baciarla, ora. «E no, ti garantisco che non saresti più affascinante, niente affatto!»

«Peccato, avevo intenzione di provare nel caso Miranda mi fissasse un vero appuntamento con qualche cliente. Forse tra un giorno o due ha detto che avrà bisogno di me.»

«Non vorrai farlo davvero?» Ora la sua espressione è cambiata. Da buffa in risentita.

«Perché non dovrei?» Mi stringo nelle spalle con aria indifferente. «Non credo di essere bravo a imitare l'accento scozzese, però posso tentare.»

E cerco davvero di fare un tentativo mentre pronuncio l'ultima frase, senza successo temo.

«Non intendevo quello!» Alza la voce afferrandomi per un braccio e stringendolo quasi con forza. Quando se ne rende conto mi lascia andare immediatamente. Sospira e annuisce brevemente. «Sì, però capisco che... hai accettato il lavoro, quindi...»

«Quindi prima o poi accadrà. Credo presto, è la settimana di San Valentino e Miranda deve sfruttarmi al meglio. E del resto la tua amica Valerie...» decido che è assurdo cercare di portare avanti questa sceneggiata. Ormai tutti sappiamo che è solo una finzione. Quello che Julie ancora non sa è che tra me e Valerie non ci potrà essere mai niente di ciò che lei vorrebbe accadesse. «Non le interesso, Julie. È una ragazza molto carina, ma anche a me non interessa lei. Quindi è il caso di finirla qui. Perché…»

Julie sospira e chiude gli occhi, per un attimo. «Sai qual è la verità, Giles?» Sembra non aver prestato la minima attenzione al mio discorso riguardo il rapporto tra me e Valerie. «Fa male comunque. Voi fate male, voi ragazzi. Non importa da dove veniate o quale sia il vostro accento. Quando lasciate fate male comunque.»

Julie

Non sono riuscita a interpretare il suo sguardo. Forse non avrei dovuto dire ciò che ho detto, semplicemente. Sembrava risentito, quasi arrabbiato. Non intendevo lui, ovviamente. E non so perché l'ho coinvolto nella questione. Quasi come se lo temessi. In effetti è proprio così, lo temo. Ho ascoltato ciò che mi ha detto riguardo a Valerie, anche se ho fatto finta di non capire.

Perché so… perché sento… e ho paura di andare oltre. Non è il momento giusto. Non sono la ragazza giusta. E ho ancora quella canzone che mi risuona nella testa, che non è nemmeno più la colonna sonora dell'abbandono arido e cinico di Philippe. È la colonna sonora della mia vita. E Giles… potrebbe essere l'ennesimo tentativo fallito. Perché una cosa hanno tutti in comune, o quasi. L'inizio in cui mi trovano fantastica. Va bene, con Giles non è andata così, non mi ha trovata fantastica. Credo non mi trovi fantastica neanche adesso. Meglio così.

Le mie giornate sono diventate davvero intense, tra il lavoro come assistente di Sarah, tre pomeriggi e due mattine all'agenzia di Miranda e il corso di cucina tre sere a settimana. Tanto che quasi ho difficoltà a gestire i momenti di pausa.

Sarà la stanchezza, saranno i troppi pensieri ma non riesco più a seguire il corso come dovrei, anche quando c'è Kate come insegnante. Forse è la stanchezza, appunto, che influisce sul mio rendimento quando abbiamo le prove pratiche. Così il pasticcio di verdure miste e patate dolci di mia creazione fa una fine davvero misera. Ha l'aspetto di una poltiglia inguardabile tanto che, anche se il gusto fosse gradevole, a nessuno verrebbe voglia di assaggiarlo.

«Non ci siamo proprio, mi pare.» Kate si avvicina al mio tavolo e passa lo sguardo da me alla mia povera creatura senza forma. «Sei sicura che ti interessi davvero?»

Non comprendo a cosa si riferisca. La guardo e mi sento sprofondare. Kate è affascinante, vivace, dinamica e una professionista stimatissima nel suo ambiente e oltre. Ha viaggiato in tutto il mondo grazie al suo lavoro. Inclina il viso mentre solleva gli occhi su di me. Non c'è confronto tra noi, anche se abbiamo lo stesso colore di occhi e di capelli. Occhi azzurri e capelli castani, ma lei è una donna realizzata, una che ha ottenuto tutto dalla vita. Io... sono io.

«Mi dispiace...» Mi ritrovo a dire senza aver inteso le sue parole. Oppure temendo di averle intese fin troppo bene.

«È un po' che ti osservo. Ci sono tanti lavori che potrebbero essere più adatti a te.» Mi rivolge un sorriso condiscendente e passa a un altro tavolo, lasciandomi sola a smaltire la delusione e la frustrazione scatenata dalle sue parole. Parole che, mi rendo conto, avevo inteso benissimo.

Trascorro la mattina successiva a copiare a computer e a sistemare alcuni articoli di Sarah con allegate le relative immagini. Sono tentata di chiedere anche a lei cosa ne pensa del mio operato. Magari sono davvero troppo stanca e stressata da pensieri opprimenti per concentrarmi su quello che dovrà essere il mio vero lavoro.

Devo solo coglierla nel momento giusto, appena rientrerà. Un momento in cui non stia pensando ad altro, non sia impegnata in una conversazione telefonica o comunque concentrata sul suo argomento preferito: se stessa. In pratica mi rendo conto che Sarah non avrà mai tempo per me, nemmeno qualche minuto per tranquillizzarmi. E io non sono del tutto certa di voler davvero conoscere la sua opinione. Soprattutto perché temo confermi quella di Kate.

Lascio la casa di Sarah appena rientra e quando mi chiede se mi è possibile occuparmi dei bambini anche se con breve preavviso rifiuto senza stare a pensarci troppo. Non ho voglia di inventarmi una scusa. E non mi interessa neanche di aver bisogno di lei per lanciarmi nel mio vero lavoro che ormai non mi sembra nemmeno più tanto vero. Rifiuto e basta, sono stanca di farmi sfruttare.

Mi ritrovo nel mio appartamento a Rathmines. Mi sento inutile, scoraggiata. E inizio a chiedermi cosa ci faccio davvero qui. Ho investito troppo in questo luogo, in questo lavoro per lasciare andare tutto. Per cui faccio proprio quello che non dovrei fare. Chiamo Giles. Non mi chiedo nemmeno perché proprio lui, ma è stato il primo a cui ho pensato. Gli chiedo di raggiungermi, se può.

«Il tempo di uscire di casa e sono da te» risponde con una nota di preoccupazione nella voce.

«Sei sicuro di non aver altro da fare?» replico titubante.

«Sono sicuro. Stai lì che arrivo.»

Mentre lo attendo precipito sempre di più nell'incertezza. E se avessi davvero sbagliato tutto? Mi sento una fallita, in tutti i campi. Cerco di respirare regolarmente ma sento un'oppressione al petto che non mi dà tregua.

Mi ritrovo una mezz'ora dopo seduta sul divano con Giles. In un fluire ininterrotto di parole gli ho raccontato tutto quello che è successo, prima con Kate poi con Sarah. Sono talmente fuori di me da aver dimenticato addirittura le buone maniere.

«Scusami... vuoi qualcosa da bere? Ti preparo un tè, oppure...»

«No, Julie. Sto bene così, non ti preoccupare» sospira e mi appoggia una mano sulla spalla. Inclina leggermente il viso per incontrare il mio sguardo.

«La verità è che non so cosa fare. Temo che...» mi mordo le labbra e abbasso la testa ancora di più. «Temo che Kate abbia ragione. E non so nemmeno se ho abbastanza volontà e motivazione per contraddirla.»

«Julie, ascoltami... Hai presente quando tutti dicono a qualcuno che non sarà mai in grado di fare qualcosa, insomma che è proprio un fallito in qual campo, non avrà mai successo e dovrebbe cambiare mestiere?»

Annuisco brevemente e gli lancio un'occhiata perplessa. Non so dove vuole arrivare. In pratica è ciò che mi ha detto Kate.

«Ecco, il qualcuno di cui parlo si darà da fare per dimostrare il contrario, combatterà per realizzare i suoi obbiettivi e così tutti si renderanno conto di essersi sbagliati. Ma Julie, tu... sei davvero questo "qualcuno"? È davvero ciò che vuoi diventare una food blogger o esperta di cucina? Perché a volte ho la sensazione che tu ti stia impuntando su qualcosa che non vuoi veramente.»

Resto in silenzio, chiudo gli occhi e mi massaggio la fronte con le dita. La verità? La verità è che non so nemmeno io come rispondergli.

Quindi non gli rispondo, non direttamente. Significherebbe mettere in gioco troppo. Dei miei ultimi anni, di ciò che ho già investito nella professione che mi sono scelta. «Dovrei seguire più corsi, ecco. Oltre a impegnarmi di più. Il mio problema è che sono poco qualificata, per questo Kate e Sarah mi disdegnano. Ma i corsi costano cari. Se mi perfezionassi con Kate troverei un lavoro subito nel mio ambito.»

«Se è davvero questo il problema posso darti una mano io.» Giles sorride e posa una mano sulle mie, che tengo sulle ginocchia con le dita intrecciate. «Trovare i soldi per i tuoi corsi non sarà tanto difficile.»

«No, Giles… no, assolutamente no.» Mi sento avvampare dalla vergogna. Non potrei mai prendere soldi da lui!

«Si tratterebbe solo di un prestito.» Non desiste e prende entrambe le mie mani nelle sue. «Appena sarei una food blogger affermata potrai restituirmi…»

«No, ho detto assolutamente no!» Ritiro le mie mani e mi stacco da lui, quasi con rabbia.

Quando sollevo lo sguardo leggo la delusione nei suoi occhi. Non tanto per aver rifiutato il suo aiuto economico, ma per il mio gesto.

«Scusami, mi dispiace…» Sono io, questa volta, ad afferrare le sue mani e a stringerle nelle mie. «Ti ringrazio con tutto il cuore Giles, davvero. Ma vorrei riuscire da sola…»

«Va tutto bene» sorride e annuisce, socchiudendo appena gli occhi per poi posarli su di me, sul mio viso.

Inaspettatamente mi accarezza i capelli, con dolcezza, mantenendo gli occhi fissi nei miei. E io sento che sta per succedere. Non vorrei. Anzi, vorrei proprio evitarlo. Ma una parte di me non sa resistere, non vuole più resistere.

Quando mi prende tra le braccia e inizia a baciarmi sulle labbra, oppongo un minimo di resistenza che diventa però sempre più inconsistente. Mi lascio andare. Perché non so fare altro. Perché non voglio fare altro. Sono stanca. Stanca di lottare, stanca di mantenere le distanze. Soprattutto stanca di tentare di evitare qualcosa che ho desiderato dal primo istante in cui i miei occhi si sono posati su di lui.

CAPITOLO 26

Miranda

Uscita di casa e attraversata la strada mi ritrovo di fronte a lei. Sì, proprio a lei che mi promette amore con le sue parole suadenti da… da quando? Non ricordo. Forse nemmeno mi importa. La trovo, stranamente, di fronte all'edificio dell'agenzia. Mi chiedo cosa ci faccia qui.

«Hai cambiato la tua postazione?»

«No. Sono solo venuta a vederti più da vicino.» Spalanca la bocca in un sorriso, poi si mette a ridere davvero, anche se un po' troppo rumorosamente. Se non fosse che le mancano buona parte dei denti sarebbe davvero un gran bel sorriso.

«Non fai certamente un buon affare, Tally. Non ho dolci con me, nulla da mangiare. Se vuoi ti regalo qualche euro per andarti a prendere qualcosa al supermercato. Ma non rubare niente, okay? Che prima o poi si stancheranno di fartela passare liscia.»

«Io non rubo! Non ho mai rubato io!» Ora mi punta in faccia i suoi occhi dal colore indefinito, offesi più che mai, e un'espressione quasi sconvolta. «Stavo solo guardando quella scatola di cioccolatini, io…»

L'accento di Tally è indefinibile, un po' come il colore dei suoi occhi. Non è tipico di Finglas, non mi sembra di nessuna zona dell'Irlanda. Per la verità è molto simile al mio. Ma quel che credo davvero è che questa piccola donna senza fissa dimora tenda ad assimilare l'accento di chiunque le rivolga la parola.

Improvvisamente sposta lo sguardo verso l'ingresso dell'edificio. E in me si insinua, sempre più insistente, il sospetto.

Non sono brava a comprendere queste cose. Non sono nemmeno brava a interpretare i sentimenti, a leggere nei cuori delle persone. Ma voltandomi e seguendo la direzione dello sguardo di Tally non ho più dubbi. E comprendo che le parole incoraggianti che ha sempre rivolto a me, potrebbero essere davvero rivolte a tutti. Anche a lei. Perché è sempre stata proprio lei, Tally, la prima a crederci.

Julie

Quando li trovo, tra le altre richieste arrivate in agenzia, non riesco davvero a crederci. E d'istinto non posso fare a meno di chiamare Giles e chiedergli di raggiungermi appena gli sarà possibile.

«No! Non ci posso credere!»

«Esattamente lo stesso che ho pensato io!» replico, senza riuscire a smettere di ridere. Ho quasi le lacrime agli occhi.

Perché, tra le richieste delle altre clienti, ho trovato quella di Annette Trask. Non solo, anche quella di suo marito Gerrit Trask che evidentemente ha pensato che fosse possibile inoltrare una richiesta anche per gli uomini in cerca di una donna. Si è lanciato addirittura in una descrizione fisica. La vuole alta, prosperosa e con un gran bel sedere. Possibilmente con lunghi capelli neri.

«Possiamo mandargli Miranda! Così lo farà a pezzi solo con lo sguardo!» Giles continua a ridere, accarezzandomi la schiena.

«Tu credi che Miranda abbia un gran bel sedere?» Incrocio le braccia e gli rivolgo un'occhiata truce. Poi però non riesco a trattenermi e riprendo a ridere. «Magari ci potremmo presentare noi due! No anzi, ripensandoci meglio di no. Non ti ci mando con Annette.»

«Gerrit Trask era talmente incazzato con me e con i volantini e poi… eccolo qui!» Giles sorride e scuote la testa.

Mi ha raccontato la sua "avventura" con Trask e la moglie. Mi ha spiegato come e perché è stato licenziato. Ieri sera, dopo il bacio, abbiamo trascorso la serata a parlare, a chiarirci. E a baciarci ancora.

«Qui si dichiarano entrambi single e disponibili a iniziare una relazione!» Punto il dito contro il computer per mostrargli il punto esatto, prima della richiesta della moglie poi del marito. Entrambi hanno allegato la loro fotografia.

«Potremmo combinare uno scherzo memorabile a questi due.» Giles si frega le mani e mi lancia un'occhiata sadica.

«Che cosa hai in mente?»

«Presto lo saprai!» Giles ride di gusto, mi attira a sé e mi bacia sulle labbra.

«Neanche una piccola anticipazione?» Ho una vaga idea di cosa potrebbe architettare Giles, ma vorrei delle conferme.

«Posso organizzare io per loro?»

«Non mettermi nei guai con Miranda, però!»

«Stai tranquilla… partendo dal presupposto che qui si dichiarano entrambi single e disponibili e che Annette ha usato il suo cognome da nubile non ci sarà alcun problema né per te né per l'agenzia.»

CAPITOLO 27

Michael

L'ho vista salire in tutta fretta. Ho cercato di raggiungerla ma aveva già preso le scale. Non sembrava voler evitare me, perché credo che non mi abbia intercettato. Evidentemente voleva ignorare loro.

Anche a me fanno un effetto un po' strano, del resto. O meglio, inaspettato. Perché in effetti una delle ultime cose al mondo che mi sarei aspettato era vedere quella bizzarra creatura di Tally tra le braccia del vecchio Raymond.

«Vedo che è una buona giornata, almeno per voi.» Non posso fare a meno di fermarmi e commentare. Non sono neanche sarcastico, per una volta.

«Lo sarà anche per te, caro» replica Tally, prontamente. Certo, per lei tutti sono felici, tutti avranno una splendida giornata, tutti sono innamorati e ricambiati. Tutti sono cari. Questa donnina crede ancora nelle fiabe a lieto fine.

Raymond annuisce e sorride, accarezzando il viso scarno di Tally.

«È appena salita. Sicuramente non morde, ma fai attenzione.»

Ovviamente comprendo all'istante a chi si riferisce, anche se non l'avessi vista io stesso prendere le scale come una furia.

Non faccio altro che imitarla in questo, oltrepasso la reception e la scrivania, oltrepasso anche Giles e Julie salutandoli appena. Così entro nel suo ufficio senza farmi annunciare e senza bussare, spalancando la porta d'impeto.

Sobbalza e mi punta gli occhi addosso, quasi inorridita. Forse anche perché l'ho colta sul fatto, mentre rovista in quel malefico cassetto.

«Non ti sembra arrivato il momento di imparare l'educazione?» Si riprende subito e si irrigidisce, tornando alla sua naturale compostezza.

«Non ti sembra arrivato il momento di buttare quella foto del cazzo invece di continuare a piangerci sopra?» Imito maldestramente il suo tono e il suo accento. E no, cara Miranda. Non la voglio proprio imparare l'educazione. Non da te che mi fai da maestrina, soprattutto. Perché da te in questi anni ho imparato tutt'altro.

Si alza dalla sua poltroncina con uno scatto tale da ribaltarla quasi. Poggia entrambe le mani sulla scrivania.

«Fuori.» Non aggiunge altro. Mantiene un tono inspiegabilmente basso che è in netto contrasto con l'espressione adirata e inorridita del suo viso.

Non me lo faccio ripetere due volte. Mi giro e me ne vado. Senza aggiungere altro. Senza tentare di riparare, di ricostruire. Perché non c'è davvero nulla da riparare, da ricostruire. Il nulla più assoluto. Non tornerò mai più. Non la vedrò mai più. E mai più la stringerò tra le braccia e bacerò le sue labbra.

Ho esagerato, lo so. Me ne rendo conto. Non so come gestire la mia rabbia, la mia frustrazione quando si tratta di questa donna. E del legame che mantiene con l'uomo della foto. Tanto da non avermi lasciato mai nemmeno un piccolo spazio, la minima possibilità.

E stranamente mi risuona nella testa una canzone che avevo ascoltato da ragazzino. *One more try* di George Michael.

"'Cause teacher
There are things that I don't want to learn
And the last one I had
Made me cry
So I don't want to learn to

Hold you, touch you
Think that you're mine
Because it ain't no joy
For an uptown boy
Whose teacher has told him goodbye, goodbye, goodbye"

Sì, lei è stata proprio la mia "maestra". E ora mi sta dicendo addio. Per sempre.

Miranda

Qualcuno bussa timidamente alla porta del mio ufficio. Dubito che sia lui, che sia tornato. Lo vorrei, però. Non so controllarmi. Una parte di me vorrebbe stringerlo, baciarlo. Un'altra, che solitamente prevale, vorrebbe prenderlo a schiaffi. Non tollero la sua irruenza. Anche se, sono costretta ad ammetterlo, è una delle sue caratteristiche che più mi attira.

Quando le concedo il mio permesso di entrare mi trovo davanti Juliette. Impacciata e un po' stranita. Passando davanti alla scrivania che condivide con Kara l'ho trovata insieme a Giles. Ho notato una nuova sintonia tra loro, forse si sono chiariti finalmente.

«Va... tutto bene?» Juliette quasi non osa rivolgermi la parola, nonostante il nostro rapporto sia mutato dopo la serata trascorsa insieme a casa mia a mangiare e guardare film.

«Certo.» Mi rendo conto di essere rimasta in piedi. Mi siedo e prendo in mano alcune carte, senza nemmeno sapere di cosa si tratta, tanto per fingere di fare qualcosa.

Sospira profondamente. La osservo per bene, corruccia la fronte, forse impegnata nel cercare di mettere insieme una frase ad affetto. Alla fine ciò che riesce a produrre è piuttosto deludente.

«Michael se n'è andato.»

«Ma guarda? Me ne sono accorta anche io. Forse perché, tanto per cambiare, è stato un villano e l'ho cacciato.»

«Mi dispiace… Giles lo ha seguito.» Bisbiglia appena, in evidente disagio.

«Ah, quindi ti dispiace che Giles lo abbia seguito e non stia più qui a ridere e scherzare insieme a te.» Sono perfida, lo so. Colgo immediatamente l'occasione che mi fornisce su un piatto d'argento. Ma non riesco a farne a meno a volte. Okay, spesso.

«No, non è per questo. Michael però…» Esita ancora. Oggi ho il potere di terrorizzare tutti? Più del solito?

«Ascoltami bene, Juliette. Voglio essere chiara. Gestisco questa agenzia perché… mi è stata lasciata. Non sono neanche particolarmente ispirata in questo lavoro, lo so. Avrei dovuto chiudere, avrei dovuto lasciar perdere. Sono tante le cose che avrei dovuto fare. Ma la verità è che mia zia e la sua amica l'hanno fondata per consolidare la loro amicizia e reciproco supporto. Volevano aiutare altre donne a trovare un po' di compagnia, a sentirsi meno sole. Magari qualche appuntamento galante poteva essere d'aiuto. Raymond le ha aiutate e rintracciare uomini disponibili. Poi si è sparsa la voce ed è diventata a poco a poco l'agenzia che è ora. Mia zia Grace, la sua amica Janet e anche Raymond appartenevano a un'epoca in cui la gente credeva ancora al romanticismo, alla galanteria. Forse anche all'amore. Io, in realtà, non ci ho mai creduto. Forse nemmeno quando ero sposata. Sicuramente non inizierò a crederci con un ragazzo molto più giovane che per me è stato solo… un episodio, ecco.»

Più che un episodio è stato un serie completa. Di oltre dieci stagioni. Ma evitiamo di precisarlo.

«Mi dispiace, allora…» Ecco, ci risiamo. Faccina contrita, sguardo abbattuto e occhioni azzurri tristi. Juliette non mi è di nessun supporto, anzi. «Per Michael, mi dispiace.»

Ah, ecco. Meglio che lo abbia sottolineato per bene il soggetto del suo dispiacere. Apro il cassetto, prendo la fotografia e la butto sulla scrivania come se mi scottasse tra le mani. Juliette si avvicina e si allunga verso di me per guardarla. Il mio ex sorride all'obbiettivo, con gli occhi neri che simulano sorpresa e qualche ruga d'espressione sulla fronte. I capelli chiari e ben pettinati che fanno da contrasto con gli occhi scuri e gli incorniciano il viso.

«Mio marito mi ha tradita con una ragazza che aveva la metà dei suoi anni, quasi. A parte che non ho intenzione di seguire il suo esempio, cosa potrei avere da un ragazzo come Michael? Tenendo anche in considerazione il fatto che il mio ex marito non era nemmeno bello e corteggiato quanto lui.»

«Quindi sei dell'idea che se un vecchio non tanto bello ti ha maltrattata…» si blocca, il seguito della frase è scontato.

La guardo perplessa e l'unica cosa che provo al momento è una gran voglia di ridere. Se Carter, il mio ex, sapesse che una ragazza come Juliette l'ha definito "vecchio non tanto bello" ne resterebbe sconvolto. Con l'autostima distrutta.

«No. Ma meglio non rischiare. Non ce la farei più a rischiare. Michael ha sempre detestato il fatto che tenessi la foto di Carter qui, nel cassetto. Ce l'ho da quando mi ha lasciata. Da quando ho assunto la direzione dell'agenzia. È l'unica che ho, le altre le ho buttate tutte via. Non ho conservato nemmeno quelle del matrimonio, in realtà non so più che fine abbiano fatto. Non mi interessa. Michael crede che lo tenga qui perché mi manca, perché lo amo ancora e per lui non ci sia speranza. Ma la verità è che guardo spesso questa fotografia per un solo motivo… per ricordarmi di non cascarci di nuovo, per ricordare quello che mi è successo, quanto ho sofferto. Non perché penso ancora a lui. Resta qui nel cassetto insieme ai miei cioccolatini preferiti, mi aiutano ad andare avanti. Ma non è amore, non è un legame… è solo un promemoria.»

CAPITOLO 28

Julie

Quando Miranda mi ha raccontato la sua storia, con quel tono fermo e deciso ma allo stesso tempo rassegnato, non ho più saputo cosa dire. Come potevo ribattere? Io credo che Michael abbia sentimenti sinceri nei suoi confronti, però… come non capirla? Mi dispiace per Michael ma non posso fare a meno di essere solidale con Miranda.

Forse ultimamente sono stata troppo concentrata su me stessa. Perché in realtà, oltre alla storia tra Miranda e Michael, sembra che un'altra questione mi sia sfuggita di mano. Valerie. Tornando a casa la sera mi è stato immediatamente chiaro il motivo del suo disinteresse per Giles. Credevo si trattasse del ritorno di Trent. Invece no, ha un altro nome. Stephen. Non li ho sorpresi in atteggiamenti intimi o compromettenti, però era evidente che ci fosse qualcosa tra loro. Poi Stephen se n'è andato e Valerie si è rifugiata nella sua stanza. La scusa della visita di Stephen era prendere accordi con Val per delle lezioni di francese.

Mi sono sfuggiti i dettagli riguardanti il loro incontro e inizio frequentazione. Dove, come, quando?

Riesco a contattare Stephen e quasi lo costringo, con la scusa di fissargli un prossimo appuntamento, a passare per l'agenzia. Lo aspetto al varco. Lui se ne accorge immediatamente.

«E va bene, mademoiselle. Dimmi pure quello che pensi.» Sgrana leggermente gli occhi su di me nel suo tipico modo incredibilmente sexy. Ma che su di me non ha quell'effetto particolare.

«Valerie non accetterà mai il tuo lavoro» sospiro e vado subito al dunque, senza tergiversare. «Non solo questo... anche l'altro di cui non sa nulla, intendo. Che poi è sempre nello stesso ambito, in effetti. Vendere te stesso.»

«Valerie lo sa. Anche dell'altro che tu non nomini. In ogni caso smetterò presto.» Fissa ancora gli occhi su di me e si morde le labbra. «Ne ho bisogno, al momento. Il mio master mi sta costando parecchio. Lo so che non è una ragione valida e non tutti si spogliano davanti a una telecamera. Ci sono altri lavori, però...»

«Non tutti possono permetterselo.» Mi stringo nelle spalle e percorro il suo corpo con un'occhiata. La mia intenzione non è ammirare la sua avvenenza fisica, quanto constatare un dato di fatto. «Non ti giudico, Stephen. Sai che quando sono venuta qui pensavo di fare lo stesso. Non davanti a una telecamera, ma nell'agenzia di Miranda. Quindi non sono proprio nella posizione per esprimere giudizi. Però Valerie... ecco, io non vorrei che soffrisse e che restasse delusa ancora una volta.»

«Julie...» Mi rivolge un'occhiata spazientita, o almeno così la interpreto.

«Va bene! Non sono fatti miei, la mia amica è abbastanza cresciuta per decidere da sola.»

«No, in realtà stavo per dire che è molto dolce da parte tua tentare di proteggerla. Ma non devi preoccuparti di me. Non ho intenzione di farle del male. E poi... il suo ex fa un lavoro molto diverso dal mio, ma questo non gli ha impedito di tradirla e lasciarla comunque. Ci siamo conosciuti da poco e abbiamo deciso di frequentarci. Lei sa cosa faccio. Io smetterò comunque a breve. L'ho fatto per soldi, lo sai.»

«Sì...» Lo so eccome. Lo so a tal punto che se potessi lo farei anche io, per soldi. Così non riesco a trattenermi. E mi sento anche un po' misera e squallida perché l'ho chiamato per "rimproverarlo" e ora sto addirittura pensando di chiedergli informazioni a riguardo. «Guadagni davvero molto facendo… quello che fai davanti alla telecamera?»

Stephen corruccia la fronte e mi guarda a metà tra divertito e perplesso. «La tua è semplice curiosità o sei veramente interessata?»

«Entrambe le cose. No, in realtà è curiosità, però…» sospiro e mi stringo nelle spalle. «Ho solo bisogno di sapere come iniziare, come dovrei essere. Se non mi rispondi tu andrò a cercare informazioni altrove. Quindi meglio che mi rispondi, almeno evito di perdere tempo e incappare nei siti sbagliati.»

Anche io ho bisogno di soldi. E quel che riesco a mettere insieme tra l'agenzia di Miranda e il lavoro come assistente di Sarah non sarà mai sufficiente. L'affitto mi sta costando troppo. Tutto mi sta costando troppo. Anche Valerie non guadagna molto, ma quando è arrivata qui aveva già soldi da parte. Poi non sta spendendo un capitale in corsi di cucina tenuti da professionisti del settore e da una chef di fama internazionale.

«Non è così semplice, Julie. Lo sembra forse. Ma spogliarsi di fronte a una telecamera può creare dei seri problemi. A volte si fanno anche le dirette, con le spettatrici online. Giles lo sa che stai cercando informazioni in proposito?» Mi osserva sospettoso. Probabilmente sa già di me e di Giles.

«Riguarda solo me. Io ho bisogno di guadagnare di più. Io…» No, non lo farei. Assolutamente no. Era solo una curiosità. Forse una fantasia, come l'idea di diventare "agente segreto" al femminile nell'agenzia di Miranda. Decido di dire tutto, forse Stephen mi può capire. «Ci sono dei corsi di cucina che vorrei frequentare, anzi dovrei. Ma non posso permettermeli. E non ho intenzione di chiedere aiuto, devo cavarmela da sola, devo trovare il modo.»

«Ti capisco.» Stephen annuisce e non aggiunge altro.

Dal suo sguardo comprendo che mi capisce davvero, non tanto per dire. Chiudo un attimo gli occhi, mi sento esausta. So già, dentro di me, che non avrò mai il coraggio di farlo davvero. Sto solo accarezzando l'idea, sto solo immaginando.

«Per Giles è tutto semplice. Lui non ha davvero bisogno quanto me. Anche Miranda non può capire. A volte mi sembra che certe persone ottengano le cose semplicemente volendole. A me non accade mai.»

«Capisco cosa vuoi dire, Julie. Ma resta il fatto che tu in realtà non vorresti farlo.» Il suo sguardo ora diventa severo, quasi intransigente.

«Perché tu sì? C'è qualcuno che vorrebbe farlo davvero.»

«Forse... in realtà non ho mai indagato.» Stephen si stringe nelle spalle e abbassa gli occhi. «Non agire avventatamente, però. Pensaci bene. Se sei davvero decisa ti aiuterò.»

«Grazie, Stephen.» Sorrido e gli accarezzo il braccio, poi mi stacco da lui.

Forse è uno dei pochi a potermi capire. Però è scettico. Del resto, lo sono anche io. È solo un'idea, il tentativo di esplorare una possibilità. Non lo farò mai davvero. Magari voglio solo scoprire se ne sarei in grado. Oppure cercare di comprendere se devo iniziare a cambiare completamente le mie prospettive.

Giles

Non so nemmeno io se è una buona idea. Vorrei preparare qualcosa di speciale per far capire a Julie che non deve temere che la storia si ripeta. Non questa volta. Non con me, soprattutto.

Intanto ho preparato lo scherzo per i Trask. In realtà non c'è nemmeno bisogno di coinvolgere altre persone. L'agenzia di Miranda non accetta clienti uomini, ma questo Gerrit probabilmente non l'ha capito. Quindi il mio piano diabolico consiste nel fissare a entrambi un appuntamento. Nello stesso luogo. Così appena si ritroveranno avranno un bel po' di cose da spiegarsi. Sempre che non scappino a gambe levate temendo l'arrivo del famigerato "agente segreto di San Valentino". Mi chiedo chi dei due scorgerà l'altro per primo.

Per quanto riguarda Julie invece cerco la collaborazione di Valerie.

«Come "agenti segreti di San Valentino" non avete niente di già preconfezionato per l'occasione?» Mi scruta attenta, come se avesse già dei sospetti nei miei confronti.

Ecco, domanda strategica. Dovrò confessarle che essendo saltata la "missione" con lei, Miranda mi ha fissato un paio di appuntamenti con una cliente dell'agenzia. Julie ancora non ne è al corrente, ma prima o poi verrà a saperlo. Si tratta solo di una cena e di una passeggiata lungo il fiume a cui seguirà ciò che la cliente riterrà più opportuno. Ma nessun rapporto intimo, ovviamente.

«Sì, credo. In realtà non ho ancora iniziato davvero, per cui…» Appunto, non ancora. Meglio non raccontare altro. «E poi lo sai ormai che sono appuntamenti preconfezionati in cui non accade nulla di reale.»

«Sì, lo so. Lo sa anche Julie. Comunque, per quanto la riguarda, lei crede ancora a questa sorta di "maledizione" per cui a San Valentino è destinata a restare sempre sola. La verità è che nemmeno nel corso dell'anno ha mai avuto molta fortuna.»

«Questa volta non sarà così» replico deciso.

Valerie annuisce e sorride, anche se un po' dubbiosa. «Fai attenzione. Lei ha cercato di proteggermi e confortarmi dopo la rottura con il mio ex. Ma in realtà quella che ha più bisogno di protezione e conforto è proprio lei.»

CAPITOLO 29

Julie

Non ho la più pallida idea di cosa abbia inteso Valerie con le parole "Ho organizzato un piccolo spettacolo". Forse perché dopo la conversazione che ho avuto con Stephen nel pomeriggio non mi viene in mente nulla di molto innocente.

Oltre ad aver invitato me è riuscita a convincere anche Miranda, Giles e Stephen. Lo aveva chiesto anche a Michael ma la presenza di Miranda ha automaticamente escluso la sua partecipazione. Mi dispiace che siano arrivati a questo punto. Poteva comunque essere una buona occasione per chiarirsi, anche se temo che ormai ne abbiano avute fin troppe senza sfruttarne nemmeno una.

Siamo seduti a un tavolo in una pizzeria italiana nella zona a nord del Liffey, una delle migliori di Dublino e la preferita in assoluto mia e di Valerie. Non riesco a credere ai miei occhi quando, circa dieci minuti dopo, vedo entrare Trent dalla porta principale. Temo che lui sia nelle mie stesse condizioni perché sul viso gli si dipinge un'espressione incredula. Per un attimo, almeno. Perché Valerie si alza e lo va ad accogliere con aria felice e quasi amorevole. Allora Trent si riprende e la stringe tra le braccia.

Cosa diavolo sta succedendo? Miranda e Giles si mostrano confusi quanto me ma almeno mantengono una certa compostezza. Stephen invece sembra perfettamente a suo agio. Qui mi sta davvero sfuggendo qualcosa.

Valerie e Trent tornano e lui si siede al tavolo con noi. Prende posto a capotavola, accanto a Val. Io continuo a non capire. Vuole presentare Trent agli altri? Perché per quanto mi riguarda non voglio nemmeno ricordare di conoscerlo già.

No, non ci credo! Valerie non può essersi rimessa con lui dopo tutto quello che le ha fatto passare! A questo punto… ecco, a questo punto è molto meglio Stephen!

Sospiro e mi aggrappo al braccio di Giles, seduto accanto a me. Non so nemmeno io se cerco in lui un sostegno oppure una valvola di sfogo.

Improvvisamente proprio Trent rompe il silenzio, schiarendosi la voce. Penso che stia per presentarsi, invece…

«Sono felice che tu abbia accettato di vedermi qui» sorride e prende la mano che Valerie tiene posata sul tavolo. «So che è il tuo ristorante preferito a Dublino. E anche se pensavo di trovarti sola…»

«Ti ho chiesto di non venire a prendermi e vederci direttamente qui perché… avevo bisogno del sostegno dei miei nuovi amici. Prima non ne avevo… insomma, a parte Julie, ovviamente.» Val parla con un filo di voce, quasi come se fosse commossa. «Prima avevo solo te e forse ho sbagliato a non cercare nessun altro, pensando che avere solo te fosse più che sufficiente.»

Quando nomina il mio nome Valerie mi rivolge un'occhiata dolce, i suoi occhi sono quasi lucidi. Ma io invece no, non sono affatto commossa… e non faccio altro che chiedermi: che cosa diavolo sta succedendo qui? Perché Trent non sembra solo aspettare il momento più adatto per fare una determinata cosa a cui io proprio non vorrei assistere.

«Certo, lo capisco. E hai ragione, perché io…»

La voce di Trent diventa roca, profonda. Ma di una profondità fastidiosa. Il viso gli si accende di rosso, mi ricorda improvvisamente una di quelle lampadine intermittenti che avevo su una abat-jour in camera quando cro piccola. L'idea mi fa venire quasi da ridere, mi copro la bocca con la mano. Dall'esterno posso sembrare sorpresa, invece sto solo trattenendo una sonora risata. Un'altra parte di me vorrebbe prenderlo e lanciarlo fuori dalla vetrata che abbiamo proprio dietro al tavolo. E spingere quella sciocca della mia amica tra le braccia di Stephen, che ora abbassa il viso e sospira.

Ma dannazione! Okay si spoglia davanti a una webcam ma è molto meglio di quello stronzo! Da tutti i punti di vista.

Trent ora si passa una mano tra i capelli biondi che hanno un effetto umido, come se fossero bagnati di sudore. Valerie gli sorride in attesa, incoraggiante. Io vorrei alzarmi per andare in bagno.

«Te lo chiedo di nuovo, Valerie. Davanti ai tuoi amici...» Trent si tasta la giacca, poi ferma la mano all'altezza della tasca. Io preferisco chiudere gli occhi quando estrae una scatolina blu e la apre. «Valerie... vuoi sposarmi? Ti prego di concedermi un'altra possibilità perché io ti amo. E nessuno mai ti amerà quanto me.»

I miei occhi, quando mi decido a riaprirli, incrociano quelli di Miranda. Cerco di comunicarle la mia sensazione sgradevole, la mia viva disapprovazione e vorrei quasi pregarla di intervenire, di fare qualcosa, di fermare tutta la scena. Invece lei riprende tranquillamente a osservare i due protagonisti in attesa della risposta di Valerie.

«Trent, io... ci credo proprio... anzi, lo spero...» Valerie sembra a tal punto impacciata da forzare ancora di più il suo accento francese. Che sia davvero commossa? Il suo tono di voce è tanto dolce, soave. Trent sembra pendere dalle sue labbra. «Io lo spero... che nessuno mi amerà mai quanto te. Perché tu davvero mi hai amata da far schifo... come uno stronzo, insomma. Mi hai lasciata da sola in questo paese dopo avermi convinta a trasferirmi qui per te, mi hai fatto sentire sola. Quindi no, non ti sposo e non ti dico dove puoi infilarti il tuo anello perché sono una persona educata.»

Oddio non ci credo! E nemmeno Trent sembra crederci e rimane a fissare Valerie con un'espressione da ebete, perché nonostante il senso delle sue parole il tono di voce resta ugualmente dolce, soave. E sul finale il suo accento quasi si perde e migliora notevolmente. Poi la vedo sorridere, voltarsi verso Stephen e afferrargli la mano. Io, Giles e Miranda restiamo sorpresi, lui invece no. Quindi evidentemente sapeva.

Trent senza dire una parola si alza, ritira la scatolina e il suo contenuto, abbassa la testa, si volta e si avvia passo dopo passo verso la porta. Quando la oltrepassa ed esce puntiamo tutti gli occhi su Valerie. Stephen le accarezza i capelli e l'attira a sé per baciarle le labbra.

«Scusate per il piccolo spettacolo. Ora possiamo ordinare e mangiare tranquillamente, se per voi va bene.» Valerie sembra serena, come se si fosse finalmente tolta un peso.

La conversazione riprende, io resto in silenzio. Quindi alla fine Val non era, non è mai stata fragile e indifesa come ho sempre creduto. Non è mai stata così bisognosa di protezione. Mi scuso e mi alzo per andare in bagno. Ho bisogno di qualche minuto per riprendermi.

«Julie...» Appena raggiunto il bagno mi ritrovo proprio Val, alle spalle.

«Complimenti, Val. Non avrei saputo fare altrettanto.» Non riesco però a nascondere una nota di risentimento per non avermi resa partecipe del suo piano. «Ora capisco cosa intendevi con quella storia della vendetta che va servita fredda. Sicuramente hai saputo vendicarti per bene. Accidenti... nemmeno lo scherzo che Giles ha preparato per i Trask può reggere al confronto. Loro si sono limitati a scappare dal locale appena si sono incrociati, temendo l'arrivo degli "agenti segreti".» Continuo a parlare di altro, tanto per dire qualcosa e non far comprendere a Valerie quanto mi sia sentita tagliata fuori dalla sua vita.

«Scusa se non ti avevo avvisata, Julie. Volevo mantenere l'effetto sorpresa. Ma con Stephen non potevo, capisci anche tu perché…»

«Sì, lo capisco» annuisco e sorrido, decido di smettere di sentirmi offesa e l'abbraccio di slancio. Sono felice per lei. «Hai fatto bene.»

«Ho lasciato andare Trent da tanto, te l'ho detto. Ma tu non mi hai creduta. E a quanto pare nemmeno lui.» Valerie sospira e scuote la testa, mostrandosi improvvisamente preoccupata. «Anche tu devi concentrarti sul presente, Julie. Giles ti ama davvero, si vede. Cerca di essere felice con lui, di dargli una possibilità.»

«Sì, lo farò, Val. Hai ragione, lascerò andare il passato. Perché anche io mi sto innamorando di lui.»

Miranda

Poche cose mi stupiscono ancora, ormai. Valerie ci è riuscita. Non ero del tutto consapevole di entrare a far parte del suo piccolo spettacolo messo in scena ai danni del suo ex fedifrago, ma qualche sospetto mi era sorto. Avevo capito che stava architettando qualcosa e che Stephen faceva parte del piano.

Quindi quei due stanno davvero insieme, a quanto pare. Questo significa una cosa, tra le altre. Stephen presto mi abbandonerà. Me e la mia agenzia. Già sono a conoscenza del suo lavoro di fronte alla webcam anche se faccio finta di niente perché lui è sempre stato un valido collaboratore. Sono diventata bravissima a fare finta di niente, a quanto pare.

Juliette invece, il giorno dopo, mi sembra ancora sconvolta. Forse aveva creduto veramente che Valerie intendesse accettare la proposta dell'ex stronzo.

«Tu e Valerie intendete ancora aiutarmi con la festa dei single anche se adesso non lo siete più?» le chiedo uscendo dal mio ufficio e fermandomi di fronte alla sua scrivania. Nessuno lo è più, a quanto pare. Anche Raymond ha trovato una compagna, tradendo me e la mia festa. Gli pseudo fidanzamenti si sono diffusi come un'epidemia di peste, in questi ultimi giorni. Per fortuna io sono immune!

«Certo, io sono sempre disponibile. E anche Val, credo.» Solleva gli occhi su di me, sorride con le labbra ma è decisamente pensierosa. «E comunque io non sono… mmh… così impegnata, diciamo.»

«Tu e Giles state bene insieme.» Non so cosa la preoccupi ma credo che nei prossimi giorni, dopo il dannato San Valentino, dovrò prendere alcune decisioni fondamentali. E riguardano anche lei. «Se non ti senti sicura a causa del suo lavoro qui in agenzia, non ti preoccupare. Sta già cercando altro. E comunque mi sta aiutando con la manutenzione dei computer, anche perché come accompagnatore per signore non è proprio eccellente. Negli ultimi due appuntamenti se l'è cavata, è carino ma le signore non smaniano per uscire con lui. Evidentemente è troppo preso dalla sua ragazza reale e non è molto bravo a fingere con le altre.»

«Non è per questo, Miranda» Juliette si morde le labbra e scuote brevemente la testa. «Tra me e Giles ci sono troppe cose non dette, troppe questioni irrisolte. Noi non sappiamo tutto l'uno dell'altra. Ci sono situazioni che con lui non riesco ad affrontare. La mia situazione con Giles non è come quella di Valerie con Stephen. Credo che sia molto più simile alla tua… con Michael.»

CAPITOLO 30

Giles

Qualcosa non andava come avrebbe dovuto. Lo avevo capito. Ma non mi aspettavo che potesse arrivare a tanto. Forse, come dice Stephen, è solo curiosità. In effetti aveva incuriosito anche me. Però io in fondo mi illudevo che ci fossimo chiariti, che avesse compreso di poter contare su di me. Dopo i problemi nel raggiungere il suo sogno di diventare food blogger, lo scherzo ai Trask e la storia a lieto fine di Valerie credevo si fosse instaurato un legame più profondo tra di noi.

No, non può essere. Non lo farà davvero. Ma allora perché Stephen era così preoccupato per lei? Perché lei gli ha chiesto di mostrarle come muoversi davanti alla webcam? Voleva provare, secondo lui. Mi ha consigliato di non affrontarla direttamente in proposito, di procedere con calma per tentare di comprendere le sue intenzioni. Ma anche di fermarla prima che possa pentirsene. Alla fine, si è reso conto che forse non avrebbe dovuto dirmelo, ma io ho preferito che lo abbia fatto.

Attraverso l'Ha'penny Bridge e continuo a passeggiare lungo il fiume, dall'altro lato della città. Le luci della città si riflettono sull'acqua del Liffey. Fa ancora buio piuttosto presto anche se confido che dalla fine del mese le giornate cominceranno ad allungarsi e magari a essere meno fredde.

Devo parlarle. Devo comprendere i suoi motivi. È come se si ribellasse sempre a qualcosa, a qualcuno. Anche a me, adesso. Ho avuto questa impressione fin dall'inizio, dalla prima volta che l'ho incontrata. La nostra storia è iniziata da poco ma ho la sensazione che mi stia sfuggendo, quasi come se volesse divincolarsi per mettersi al riparo, al sicuro. Arrivando al punto di lasciarmi, se necessario. Come se temesse di venire respinta. E io devo tentare di fermarla, prima che sia troppo tardi. O meglio, devo fare in modo che reagisca, anche a costo di farmi odiare da lei.

Julie

Non posso rispondere alla sua domanda. O forse non voglio. Invece sì, lo voglio. Perché almeno in un modo o nell'altro sarà finita.

«Non vuoi farlo sul serio, vero?» Giles è chiaramente arrabbiato. Può averlo saputo solo da Stephen, perché non ne ho parlato con nessun altro. Soprattutto a nessun altro ho detto di volerci provare.

«Sì, invece. Ho deciso di farlo, al più presto. Ne ho bisogno e non ho certo intenzione di chiedere il tuo permesso.»

Non sono affatto convinta di volerlo fare. Non so più niente. Davvero niente. È come se tutto il mio mondo improvvisamente fosse crollato. Non improvvisamente, in realtà. È già da diverso tempo che vivo una situazione di stallo. Come se fossi in equilibrio su un filo senza sapere da che parte cadere. Ma certa di dover cadere, che in ogni caso sarà inevitabile.

Giles mi percorre con lo sguardo. Non sembra più arrabbiato per avergli tenute nascoste le mie intenzioni. Nemmeno irritato dalla mia affermazione o nervoso. Sembra solo triste. Ma del resto ci siamo appena conosciuti, non può accampare pretese su di me.

«Allora non abbiamo più niente da dirci. Non sei quella che credevo, ho commesso un grosso errore con te.» Oltrepassa il soggiorno e si avvia diretto verso la porta d'ingresso, senza voltarsi per guardarmi. Nemmeno un'ultima volta.

«Sei uno stronzo. E un maschilista.» Avrei dovuto dirlo un istante prima, invece di aspettare che fosse già fuori dalla porta.

Ma no, non gli corro dietro. Non lo fermo. Lo lascio andare. Avrei voluto almeno litigare con lui, non che tutto si svolgesse in modo così calmo, piatto… equilibrato. Anche le parolacce che gli ho rivolto sono state calme, piatte, equilibrate. Mi fa più male, così. E non so come gestire questo dolore che si annida dentro e non è nemmeno in grado di esplodere o di trovare una voce tutta sua. Lui se n'è andato, mi ha lasciata senza discutere. Ecco, appunto… come se non valessi nemmeno una discussione.

Tutto ciò per cui ho lottato se ne sta andando, non soltanto Giles. Il mio presente, il mio passato e anche il mio futuro. La verità, contro cui sto combattendo da giorni, è che Kate e Sarah hanno ragione. Io non capisco proprio nulla di cucina. Non ho mai capito nulla. Oltre a non saper cucinare, non so nemmeno dare una valutazione sul cibo come un'esperta, una professionista. Ho buttato via mesi, anni senza capire nulla e senza nemmeno provare una vera passione nei confronti di ciò che stavo facendo. L'avevo scelto perché… solo perché mi sembrava una buona idea, un'ottima fonte di guadagno.

Lui se n'è andato. Perché voglio provare un lavoro che mi farà sentire in imbarazzo dove guadagnerò dei soldi che mi serviranno per pagare dei corsi che mi aiuteranno a trovare un altro lavoro che non mi interessa. Che piano fantastico! Quasi geniale, anzi! Eppure, tutto quadrava perfettamente, prima.

Non si tratta solo di San Valentino. Nemmeno dei giorni precedenti. Ancora meno di una canzone che mi torna sempre in mente nei momenti più complicati, come un campanello d'allarme. Come una colonna sonora che segna i passaggi fondamentali di un film o una serie televisiva. Fa sempre male. Essere lasciata fa sempre male, in qualsiasi momento dell'anno.

Quando ho detto a Miranda che la mia storia con Giles è molto più simile alla sua con Michael, sapevo esattamente cosa intendevo. Lei ha quella fotografia nel cassetto, io la canzone in sottofondo. Non sono le nostre storie, siamo noi due. Io e Miranda in un certo senso siamo uguali, abbiamo vissuto la stessa condizione.

E Giles deve saperlo. Vorrei tanto che capisse. Che mi fa male. Che non voglio fare la cam girl. Che non mi interessa nemmeno diventare un'importante food blogger. Lui lo aveva capito da tanto, da molto tempo prima di me. Quindi ora deve saperlo. Glielo devo dire. Che non importa come e quando, essere lasciati da qualcuno che si ama fa sempre male comunque. Lui mi ha fatto male comunque.

CAPITOLO 31

Michael

Aveva l'aria davvero preoccupata. Anzi, credo di non aver visto nessuno così terrorizzato. Nemmeno io da piccolo lo ero. Eppure non sono mai stato un tipo molto tranquillo e mi dovevano quasi legare sulla poltrona del dentista perché lo mordevo regolarmente, a ogni visita.

Io e Stephen abbiamo accompagnato Tally alla clinica dentistica dell'università. Le hanno curato e impiantato nuovi denti, anche se ci vorrà un po' di tempo prima che si abitui ad averli di nuovo e riesca a usarli per mangiare in modo naturale.

Sapevo di poter ottenere ottime condizioni per lei.

«Ora potrò mangiare tutto il cioccolato che voglio!» esulta appena la riaccompagno a casa di Raymond. «Non subito, ho capito. Fra un po'.»

Annuisco e le sorrido appena. Sono contento per Tally ma purtroppo non riesco a esprimere il mio entusiasmo. Soprattutto in questo luogo. Così vicino a quella donna crudele che si è presa tutto di me, annientando la mia autostima e la mia dignità. Devo tentare di dimenticarla per sempre, sforzarmi di rimuovere Miranda Crossing dalla mente.

Lancio un'occhiata fugace verso le scale che conducono al piano superiore, quello dell'agenzia. Sono tentato, ma resisto. Mi volto per andarmene. Avrei potuto chiedere a Stephen di accompagnare Tally. Ma la verità è che, nonostante i miei sforzi, non riesco a stare lontano da qui.

Chiudo gli occhi per un attimo. Devo andarmene e in fretta. Ma quando li riapro me la ritrovo proprio davanti, con in mano un sacchetto del supermercato.

Restiamo in silenzio, come se entrambi non sapessimo cosa dire. O se sia il caso di dire qualcosa. Mi sposto lateralmente per lasciarla passare e le faccio un cenno di saluto con la testa, quasi impercettibile. Lei fa più o meno lo stesso. Solo in questo momento mi accorgo che insieme a Miranda c'è anche Julie.

«È molto bello quello che avete fatto per Tally.» Inaspettatamente, quando l'ho già oltrepassata e mentre sto per aprire la porta di vetro, le sue parole mi raggiungono. Si schiarisce poi la voce, sembra esitare. «Raymond mi ha raccontato…»

«Sì, siete stati fantastici!» Conferma Julie, decisamente più entusiasta. Poi, forse colta dall'imbarazzo, ci lascia soli precipitandosi quasi verso le scale.

Miranda rimane ferma per qualche istante prima di seguirla, molto più lentamente. Potrei approfittarne per parlarle, ma non so cosa dire. Perché non c'è davvero più nulla, non ci sono più parole da aggiungere tra di noi.

«Lo avrei fatto per chiunque.» Così dico la prima cosa che mi viene in mente, solo per non restare in silenzio. Anche se forse avrei fatto meglio.

Me ne vado provando un senso di liberazione e di sconforto allo stesso tempo. Me ne vado sentendomi vacillare, come se non fossi perfettamente stabile sulle gambe. Come se mi fossi preso una sbornia, ecco. E adesso avessi bisogno di tempo per riprendermi, senza sapere però esattamente quanto. Forse un solo giorno, forse un'eternità.

Miranda

«Hai fatto una cazzata, ammettilo!» Certo che io e Juliette non sappiamo più come rovinarci la vita sentimentale. Cioè, la sua per lo meno è una vita sentimentale, la mia non troverà mai una vera definizione.

«Perché tu no?» replica a tono e mi lancia un'occhiata di rimprovero. Ormai il nostro rapporto è notevolmente cambiato negli ultimi giorni, tanto che ora mi dice esattamente cosa pensa senza intimidirsi. «Avevi Michael di fronte, accidenti! Sono corsa avanti apposta per lasciarvi da soli e tu cosa hai fatto? Niente!»

«Io ho tentato di… Insomma, un po' ci ho provato a fare conversazione.» Scuoto la testa, non ho voglia di parlare di me stessa. Nello specifico di me e di Michael. «Comunque tu che chiedi informazioni a Stephen per diventare cam girl? Sapevi benissimo che lo avrebbe detto a Giles. Sembra quasi che tu lo abbia fatto appositamente per distruggere la vostra storia.»

«In realtà io non ho fatto proprio niente. È stato lui. Evidentemente era giusto così, se non è in grado di capirmi non può stare con me.» Juliette mi scruta attenta, poi sbuffa e si appoggia con entrambe le mani alla sua scrivania. «Io e Giles ci conosciamo da poco. Tra te e Michael va avanti da anni. Non è una cazzata essere così innamorata di qualcuno come tu lo sei di Michael e lasciarlo andare? Non venire a fare la predica a me, quindi!»

A quanto pare la miglior difesa è davvero l'attacco. Così Juliette continua ad attaccare me per non rispondere e non prendersi le sue responsabilità. Mi rifugio nel mio ufficio per evitare di tornare sul discorso di me e Michael.

Se Juliette sapesse… Non l'ho lasciato andare. Non l'ho affatto lasciato andare. Tutt'altro! Fa parte più che mai di me stessa, dei miei pensieri, della mia vita. Del mio cuore, soprattutto. E non so più cosa fare, cosa inventarmi per strapparlo via.

CAPITOLO 32

Julie

Evidentemente io e Valerie potremmo essere le degne protagoniste della soap opera "Il ritorno degli ex". Quando vedo una e-mail di Philippe quasi non riesco a crederci. Non si era più fatto sentire da oltre un anno. E anche in quelle sue risposte c'era sempre qualcosa di lontano, di impersonale. Forse perché ero io a incoraggiarle. Mi scriveva perché io avevo bisogno di lui, di una spiegazione da parte sua. Volevo capire. Cosa non andava bene in me, cosa c'era di sbagliato perché lui mi lasciasse. In realtà mi sono resa soltanto ridicola, senza nemmeno accorgermene in quel momento.

Rileggo il suo messaggio. È talmente diverso dagli altri che sembra essermi stato inviato da un'altra persona. Controllo il suo indirizzo, quasi convinta che si tratti di un errore. Invece no, è proprio lui. A meno che qualcuno si sia impossessato oltre che del suo indirizzo e-mail anche della sua password e adesso si stia divertendo a prendersi gioco di me.

Invece è davvero lui, a quanto pare. Gli rispondo brevemente e mi sorprende ancora di più scrivendomi pochi minuti dopo. Dice di trovarsi proprio a Dublino e di volermi incontrare.

Non sono affatto convinta. Non capisco cosa faccia a Dublino. È sempre stato piuttosto scettico all'idea di andare a visitare altri paesi, soprattutto se si parla un'altra lingua. Scettico e decisamente anche molto pigro. Dubito che sia qui per me.

Continuo a rileggere il suo messaggio e prendo tempo per pensare a cosa fare. Non ho molta voglia di vederlo, proprio in questo periodo. Però, allo stesso tempo, sono anche curiosa. Oltretutto se non accettassi di incontrarlo potrebbe pensare che io sia ancora arrabbiata con lui e ferita per ciò che mi ha fatto. In parte è vero ma non voglio che lui ne abbia la conferma.

Accetto di vederlo in centro, il giorno successivo in tarda mattinata. Non so mai esattamente quale punto di riferimento indicare quando devo incontrare qualcuno. Così, come sempre, suggerisco la caffetteria della libreria Eason a O'Connell Street. Dovrebbe essere molto semplice da individuare anche per chi è appena arrivato in città.

La sera ovviamente evito di raccontarlo a Valerie. Non le racconto nemmeno di aver ricevuto una sua e-mail e che Philippe si trova in città. Non voglio subire i suoi rimproveri, anche se sarebbe esattamente la copia di ciò che io ho fatto con lei quando si trattava di Trent. Non mi importa più nulla di Philippe, ormai. Voglio solo sapere per quale motivo si trova a Dublino e perché mi ha cercata.

«Ho deciso di provarci.» Tutta qui la spiegazione di Philippe, la mattina seguente. Mentre mi scruta attento con i suoi occhi scuri e il ciuffo di capelli che scosta sapientemente dal viso. Un gesto che avevo trovato affascinante e mi aveva conquistata. Ora mi sembra quasi fastidioso.

«Quindi da un giorno all'altro hai deciso di partire per Dublino?» Mi sento a disagio mentre mescolo il mio cappuccino e, guardando i pezzettini di carta strappata intorno alla tazza, temo di averci messo troppe bustine di zucchero.

«Più o meno. Ero tentato anche da altre città, ma alla fine ho deciso per Dublino.»

Sorseggia il suo caffè e poi torna a fissarmi, con uno sguardo che non so interpretare. Anzi, che temo di saper interpretare fin troppo bene. Ma semplicemente non vorrei proprio avergli dato quell'impressione. Di quella che spera che abbia scelto, tra tante, proprio la città in cui vive perché si sta facendo ancora illusioni nei suoi confronti. Mi odio, in questo momento. Non riesco a dire nulla di intelligente e sensato che annulli per sempre questa opinione che ha su di me. E odio anche lui. La sicurezza che ha sempre sfoggiato e che mi fa sentire fragile, vulnerabile.

Inevitabilmente mi chiedo davvero se è qui per me. Non lo voglio sapere. So solo che lo lascerò andare, dopo questo incontro. Non gli chiederò nulla a meno che non sia lui a voler mantenere il contatto con me. Lo lascerò andare. Ma davvero, questa volta. Del resto, sono diventata brava a lasciar andare. La nostra storia non è mai stata importante, almeno per lui. Ora, che è seduto proprio davanti a me e che tutto tra noi potrebbe ancora cambiare, ho la certezza assoluta che non lo è neanche per me. Non più. Finalmente.

Miranda

Juliette ha passato l'ultima mezz'ora a raccontarmi del ritorno del suo ex, Philippe. Ha l'espressione soddisfatta di chi l'ha superata. Non le importa più nulla di lui e ora ne è davvero convinta.

«Purtroppo, non ho avuto l'opportunità di una scena da Oscar come quella di Valerie con Trent. Philippe è troppo scaltro. Oppure io non sono come Valerie. Comunque, sono già abbastanza contenta di aver liberato la mente dalla sua presenza ingombrante, una volta per tutte!»

«Quindi vuoi dire che ora avrai finalmente spazio per Giles?» La mia domanda sorge spontanea, ma Juliette aggrotta la fronte come se le avessi rovinato la "festa".

Penso che eviterà di rispondere, invece mi sorprende. «Con Giles la questione è un'altra. Fino a quando non capirà che non sono una sua proprietà e prendo le mie decisioni da sola... non andremo mai d'accordo.»

«Dubito che un uomo possa mai comprendere un concetto così delicato!» rido e scuoto la testa. «A parte gli scherzi, Giles è un ragazzo comprensivo. Sei tu che forse hai esagerato un po', Juliette. Non mi sembra proprio il tipo che ti considera una sua proprietà senza rispettare i tuoi desideri.»

Al contrario di Michael. Evito di dirlo ad alta voce perché darei l'opportunità a Juliette di ribaltare la discussione su di me. Ed evito anche di rivelarle che il primo pensiero dopo il suo racconto del ritorno dell'ex è andato immediatamente al mio. Il mio ex marito. Se tornasse anche lui dopo Trent e Philippe potrei credere a uno scherzo davvero subdolo del destino. Ma so che Carter non tornerà. Lo conosco. Dopo aver tentato miseramente di ricostruire il nostro rapporto, mi ha lasciata con la totale convinzione di lasciarmi, senza dubbi, senza ripensamenti. Anche grazie alla mia guerra del silenzio. Mi ha lasciata per un'altra donna. Più giovane, più vivace, più entusiasta della vita. Ecco, proprio queste sono state le parole che ha usato: "entusiasta della vita". Cosa che io non sono più. O forse, essendo nata e cresciuta scettica e cinica, non sono mai stata.

CAPITOLO 33

Giles

Quindi è tornato il famigerato ex di Julie. Anzi, più che essere tornato si è presentato proprio qui a Dublino. Magari con pretese nei suoi confronti. Non voglio pensarci. Vengo a sapere tutto da altri, non da lei. Miranda mi ha raccomandato di fare qualcosa per non perderla. Ciò significa che crede che possa tornare davvero con lui. Altrimenti non lo avrebbe detto. Io, sinceramente, non ci voglio pensare.

«Io non riesco nemmeno a capire per quale assurda ragione vi siate lasciati!» Valerie mi ha raggiunto a casa, insieme a Stephen. Anche lei sembra seriamente preoccupata, proprio come Miranda. Crede che Philippe sia una minaccia. Ma non lo è. Non può essere una minaccia per una storia già finita. «Non dirmi che è per quella sciocchezza che le è venuta in mente di fare la cam girl! Julie non lo farebbe mai, non è il tipo!»

«Ah, perché io sarei il tipo?» Stephen la riprende, le strizza l'occhio e le pizzica il fianco.

«Tu la dovrai smettere subito, altrimenti interverrò online tra le tue spettatrici… clienti… come si chiamano, insomma… dichiarando "è mio, giù le mani!!!"»

Stephen scoppia a ridere e anche io sorrido. Stanno bene insieme nonostante le loro differenze. Talmente bene che quasi provo invidia nei loro confronti.

Valerie sospira e torna immediatamente seria, rivolgendosi a me. «Fai del tuo meglio, comunque. Non lasciarla a Philippe. In ogni caso non credo proprio che si rimetterà con lui. Non è pazza fino a questo punto. Davvero, non avreste dovuto lasciarvi.»

«Julie non vuole accettare il mio aiuto, questo è il motivo principale. Ed è stata lei a lasciare me. Oltretutto non mi parla nemmeno più, è tornato il suo ex e io l'ho saputo da Miranda!»

Vorrei concludere il discorso una volta per tutte. E già che ci sono vorrei quasi spingere Valerie, Stephen e la loro felicità fuori da casa mia. In questo caso preferisco Michael, almeno posso trovare una sorta di solidarietà da parte sua. Sempre che si possa definire solidarietà l'aggirarsi per casa costantemente immusonito e con un diavolo per capello.

Mi sto adeguando al lento trascorrere del tempo, dei giorni. Stranamente le ore sembrano infinite ultimamente. Ho deciso di comunicare a Miranda che non lavorerò più per lei come "agente segreto". Anche se lo sapeva già dal principio. Ma forse ora, dopo alcuni appuntamenti non esaltanti, abbiamo capito entrambi che è meglio lasciar perdere. Ho ricevuto alcune proposte da parte di alcune aziende a cui avevo mandato il mio curriculum, vorrebbero fissarmi dei colloqui. Nei prossimi giorni le valuterò attentamente. La verità è che non sono più nemmeno sicuro di voler restare in questa città.

Mi ritrovo in agenzia, quasi sperando di incontrarla. Anche se una parte di me preferirebbe non vederla affatto. Non c'è neanche Miranda. Kara mi chiede di aspettarla, dovrebbe arrivare presto.

Decido di uscire a fare un giro, mi sento un idiota. E mi sento anche perso in questa zona di Dublino. Anzi, in tutto questo paese. Mi torna in mente la promessa fatta a mio nonno, forse dovrei provare davvero a prenderla suo serio. Potrei approfittarne per fare qualche giro esplorativo e tentare di risollevarmi il morale lontano da qui e dalla tentazione di cercare Julie. Magari iniziando da Cork e Limerick, le due città tra cui viveva la famiglia del nonno. Sono fiducioso, sicuramente riuscirò a ritrovare qualcuno.

Percepisco dei passi alle mie spalle. Sono passi un po'
pesanti, strascicati. Voltandomi vedo Raymond. Non conosco il
motivo per cui mi stia seguendo verso la caffetteria sull'angolo.
Lo saluto appena, poi mi giro intenzionato a riprendere la mia
strada.

«Non ritirarti, combatti per la tua ragazza.»

Ecco, ci mancava anche lui. Perché quasi tutti hanno una
gran voglia di darmi consigli che non ho nessuna intenzione di
seguire? Che cosa ne può sapere Raymond?

Preferirei non rispondere affatto e ignorarlo, fingere di non
aver compreso.

«Sarebbe inutile. È stato inutile anche prima. Combattere
per qualcuno che non vuole esserci e preferisce stare lontano è
inutile, Raymond. Lo è stato anche a New York.» Forse,
partendo dall'idea di ignorarlo o quasi, ho detto fin troppo.
Vorrei riavvolgere il nastro, rimangiarmi tutto ma ormai è tardi.
Mi sono sbilanciato e sono certo che Raymond ne approfitterà.

«Qui a Dublino e con questa ragazza potrebbe non essere
inutile com'è stato a New York.» La sua voce mi giunge
nuovamente alle spalle, ma più lontana. Si è fermato, infatti.
Non mi sta più seguendo. «Pensaci bene prima di rinunciare.
Fra molti anni potresti rimpiangere di non aver combattuto. Ma
non potrai più tornare indietro.»

Julie

Non so perché ho accettato il suo invito a cena. Ho agito
d'istinto. Non ho molta confidenza con lui anche perché, a
differenza degli altri ragazzi che bazzicano per l'agenzia che
sono per lo più divertenti e simpatici, lui sembra sempre
arrabbiato con il mondo. Con Miranda, in realtà. E non bazzica

più per l'agenzia in effetti, anzi direi che la sta evitando come la peste. Quindi non credo che la sua proposta di uscire a cena dipenda da quello o da qualche strana richiesta, visto che non lavora praticamente più per Miranda. Nonostante tutto risulta ancora un dipendente, ma di certo non uscirebbe con me come "agente segreto di San Valentino". Sicuramente è l'ultima persona con cui mi sarei aspettata di trascorrere la sera precedente la festa che mi ha sempre portato diabolicamente sfortuna.

«Quindi… mi hai invitata per non lasciarmi sola? Solo per pietà nei miei confronti? O te lo ha chiesto qualcuno? Con me puoi essere sincero, Michael. Se è per pietà non mi offendo, tranquillo.»

«Non me l'ha chiesto Giles, se è questo che pensi. E nemmeno la tua amica Valerie. È stata una mia idea. E non è nemmeno per pietà.»

Mi punta gli occhi addosso come se volesse indagare dentro di me, nei miei pensieri. C'è una terza opzione, oltre a Giles e Valerie, che lui non ha considerato. Forse non l'ha considerata proprio perché è quella che l'ha spinto a chiedermi di uscire, per cui sta tentando di tenerla nascosta il più possibile. Vorrà notizie di Miranda e crede di poterle ottenere da me. Ci ha viste insieme e probabilmente pensa che io sia diventata una sorta di amica e confidente per Miranda.

«Grazie, allora.»

«Mi fa piacere stare con te» annuisce e tenta un sorriso. Ma è un sorriso tirato, stanco, quasi depresso. Una cosa è certa, riguardo a Michael. Non sa fingere, nemmeno impegnandosi. In questo è quasi peggio di Giles. Deve essere stato estremamente complicato per lui lavorare per l'agenzia e trascorrere il suo tempo con donne di cui non gli importa nulla.

Ci incamminiamo verso un ristorante di sua conoscenza a Temple Bar Square, che mi ha segnalato nel suo messaggio di invito.

«Michael… non ti dirò nulla riguardo a Miranda.» Decido di mettere subito le cose in chiaro perché so di certo che non è stato un interesse nei miei confronti a spingerlo a chiedermi di uscire. «Quindi non ci provare, ecco.»

«Non è per sapere di Miranda che ti ho invitata a cena. Ormai so che è una causa persa per me.» Sgrana gli occhi verdi su di me, quasi offeso dalla mia supposizione. «Però, in effetti… anche se lui non me lo ha chiesto è per Giles che ho voluto vederti e parlarti. Dagli una possibilità. Non ha avuto vita facile ultimamente. Né qui né quando stava a New York. Ti posso raccontare, se vuoi. Anche se lui si incazzerà quando lo verrà a sapere. Quindi… ora che conosci la vera ragione del mio invito, puoi decidere tu se venire a cena con me o tornare a casa.»

Mi coglie alla sprovvista e sarei seriamente intenzionata a mollarlo lungo il fiume, girare i tacchi e andare a rintanarmi in casa per gustarmi una commedia romantica. Anzi, forse meglio un thriller. Ma non ci riesco. Voglio davvero sapere. Voglio sentirmi raccontare di lui. Tutto ciò che ancora non so… e sospetto sia molto.

«Tanto devo mangiare comunque» sbuffo e alzo gli occhi al cielo, fingendomi offesa. Poi sospiro e per un istante mi perdo a guardare le luci della città, riflesse nell'acqua del Liffey che scorre tranquillo sotto ai ponti. «E comunque, riguardo a Miranda… non è una causa persa.»

CAPITOLO 34

Michael

Non ho mentito a Julie. Volevo davvero che sapesse la verità su Giles prima che lo condannasse ingiustamente. Il modo in cui è stato tradito dalla sua ex a New York, i problemi con suo padre e con suo nonno. Essere cresciuto in mezzo a loro e alla loro ostilità reciproca è stato complicato. E aver scelto di venire in Irlanda seguendo il suggerimento di suo nonno ha reso i rapporti con suo padre ancora più problematici.

Però quando mi ha nominato Miranda non ho potuto fare a meno di pensare a lei, ancora. In realtà non avevo bisogno che Julie me la nominasse. Ci penso sempre, comunque. Giorno e notte. Non riesco a togliermela dalla testa.

È stato ridicolo trascorrere la serata precedente San Valentino con la ragazza che al momento è più vicina a Miranda. Che è anche l'ex ragazza di mio cugino, nonostante siano stati insieme solo pochi giorni. Questo mondo è tutto storto. Questa vita è tutta storta, oltre a essere ingiustamente complicata. Perché la gente non riesce mai ad avere dei rapporti e delle relazioni normali?

Così, dopo aver salutato Julie e averla accompagnata a casa, invece di ritirarmi a trascorrere una notte insonne nel mio appartamento di Parnell Street, seguo l'istinto e da O'Connell Street prendo al volo l'autobus 140 in direzione di Finglas. Non l'avevo pianificato, ma casualmente l'autobus è arrivato proprio quando ero a quel punto della strada, a pochi passi dalla fermata. Non sono riuscito a trattenermi, a evitarlo.

Sceso alla fermata di Finglas Village ho percorso la distanza che mi separava da lei e mi sono ritrovato davanti a casa sua, mentre la pioggia sottile cominciava a scendere bagnando poco a poco l'asfalto fino a formare piccole pozzanghere. Non sono riuscito nemmeno a bussare alla sua porta, ma sono rimasto come un ebete a fissarla. In attesa di qualcosa che sapevo non sarebbe avvenuto. In attesa che lei si accorgesse di me.

Non so nemmeno quanto tempo sia passato. Sono ancora qui. Non mi muovo. Continuo ad aspettare. La pioggia forse attenua un po' il freddo pungente di questi ultimi giorni.

Quando mi decido ad allontanarmi faccio fatica a muovermi. Sembra quasi che i miei piedi abbiamo piantato radici nel terreno. Mi chiedo cosa stia facendo ora, dietro a quella porta, dietro alla finestra della sua camera da letto. Mi chiedo se il pensiero di me la sfiori, anche solo per un attimo. Forse starà dormendo. O forse mi ha visto e ha deciso di non aprirmi.

In ogni caso, me ne vado. Non attenderò un autobus notturno che non arriverà mai. Decido di camminare fino al centro, non importa quanto tempo impiegherò. Ho bisogno di camminare, di scrollarmi di dosso questa follia. La nostalgia di lei. Il male che mi ha impresso addosso come un marchio. Lei che mi rifiuta. Lei che non mi vuole. Lei che non mi crede perché ha imparato a sue spese a non fidarsi di nessuno. Non posso nemmeno biasimarla, del resto. Anche io ho imparato a mie spese. E, quel che è davvero peggio, ho imparato proprio da lei.

Julie

Sto facendo la collezione di appuntamenti ultimamente. Ne ho avuti di più in questi ultimi giorni che nel corso di tutta la mia esistenza.

Ieri sera l'inaspettato invito a cena di Michael e oggi pomeriggio, proprio il giorno di San Valentino, un appuntamento con Philippe che ha urgente bisogno di parlarmi. Nonostante io al contrario non abbia nessuna urgenza nei suoi confronti, accetto di vederlo. Mi chiede di incontrarci a casa mia ma rifiuto con la scusa di trovarmi per lavoro a casa di Sarah la mattina e di dover andare subito dopo pranzo al mio secondo lavoro. L'agenzia di Miranda, anche se non l'ho nominata espressamente. Sono entrambe delle scuse. Ho chiesto a Philippe di incontrarci nella pausa per il pranzo, ma la verità è che devo andare da Miranda solo nel tardo pomeriggio.

Mi sento già a disagio ancora prima di incontrarlo. Una parte di me si ribella, è fortemente infastidita. Ovviamente non ho chiesto consigli. So che Valerie mi avrebbe detto di mandarlo al diavolo. È lo stesso consiglio che darei io a me stessa. Sono brava a darmi ottimi consigli, proprio come Alice nel paese delle meraviglie. Ottimi consigli che però non seguo quasi mai. Suppongo che sia lo stesso per la maggior parte delle persone. In un modo o nell'altro siamo tutti un po' Alice.

Così ho dato appuntamento a Philippe al Jervis Shopping Centre. Un posto più affollato non potevo scegliere. E mentre mi avvio stancamente non riesco a fare a meno di pensare che è proprio vicino al luogo del mio primo incontro con Giles. Il negozio di apparecchiature elettriche dei Trask. Ricordo perfettamente la scena, con i figli indemoniati di Sarah al seguito. I volantini dell'agenzia "Secret Agents at Your Service" e tutto ciò che ne è seguito. La mia decisione folle di scoprire qualcosa in più, l'appuntamento con Miranda… e i giorni successivi. Tutto è accaduto dopo il mio primo incontro con Giles. È strano a volte come "la vita accada". Spesso mentre le persone sono impegnate a fare altri progetti. Così è successo a me.

Questo mi ricorda un po' quello che chiamano "l'effetto farfalla". Il minimo batter d'ali di una farfalla è in grado di provocare un uragano dall'altra parte del mondo. Per me nessun uragano, ovviamente. Ma nel frattempo, dopo il mio casuale incontro e scontro al negozio dei Trask, Valerie si è messa insieme a Stephen scordando completamente e giustamente Trent. Io... no, davvero. Per me nessun uragano. Forse mi sono innamorata ancora una volta dell'ennesimo ragazzo sbagliato. Forse ho solo una paura folle di soffrire ancora. Però...

Però mi trovo di fronte Philippe, all'ingresso principale del Jervis Shopping Centre. E, travolta dai miei pensieri, mi ero totalmente scordata di lui!

«Julie...»

Mi si avvicina con un sorriso un po' forzato. Sembra a disagio, come se si ritrovasse in un ambiente che non gli appartiene, ancora ostile. Posso comprendere la sensazione.

«Ciao Philippe.»

Lui fa per abbracciarmi e baciarmi. Io ricambio pur mantenendo una certa distanza. Sono abbastanza certa che il mio scarso entusiasmo sia tangibile.

«Dobbiamo... restare qui?» Ha un'espressione scettica, sembra gradire poco l'idea.

Ma a me non importa, non ho intenzione di accontentarlo o di rendergli le cose più semplici. Quel tempo è passato.

«Se non ti dispiace. Io dovrei mangiare qualcosa di veloce prima di andare al lavoro.» Sono inflessibile e distante. Me ne rendo conto. Mi accorgo anche di avere la tipica noncuranza di chi ormai si è ambientato nella nuova città nonostante le difficoltà iniziali.

Non mi riguarda, davvero. A costo di dover prendere l'autobus e andare da Miranda molto prima del tempo, seguirò il mio piano per filo e per segno. Qualunque cosa Philippe voglia da me non gli regalerò il mio tempo, il mio intero pomeriggio. Preferisco andare ad aiutare Miranda con la festa dei single, anche se è ancora presto.

«Va bene, allora. Decidi tu il posto che preferisci.»

È evidentemente infelice e insoddisfatto della mia scarsa disponibilità. Ma non si lamenta, si sforza comunque di sorridere mentre mi accarezza la schiena per guidarmi all'interno del centro commerciale. Lo conosco abbastanza, questa situazione non gli piace, lo infastidisce. Ma a me non importa nulla di come lo faccio sentire.

Scelgo un self-service qualunque, mediamente affollato. Ordiniamo, ritiriamo i nostri vassoi e ci sediamo a un tavolino libero tra due studenti e una madre con tre bambini. Inizio a mangiare con appetito mentre Philippe mi osserva serio e compito. Forse un po' troppo.

«Julie, io… quello che volevo dirti…»

«Mmh…» lo incoraggio a proseguire mentre mastico il mio panino.

«Ho deciso di trasferirmi qui. Forse non ti avevo raccontato tutto, ma… ho trovato un lavoro, per questo sono a Dublino. Ora ho deciso di accettare l'offerta, però…»

Philippe in Francia lavorava per un gestore telefonico. Non so che tipo di lavoro abbia trovato. Non chiedo. Lascio parlare lui. Mi limito ad annuire e a rivolgergli un sorriso di circostanza.

«Ecco, io… mi dispiace per come sono finite le cose tra noi.»

Ora mi rivolge uno sguardo da cucciolo indifeso e triste, molto tipico dei suoi occhi scuri e anche del suo modo di fare quando voleva ottenere qualcosa da me. Quindi dal discorso relativo al lavoro siamo passati sul piano personale.

«Era giusto così» rispondo semplicemente sollevando le spalle. E la verità è che ne sono più che mai convinta.

«No, non lo era!» Non si lascia sfuggire l'occasione e mi risponde a tono. Alzando un po' la voce per sovrastare quella stridula dei bimbi seduti a un lato e le risate dei due studenti dall'altro. «Julie, mi sono reso conto di aver sbagliato con te. Soprattutto perché… non doveva finire così. Non doveva proprio finire. Ti chiedo di perdonarmi, ti chiedo di darmi un'altra possibilità ora che sono qui. E il fatto che casualmente oggi è il giorno di...»

Casualmente oggi cosa? È San Valentino? E quindi?

«Philippe, se devo essere sincera...» lo interrompo prima di dargli l'opportunità di continuare. No, non sono proprio come Valerie. Non lo lascerò finire per poi deriderlo o insultarlo. Non sono così fredda, non ci riesco. Oppure non sono una grande stratega della vendetta. Forse perché sono troppo stanca. Troppo stanca anche di ascoltarlo, di vederlo, di averlo di fronte con le sue patetiche e assurde scuse. «Anche io penso che non doveva finire così. Non doveva finire con te che mi lasci in macchina, con una canzone bellissima di sottofondo che mi ha fatta soffrire ogni volta... perché ogni volta che mi è capitato di riascoltarla la collegavo a quel momento. A te che mi lasci in macchina, in mezzo al nulla, senza nemmeno concedermi la possibilità di fuggire via. A te che mi lasci per un'altra. Ma tu che ne sai? Non hai ascoltato quella canzone. Non ascoltavi nemmeno me. Ascoltavi solo te stesso. E anche adesso... ho la sensazione che tu stia ascoltando solo te stesso. Ora che sei qui cosa cambia? Ti senti solo? Hai bisogno di aiuto ad orientarti nella nuova città? Conosco la sensazione, la conosco fin troppo bene. E se vuoi il mio perdono lo hai... ti perdono. Ma un'altra possibilità la darò a qualcuno che la merita sicuramente più di te.»

Mi fissa incredulo. Sembra rimasto senza parole. Forse perché non ne ha davvero. Non sa come replicare. Credo che in fondo non mi riconosca nemmeno più.

«Per quanto riguarda San Valentino...» mi alzo e raccolgo il mio vassoio e i residui del mio pranzo, pronta a gettare tutto negli appositi contenitori. Pronta a gettare anche Philippe, possibilmente. «Si stava avvicinando San Valentino anche un anno fa. Ma non te n'è importato nulla. Ora invece, a quanto pare, ti fa comodo ricordarlo.»

CAPITOLO 35

Giles

«Secondo me ci tiene ancora. Cerca di recuperare, accidenti! Capisco che ti sei incazzato per quella stronzata della cam girl, ma mi sembra assurdo davvero. È ovvio che non lo farebbe mai… a tutti passano stronzate per la mente…»

Non so cosa sia successo a Michael. L'ho incrociato in mattinata ed è ridotto peggio di uno straccio bagnato. Ha gli occhi segnati e dall'aspetto sembra abbia anche qualche linea di febbre. Credo di non averlo mai visto ridotto così male. Quindi l'ultimo dei suoi pensieri dovrebbe essere quello di cercare di salvare il rapporto tra me e Julie.

«Lo sai che è tornato il suo ex, vero?» Cerco di bloccare il discorso immediatamente e categoricamente. Mi sto preparando per uscire e non voglio perdere tempo in argomentazioni sterili. «A quest'ora sarà già tornata insieme a lui. Quindi chiudiamo qui Michael, per favore.»

«Ma non è tornata con lui, dannazione! Non tornerà con lui! L'ho vista ieri sera, lo so. È te che vuole, non fare lo stronzo!» Le parole di Michael sono intervallate da ripetuti colpi di tosse. Si passa una mano sulla fronte. «Cazzo!»

«Tu… hai visto Julie ieri sera?» Forse dovrei preoccuparmi più del suo stato di salute, ma la rivelazione di Michael ha il sopravvento su tutto il resto. Lui compreso.

«Sì! Siamo usciti a cena. E me ne frego se ti incazzi! Lei ti rivuole, quindi vai a prendertela, non fare il cazzone!»

«Oddio, che stronzo che sei…» scuoto la testa contrariato, lo prenderei a pugni. Ma nelle condizioni in cui si trova al momento lo manderei a tappeto solo soffiandogli addosso. «Ma che diavolo hai combinato? Sei conciato come…»

«Come uno che ha passato la notte al freddo sotto la pioggia a fissare la porta di una…» Si morde le labbra, evidentemente non sa trovare il giusto termine per definirla ma ho capito di chi sta parlando. Non è tanto difficile arrivarci.

«E non ti è venuto in mente di bussare e chiederle di farti entrare? O ti ha cacciato a calci? Ma ne dubito…» No, non lo avrebbe fatto. Miranda è ancora più testarda di lui, ma non lo avrebbe lasciato fuori tutta la notte.

«No. Non le ho chiesto di entrare. Non le ho chiesto proprio niente questa volta. Credo non mi abbia nemmeno visto, quando sono arrivato era già passata mezzanotte.»

Scuoto la testa e sospiro. «Ah… e poi ti lamenti di me! Ti intrometti nella mia storia con Julie, mentre tu…»

«La tua storia con Julie è all'inizio, si può ancora salvare. La mia con Miranda va avanti da anni. Anzi, dovrei dire non va avanti da anni.»

«Non va avanti perché siete entrambi orgogliosi da far schifo!» Ecco, quasi preferisco parlare di lui e Miranda. Mi toglie dalla testa l'idea di andarmi a riprendere Julie e magari scoprire che lei non ha nessuna intenzione di essere "ripresa". «Lo vuoi un consiglio? Non importa, te lo do comunque. Questa sera vieni alla festa che sta organizzando. Se non sistemi le cose con lei adesso rischiate davvero di perdervi per sempre.»

«E secondo te io… posso presentarmi alla sua maledetta festa conciato così?» Si siede sul divano premendosi i palmi delle mani sulla fronte. «Oddio, che mal di testa! Mi sembra che mi scoppi! Mi sarò preso una bronchite… come un coglione! Per quella stronza…»

«Posso chiamarla e dirle che stai per morire» suggerisco con una buona dose di cinismo. Non posso farne a meno, nonostante tutto l'effetto è quasi comico. Mi sto trattenendo per non ridergli in faccia. «Magari si impietosisce.»

«Ma figurati!» Sgrana gli occhi irritato. Cerco davvero di non ridere pensando a quale potrebbe essere la reazione di Miranda. «Quella non sa nemmeno cosa sia la pietà! E comunque l'ho capito che stai approfittando delle mie condizioni per distrarmi. Quindi datti una mossa e vai a riprenderti Julie, tu che puoi! Oppure potrebbe tornare davvero con il suo ex, credendo che a te non interessa più niente di lei. Vuoi darla vinta a quello stronzo francese?»

Julie

Non so esattamente cosa Valerie abbia in mente e soprattutto perché mi abbia chiesto di incontrarci in Grafton Street, davanti al suo negozio di borse preferito. Le è venuta voglia di fare shopping proprio oggi?

«Non hai di meglio da fare il giorno di San Valentino? O stai cercando un regalo per Stephen e hai bisogno di un consiglio?» Appena la vedo sbucare e avvicinarsi a me la tempesto di domande, senza nemmeno salutarla.

«Ciao, mia cara.» Lei, al contrario, prende la situazione con una calma esasperante e mi saluta baciandomi entrambe le guance. «Sì, ecco. Pensavo a qualcosa per Stephen. Spero di non prenderti troppo tempo. Ah, a proposito… qualche giorno fa ho lasciato il mio curriculum al negozio di souvenir irlandesi, mi hanno chiamata per un colloquio e ci sono buone probabilità che mi assumano!»

Mi indica il negozio con espressione soddisfatta, poi mi fa cenno di incamminarci lungo la strada. Annuisco e la seguo mentre lei riprende a parlare e a fermarsi di tanto in tanto, come per prendere tempo. Sorride spesso e mi rendo conto di non averla mai vista così felice.

«Stephen ieri sera mi ha portata in un pub davvero carino, si chiama The Stag's Head. Venerdì e sabato fanno musica dal vivo, ci dobbiamo andare tutti insieme!»

«Certo, ci andremo.»

Cerco di risponderle e di non smorzare il suo entusiasmo con il mio cattivo umore. Ma non ho molta pazienza, dopo l'incontro con Philippe. E non mi sento neanche particolarmente ispirata dall'idea di cercare un regalo di San Valentino per un ragazzo. Al contrario... sono nervosa, infastidita, stanca. Vorrei soltanto che tutto passasse in fretta. Anche la festa e la cena da Miranda. Questa giornata, insomma. Non vedo davvero l'ora che finisca tutto e che sia già domani!

Camminiamo lentamente, resto assorbita dai miei pensieri. Poi mi volto verso Valerie. Non so se abbia già individuato il negozio e il regalo adatto oppure se stia ancora cercando l'idea giusta. Si guarda intorno e rallenta fino a quasi fermarsi, come alla ricerca di qualcosa o di qualcuno.

«Val... hai già un'idea di cosa vuoi prendere per Stephen o ci devi ancora pensare?»

Non mi risponde e aggrotta la fronte, poi improvvisamente sembra illuminarsi, annuisce e sorride. Ma non a me. Sta puntando direttamente il ragazzo con la chitarra in fondo alla strada. Lo guardo anche io, non è la prima volta che lo vedo. Capelli lunghi, aria un po' trascurata ma ha il suo fascino. Solo che non capisco perché non si muove e siamo rimaste bloccate qui.

Quando attacca le note e le prime parole di una canzone mi fermo del tutto, per ascoltarlo. Valerie si volta verso di me.

Look into my eyes

You will see
What you mean to me
Search your heart
Search your soul
And when you find me there, you'll search no more
Don't tell me it's not worth tryin' for
You can't tell me it's not worth dyin' for
You know it's true
Everything I do
I do it for you..."

Riconosco quasi immediatamente *(Everything I do) I do it for you* di Bryan Adams. Respiro profondamente e socchiudo gli occhi per un istante. Poi li riapro, pronta a riprendere consapevolezza di me stessa e a seguire Valerie nella ricerca di un regalo per Stephen. Ma inaspettatamente mi sento afferrare da dietro, prima per le braccia e poi per la vita. Mi giro e me lo ritrovo davanti.

«Magari soffrirai ancora nell'ascoltare un'altra canzone, ma questa...» sospira e mi guarda negli occhi. Poi si morde le labbra, mi accorgo che è imbarazzato.

«Giles...» Appoggio le mani sulle sue spalle, per poi accarezzargli le guance. «Io... mi dispiace, sono stata stupida...»

«No, aspetta! Della stupidità, tua e mia, parleremo dopo.» Sorride e mi prende le mani. «Io non voglio sciupare il momento in cui abbiamo questa canzone in sottofondo. Perché è quello in cui io... ti dico che ti amo e davvero... farei qualsiasi cosa per te. L'avrei fatta fin dal primo momento.»

«Sai qual è la verità, Giles? Che anche l'altra canzone, quella che mi faceva ripensare a un momento brutto... non mi fa più così male da quando l'ho risentita insieme a te. Il pensiero di te sovrastava il dolore precedente, perché... anche io ti amo. E avevo paura, per questo ho iniziato a comportarmi in modo insensato. Ho insistito perché uscissi con Valerie...»

Mi guardo intorno per cercare la mia amica. È a pochi passi di distanza da noi e mi sta sorridendo. Poi fa un cenno d'intesa a Giles.

«Voi eravate…»

«Ovvio, eravamo d'accordo!» Valerie si avvicina e mi accarezza la schiena. «Abbiamo chiesto anche al ragazzo di cantare questa canzone appositamente per te ed è stato contento di aiutarci. Comunque io e Miranda lo abbiamo ingaggiato per suonare alla festa di stasera, quindi… sarà davvero una festa strepitosa!»

«Oddio, voi siete incredibili!» rido e mi nascondo tra le braccia di Giles.

«Avrei voluto cantartela io ma abbiamo convenuto che non fosse davvero il caso.» Giles mi bacia la fronte e sorride sollevandomi il mento. «Ti avrei fatta scappare del tutto.»

«No, non sarei scappata.» Gli accarezzo le guance e lo bacio sulle labbra. Mi sento osservata dal mondo intorno a noi, gente di passaggio che rallenta per qualche istante, ci guarda e sorride. Ma non mi importa al momento. Mi sento in pace con il mondo, in questa città non mia, in questa strada affollata ma che improvvisamente mi è diventata familiare, amica. «Sarei rimasta fino alla fine. Perché anche io… farei qualunque cosa per te. Tu mi hai fatto capire che nulla vale la pena, neanche il mio corso di cucina, neanche la mia idea di diventare food blogger quando non ho davvero nessuna propensione per quel lavoro. Davvero nulla vale la pena se per tentare di realizzarlo devo perdere la persona che amo.»

CAPITOLO 36

Miranda

Molto probabilmente non si presenterà nessuno. Ho saputo da Valerie che il piano ha funzionato e Juliette e Giles sono tornati insieme. Sono contenta per loro, è giusto che si siano ritrovati. Quindi resterò sola con le clienti single che hanno accettato l'invito e con i miei ragazzi dell'agenzia che non hanno una fidanzata più o meno "reale" con cui trascorrere la serata. E il cantante che Valerie mi ha convinta a ingaggiare. Che sinceramente spero abbia un repertorio che non comprende solo canzoni romantiche perché sarebbero decisamente fuori luogo.

Forse con "nessuno" intendo principalmente lui. C'è sempre stato, gli anni precedenti. Sempre. Non so nemmeno io perché. Forse da perfetto "Agente Segreto di San Valentino" ha ritenuto opportuno tentare di compiacere il suo capo, cioè io. E le clienti disponibili.

Abbiamo sistemato i locali liberi sullo stesso piano dell'agenzia, come gli anni precedenti. Mi guardo intorno. È ancora presto, ma è tutto pronto. La tavolata principale e le decorazioni appese alle finestre e alle porte, le luci che si inseguono l'una con l'altra. L'ambiente sembra più caldo e accogliente del solito, quest'anno. Sembra quasi una festa a sé, che non esiste sul calendario ufficiale ma solo qui, in questo angolo di Finglas Village. Una festa unica al mondo, a metà tra Natale e San Valentino. Quello che ho ordinato è già arrivato. Ho cucinato dei dolci, in qualche modo. Non sono brava in cucina, quindi preferisco sempre far preparare tutto a una ditta di catering. I ragazzi mi hanno aiutata con gli addobbi. Juliette aveva promesso di portare qualcosa, ma a questo punto... probabilmente sarà talmente impegnata con Giles che non porterà nemmeno se stessa.

Sbuffo e mi apposto davanti alla finestra che guarda sulla strada. Tutto è buio e silenzioso, in questo momento. Forse sono solo un po' invidiosa della felicità altrui, ecco. Forse...

Sento qualcuno alla porta, sobbalzo e mi volto. Oltrepasso il tavolo imbandito e mi dirigo verso l'ingresso. Vedo entrare Raymond, vestito con un completo elegante blu scuro e il cravattino al collo. Letteralmente aggrappata al suo braccio c'è Tally, che mi sorride non solo con le labbra ma anche con gli occhi dolci e innocenti. Indossa un bell'abito di lana verde e ha una mantella variopinta sulle spalle. Multicolore, com'è sempre stato nel suo stile. Si è anche truccata un po', non so chi l'abbia aiutata ma ha fatto un lavoro eccellente.

Li saluto con un cenno e un sorriso. Sto per richiudere perché non mi aspetto di veder comparire, dietro a loro, Juliette e Giles. Seguiti da Valerie e Stephen. Invece ci sono. I ragazzi sono in completo elegante, più o meno quanto Raymond. Juliette e Valerie indossano abiti da sera sotto i cappotti e sono perfettamente truccate.

Mi massaggio le spalle con entrambe le mani. Se credevano di sorprendermi, ci sono riusciti. Io sono rimasta con addosso jeans e maglione che ho usato per dirigere le operazioni di catering e di consegna di tutto ciò che mancava per la festa. Vista così sembro una sorta di Cenerentola che invece di andare al ballo se ne resterà tristemente a casa.

Mi rendo conto che la mia "famosa" festa dei single si sta trasformando nella festa delle coppie ma non ha importanza. Avrei voglia di lasciarli qui e andarmene, non sono dell'umore. Ma devo portare avanti questa farsa, anche se ho il morale a pezzi. Ci sono le clienti da aspettare, gli altri ragazzi, la musica da richiedere al cantante...

Insomma, pensandoci bene, nulla che gli altri non possano fare senza di me. Quindi potrei davvero lasciare tutto e tutti e dileguarmi, filare via per rifugiarmi nella mia tana con i miei cioccolatini preferiti e magari un film. Non d'amore, però.

«Grazie di essere qui, comunque. Anche se evidentemente…» sorrido e mi stringo nelle spalle. «Io credo che andrò…» Devo inventarmi una scusa plausibile per scomparire. Non dirò che non ho alcuna intenzione di tornare, li metterò in seguito davanti al fatto compiuto. «Ho bisogno di cambiarmi, come vedete. Nel frattempo, potete pensarci voi se arriva qualcuno, vero? Il cantante si sta già preparando, magari ditegli di iniziare a suonare qualcosa.»

Mi ritrovo fissata da sei occhiate scettiche. Cinque, Tally è l'unica a inclinare leggermente il viso e a guardarmi con una dolcezza quasi compassionevole.

«Certo!» Il primo a rispondere è Giles. «Ecco, in realtà stavamo pensando all'idea di organizzare eventi quindi potremo fare pratica stasera. Sarebbe davvero una grande idea, che ne dici?»

«Sì, io ho abbandonato la stupida ostinazione di voler diventare food blogger. Mi sono resa conto di non essere in grado. Non fa proprio per me. Invece l'organizzazione di eventi, preparare feste così… sarebbe grandioso, ecco!» Juliette conferma l'idea sensazionale del suo ragazzo.

«Sì, ne potremmo parlare. Domani, magari. L'idea piace anche a me.» Dico qualcosa tanto per accontentarli e non dare l'impressione di voler soltanto scappare via più in fretta possibile.

«A me piacerebbe pensare agli addobbi, magari al trucco.» Anche Valerie si aggiunge al coro. Ho capito, avvieremo un'impresa di famiglia?

«Io posso pensare al sito! Sarà fantastico, già me lo immagino.» L'entusiasmo di Stephen mi sembra esagerato.

«Sai che lavoro anche come creatore di siti web per alcune aziende, vero?»

«Sì, lo so.» Taglio corto perché non voglio collegare i pensieri a colui che tanto non verrà. «Va bene, ragazzi. Ne parleremo domani, magari.»

Ci manca soltanto che Raymond e Tally si propongano come intrattenitori. Ma perché ho la strana sensazione che stiamo cercando di trattenere proprio me ora?

«Io mi sono già segnata diverse idee. Sono sicura che avremo un successo esagerato!» Juliette sorride felice e mi abbraccia. Poi si morde le labbra tentando di trovare altro da aggiungere. Credo di conoscerla, ormai. Di conoscerli tutti. Hanno in mente qualcosa, oltre all'idea di organizzare eventi.

«Sì, certo...» annuisco mentre cerco di oltrepassare la barriera umana che hanno formato davanti a me. Mi lancio decisa verso la porta. Forse stanno solo tentando di compiacermi e l'idea davvero non è affatto male. Ma in questo preciso istante mi sento soffocare, non posso restare un minuto di più.

Mi passo una mano sulla fronte, mi sembra quasi di avere la febbre. E mi viene da piangere. Oltrepassando la porta mi asciugo gli occhi, non riesco più a trattenermi. Resto ferma per qualche istante, aspettando che mi passi. Intanto sento la musica provenire dall'interno, evidentemente i ragazzi hanno iniziato a eseguire i miei ordini alla lettera.

Scendo le scale e arrivo al pianterreno, nella mente mi immagino già tranquilla in casa, pronta a sfogare tutte le mie lacrime. L'ho perso. L'ho perso davvero questa volta. E non c'è nulla che potrà farlo tornare da me. Nulla che potrà giustificare il mio comportamento, il mio terrore di essere ferita. Perché alla fine in quello sono stata davvero brava. Lui non mi ha fatto nulla di male, lui ha tentato di amarmi come poteva, come sapeva. Sono stata io, io con le mie stesse mani, a raggiungere l'obbiettivo. Io a ferirmi da sola.

«Miranda. Miranda Crossing... dove credi di andare?»

Non sono certa di sentire la sua voce appena fuori dall'atrio, oltrepassata la porta a vetro. Forse è solo un'illusione. Forse una delle canzoni che proviene dalla sala e mi raggiunge fino a qui. Sta scendendo una pioggia leggera e persistente. Di quelle che rendono inutile l'utilizzo di un ombrello perché ti bagnano comunque. Mi asciugo il viso con le mani, ripetutamente.

«Michael... e tu, cosa credi di fare qui fuori?»

Michael

«Credo di prendermi la donna che amo. Credo che farò il possibile per non permetterle di fuggire ancora.»

Non so quanto la mia voce sia ferma e decisa. Mi sento tremare dal freddo e forse anche dalla febbre. Quando Giles mi ha quasi obbligato a presentarmi qui non ero affatto convinto. Anzi, ero apertamente contrario. Ma non potevo. Non ci sono riuscito. Gli ho mandato un messaggio per fargli sapere che avrei tentato di raggiungerli. Per l'ultima volta.

Sospira e continua ad asciugarsi gli occhi. Non sono certo sia solo pioggia. Ma si tratta pur sempre di Miranda Crossing. Il mio potrebbe essere solo un abbaglio dovuto alla febbre.

«Mmh... buona fortuna, allora.»

Infatti si riprende in fretta, raddrizza le spalle e mi rivolge la solita espressione ostile. Poi una mano furtivamente torna a sfiorare la guancia. L'altra mano la segue, in rapida successione. No, non è la pioggia.

«Temo di averne estremo bisogno» annuisco e mi avvicino di un passo. Però mi sento barcollare. È stata una fortuna essere riuscito ad arrivare fino a qui. Mi rendo conto che tutto ciò che dicono riguardo agli uomini e alle malattie è vero. Io ne sono una chiara dimostrazione, steso da un'influenza! Distrutto, completamente a pezzi.

«Michael...» sospira e scuote la testa. Poi aggrotta la fronte e si muove rapida verso di me. Mi afferra per le spalle, poi mi posa una mano sulla fronte. «Michael, ma tu... oddio, scotti!»

«Sì, ecco... almeno posso sempre dare la colpa alla febbre se mi andasse male.»

«Non dovevi venire fino a qui in queste condizioni!» Mi attira a sé e posa le labbra sulla mia fronte.

«A quanto pare non mi sta andando molto male. Meglio delle altre volte, almeno. Sono stato sotto la pioggia davanti a casa tua, ieri sera.» Abbasso il viso e ora le sue labbra sono a poca distanza dalle mie. «Sapevo che mi avresti mandato via, ma non volevo andarmene.»

«Così ti sei ammalato, hai preso la febbre...» Mi rivolge un'occhiata di rimprovero, come se fossi un bambino disubbidiente.

«La febbre ce l'ho da quando ti ho incontrata, in realtà. E non sono ancora riuscito a farmela passare.»

Chiude gli occhi e mi passa le braccia intorno al collo. «Io credo... di avere la stessa febbre...»

«Ti amo, Miranda. Non posso farne a meno. Anche se sei una stronza, la maggior parte delle volte. Anche se mi rendi la vita un inferno. Io ti amo.»

«Lo so...» sospira e mi accarezza le braccia, si stacca da me per guardarmi negli occhi.

«Cosa sai? Che sei una stronza o che ti amo? In entrambi i casi non è un granché come risposta.»

Mi guarda seria, quasi imbronciata. Poi si apre in un sorriso radioso e mi stringe a sé. Il suo viso si oscura nuovamente e torna a fissarmi negli occhi.

«Entrambe le cose, direi. So di essere una stronza. E so che mi ami. Ti amo anche io, Michael. Per questo ho cercato di allontanarti in tutti i modi più subdoli che sono riuscita a trovare. Perché ero convinta che tu potessi avere una vita migliore, essere più felice con un'altra. Una che non fosse segnata dalla sofferenza come lo sono io. Una ragazza che potesse darti più di quanto posso darti io. Anche perché tu sei così giovane, gli altri potrebbero pensare...»

«Preferisco avere quel poco che tu puoi concedermi... che tutto da un'altra. Io voglio te, Miranda. Oggi e per i prossimi cento San Valentino! Non mi importa del resto del mondo...»

Annuisce brevemente e mi accarezza il viso. Per la prima volta da quando la conosco mi rivolge uno sguardo dolce. Innamorato, quasi.

«La verità è che per certe persone l'amore e la felicità non esistono se non sono condivise con il resto del mondo, esibite davanti a tutti. Tutti vogliono qualcosa o qualcuno da mostrare, Michael. Pensa a tutte le foto e ai post pubblicati sui social. Tutti quanti tengono a dimostrare al mondo quanto sono belli, felici, innamorati dietro ai loro sorrisi perfetti, alle loro relazioni perfette. Lo so perché era così anche per me, prima. Ma adesso non mi interessa questo tipo di amore, non più. Io voglio amare davvero. Io voglio essere felice davvero. San Valentino è solo un giorno come gli altri. Io voglio essere amata sempre. Io voglio te.»

CAPITOLO 37

Raymond

Perché la gente ha tanta difficoltà a capire, a capirsi? Non me lo spiego. Appartengo a una generazione passata in cui tutto era forse più spontaneo, più semplice. Non sempre, mi rendo conto. Ho amato e sono stato amato da donne meravigliose. Forse, a differenza di altri, invecchiando ho imparato a lasciar andare.

Inutile persistere nella sofferenza come ha fatto Miranda per tutto questo tempo. Si rischia solo di perdere, ancora una volta. Di perdere di più, di perdere sempre. Inutile anche lasciar dominare l'orgoglio, come stava facendo Giles con Juliette. Orgogliosi e testardi entrambi. Michael non ha ceduto, di questo devo dargliene atto. Ha combattuto per Miranda.

Sono qui da tanti anni e osservo queste vite, che mi passano davanti sfiorandomi il cuore. In questa città antica ma sempre nuova, in questo angolo di mondo. In un gelido inverno che può essere riscaldato solo dall'amore, dalla speranza.

Il dolore di Miranda è diventato il mio dolore, giorno dopo giorno. L'ho vista crescere, combattere, rinunciare all'amore fino a lacerarsi l'anima. Ho vegliato su di lei, come avevo promesso a sua zia Grace. L'ho vista portare avanti questa attività senza tenerci minimamente, in realtà. Era l'unica eredità che aveva ricevuto, del resto. Cercare di donare ad altre donne un po' di gioia, un po' di romanticismo. Lei che aveva sradicato questo tipo di sentimento dal proprio cuore.

Il dolore e il tradimento coglie tutti impreparati. Ha colto Miranda in modo duro, devastante. Non tutte le persone reagiscono allo stesso modo. Miranda, a differenza di Valerie e di Juliette, si è costruita un'armatura intorno. Solo la pazienza e l'amore sono riusciti ad abbatterla.

È proprio vero che l'amore si trova sempre nei luoghi più inaspettati. A volte sono due occhi pieni di speranza che ti seguono con dolcezza, dandoti il buongiorno e augurandoti la felicità. Questo mi è accaduto con Tally.

Sorrido mentre il cantante intona la canzone dei Queen *Crazy little thing called love.* Perché l'amore è davvero una piccola meravigliosa follia. Spesso non ce ne rendiamo conto e ci dimentichiamo di viverlo.

"This thing called love, I just can't handle it
This thing called love, I must get round to it
I ain't ready
Crazy little thing called love"

Siamo tutti qui ora, alla famosa festa dei single di Miranda. Ma in realtà non ci sono single, non ci sono coppie qui. Io vedo persone felici di trascorrere tempo insieme, persone che cantano, danzano, si divertono. Io vedo la mia Tally che si commuove mentre riceve affetto e attenzioni da parte di persone che si prendono cura di lei. Julie e Valerie che l'hanno truccata e vestita in modo così originale ed elegante. Miranda e Michael che, nel gioco a premi organizzato per la festa, stanno sfacciatamente barando per lasciarla vincere. Sì, è proprio questo che vedo. Io vedo solo amore.

Tally

Dicono che ho vinto io. Non ne sono certa, ma mi devo fidare.

«Io me la sono cavata egregiamente, nonostante la febbre. Sono un genio, insomma.» Il bel ragazzo bruno dagli occhi verdi, Michael, ride e circonda Miranda con un braccio.

«Oh, certo! Il mio povero genio incompreso. Peccato che abbiamo perso!» Miranda lo bacia sulla fronte, ma lui l'afferra per baciarle le labbra. Com'è bella Miranda quando è felice! Io le ho sempre detto che l'amore l'avrebbe raggiunta presto. Che l'amore era già con lei. Finalmente si è decisa a credermi.

«Mi dispiace, ho capito metà della metà delle domande. Il mio inglese non è abbastanza buono!» La ragazza bionda, Valerie, ride di gusto. Ha perso ma sembra contenta lo stesso.

«Non importa, ti farai perdonare dopo!» Il bel ragazzone, Stephen, le bacia il collo e lei scoppia a ridere. Credo di aver capito cosa intende.

«Io sono stata distratta dalla musica…» Julie… o Juliette, come la chiama Miranda, sorride e attira l'altro bel ragazzo, Giles, a ballare con lei. Gli occhi azzurri le splendono di gioia.

«Ho corrotto il cantante, lo ammetto!» Giles non se lo fa ripetere due volte e la prende tra le braccia.

Anche le altre persone sorridono. Dicono che ho davvero vinto io, tutti quanti. Un soggiorno in un castello in Inghilterra, mi pare. Come una principessa, mi ripetono. Insieme a Raymond. Lui ha detto che mi porterà anche al Malahide Castle, quando torneremo a Dublino. E a visitare tutti i castelli d'Irlanda. Forse così mi sentirò ancora di più una principessa, quasi una regina.

Io credo che mi stiano imbrogliando. Non ho vinto, sono loro che hanno continuato a sbagliare. Io non sapevo niente delle domande che hanno fatto nel gioco. Di alcune avevo un vago ricordo, perso nei tempi passati. Nei tempi in cui mi chiamavo Stella e non ero la povera vagabonda Tally. Sì, la povera vagabonda Tally che augurava a tutti un futuro d'amore e di felicità. La povera vagabonda Tally che dentro di sé sapeva che per alcuni si sarebbe realizzato davvero.

Così mi hanno aiutata a indovinare, soprattutto Miranda e Michael. E ora dicono tutti che ho vinto. Hanno l'anima buona. Mi fanno sentire davvero una principessa, degna di un castello.

Forse hanno capito che io volevo vivere una fiaba. Forse hanno letto tra i miei desideri, le mie speranze, i miei sogni. La fiaba che, in tutta la mia vita, non ho mai avuto, non sono mai riuscita a realizzare. Sì, è proprio questo che mi hanno regalato.

«Sarà come una fiaba.» Lo dico ad alta voce, sorprendendo quasi me stessa.

«Sì, Tally. Sarà come una fiaba.» Miranda annuisce, si avvicina e mi circonda le spalle con un braccio. «Perché ogni donna, in qualunque situazione si trovi, ha diritto a una fiaba. Grazie per avermi aiutata a crederci.»

Le bacio la guancia. Raymond si avvicina e mi prende la mano.

«Vuoi concedermi questo ballo, principessa?»

Sorrido e lo seguo. Davvero mi hanno regalato una fiaba, queste persone. E ora ho anche un principe. Li guardo e percepisco i loro sogni, i loro progetti. Riesco a leggere tra i loro pensieri.

Juliette e Giles vogliono scoprire le meraviglie d'Irlanda e poi andare a Parigi. Lui ha intenzione di fare qualcosa per lei su una torre chiamata Eiffel, o qualcosa del genere. Valerie e Stephen visiteranno l'Australia. Miranda e Michael… avranno una storia da raccontare, una lunga storia a lieto fine.

Per me e il mio Raymond ci sarà un castello. Forse sarà proprio il mio. Sono una principessa, del resto. Perché davvero Miranda, una volta tanto, ha avuto ragione.

Ogni donna, in qualunque situazione si trovi, ha diritto a una fiaba. Deve solo trovare il coraggio di crederci.

PLAYLIST

Elton John: "Something about the way you look tonight"

George Michael: "One more try"

Bryan Adams: "(Everything I do) I do it for you"

Queen: "Crazy little thing called love"

RINGRAZIAMENTI

Mi trovo sempre un po' in difficoltà quando arrivo alla fine di una storia. Mi vedo costretta ad abbandonare personaggi che mi hanno accompagnata per una parte del mio cammino. Questa volta non fa differenza.

In occasione di San Valentino ho voluto e provato a raccontare una storia diversa dalle altre, che gira intorno a più punti di vista. Quattro in particolare, quelli di Julie, Giles, Miranda e Michael. Ma il mio proposito è stato soprattutto quello di tentare di scrivere una storia corale, in cui gli avvenimenti e i destini dei personaggi si inseguono, si incastrano e si intrecciano sempre di più. Un evento segue l'altro e tutti si ritrovano per le strade di Dublino a vivere, sognare, amare.

Dublino, per la prima volta cornice di una mia storia, è stata una sfida esaltante e complessa al tempo stesso. Ho imparato a conoscerla in contemporanea con la scrittura del romanzo, quindi direi quasi in contemporanea anche con i protagonisti stessi.

Ho voluto proporre storie d'amore tra personaggi diversi per temperamento, età, provenienza, esperienze. Ho cercato di mostrare una sorta di sradicamento dalle proprie radici che però in un certo senso unisce tutti quanti in una nuova casa, in una nuova dimensione che da estranea diviene sempre più familiare, accogliente, vivace: Dublino e l'Irlanda. Così, mentre i punti di riferimento diventano sempre più solidi, tangibili, anche i rapporti di amicizia e d'amore tra i personaggi si rafforzano e si intensificano.

Ringrazio, come sempre, chi di voi ha voluto leggere la mia storia ed essere partecipe di questa nuova avventura. Il vostro sostegno ha un valore inestimabile per me.

Ringrazio la musica che, come sempre, accompagna le mie storie regalando melodia e ritmo alle vicende dei miei personaggi.

Ringrazio Dublino e l'Irlanda per il fascino che hanno esercitato su di me, permettendomi di portare avanti questo progetto. Ringrazio i luoghi che ho citato e su cui il mio sguardo si è posato ripetutamente negli ultimi tempi.

Ringrazio con tutto il cuore Joseph, che mi ha aiutata a scoprirli accompagnandomi attraverso le strade di Dublino. Questo libro esiste grazie a te, solo grazie a te.

Ringrazio Ghostly Whisper Ltd. e i miei correttori di bozze, tanto preziosi per me. Ringrazio la mia famiglia per avermi sostenuta sempre, da quando ho iniziato a scrivere, praticamente tutta la mia vita.

Spero che abbiate trascorso qualche ora lieta con i miei personaggi e che le loro vicende e i loro amori vi abbiano aiutati a sognare un po'. Perché io credo che (come ha affermato Tally alla fine) anche ogni lettore o lettrice, in qualunque situazione si trovi, ha diritto a una fiaba. Grazie a voi, in questo caso, per avermi aiutata a crederci.

Barbara Morgan legge e scrive da sempre. Predilige urban fantasy, horror, distopici e fantascienza ma si avventura spesso in altri generi. Lavora nell'ambito della scrittura, dell'editoria e della moda. Laureata in lingue e letterature straniere, specializzata in letteratura inglese, letteratura americana e letterature comparate, ha vissuto tra Inghilterra, Francia, Italia, Svizzera e Stati Uniti, per poi trasferirsi in Irlanda, dove organizza eventi culturali e book club. Traduce dall'inglese e dal francese.

Ghostly Whisper, la Casa Editrice che ha fondato in Irlanda, è un po' la sua storia.

Website: https://www.barbara-morgan.com

Facebook: https://www.facebook.com/BarbaraMorganAuthor/

Instagram: https://www.instagram.com/barbaramorganbooks/

Twitter: https://twitter.com/BabsiMorgan